Même que ça s'peut pas !

DU MÊME AUTEUR

Le Masque et les Plumes, Carrère-Lafon, 1986.
Au bonheur des âmes, Stock, 1995, Denoël, 1997.
Isatis, Denoël, 1997.
Carnet de notes, Le Cherche Midi, 2001.
Destins croisés, Mango sport, 2004.
Vitriol menthe, Oh ! Éditions, 2005, Pocket, 2006.
Putain d'audience : la réalité de ma télé, Florent Massot, 2006, Le Livre de Poche, 2007.
Le Plus Grand Cabaret du monde, Flammarion, 2008.
Tu m'appelles en arrivant ?, Florent Massot, 2009, Pocket, 2010.
Une révolte, pas une révolution, Florent Massot, 2010.
Nos plus belles années, Michel Lafon, 2010.
Dehors il fait beau, hélas !, Oh ! Éditions, 2011, Pocket, 2012.
Les joyeux guérissent toujours, Oh ! Éditions, 2012, Pocket, 2013.
Comme un poisson dans l'herbe, XO Éditions, 2013.
Inéluctable, XO Éditions, 2013.

Sous le pseudonyme de Joseph Lubsky :

La Cellule de Zarkane, Florent Massot, 2007, Le Livre de Poche, 2009.

Patrick Sébastien

MÊME QUE ÇA S'PEUT PAS !

XO EDITIONS

ISBN : 978-2-84563-757-3

QUARANTE ANS.

C'est l'histoire d'un succès. Ou d'un échec. D'une victoire ou d'une défaite, je ne sais pas vraiment. Nous montons sur des podiums, fiers, la poitrine bombée, mais les revers de nos médailles sont toujours posés côté cœur.

Quarante ans.

C'est l'histoire d'un petit batracien mal grandi. Un têtard devenu bête de foire dans un aquarium en 3D. Un animal en apnée derrière un écran de verre. Les yeux écarquillés, bouche bée, battant des pieds et des mains pour quelques curieux amateurs de spectacle. Maman collectionnait les grenouilles en céramique. Prémonitoire sans doute.

Quarante ans.

Quatre décennies. Quarante balais bien trop insuffisants pour balayer toute la poussière. Quarante ans de carrière. Le mot est bien choisi. Un conglomérat de roches dures que l'on déblaye à coups de pioche sous le cagnard des projecteurs. Travelo forcé. Maquillé, « perruqué ». Double identité. Le travailleur de joie et l'homme de peine.

Quarante ans.

Ça y est, le compte est bon. Des chiffres et des litres. Des chiffres d'audience, de sondages de popularité, de chèques. Des litres de sueur, de vin et de larmes. *Lacrima Christi.* Cathodique converti. Saltimbanque miraculé. Qu'est-ce que je fous encore là ? Et est-ce vraiment moi ?

Quarante ans

La quarantaine. Comme pour ceux que l'on interdit d'accostage pour ne pas contaminer les autres. Pestiféré glorieux. Confiné à l'écart du tout-venant. Du haut de la passerelle, il salue. On l'applaudit. Son bateau n'est ni une Caravelle d'aventurier, ni un cargo d'industriel, ni un yacht de méga-star. On appelle ça une vedette.

Quarante ans.

Je vais te raconter ce que tu sais déjà. Plus ce que tu ne sais pas. Et aussi ce que je ne sais pas moi-même. Vu que le temps qui vient éclaire toujours le temps passé d'une lumière nouvelle. Les bleu vif se ternissent, les gris s'illuminent au gré des instants présents qui accommodent nos mémoires. « On ne peut pas être et avoir été » dit le proverbe imbécile. Bien sûr que si, puisque ce que nous sommes n'est que le total de ce que nous étions.

Quarante ans.

Il y en a du monde dans le rétroviseur ! La horde des suiveurs. Les vrais amis, les faux, les fourbes, les lâches, les beaux, les magnifiques, les merveilleux, les merveilleuses. Et, couchés au fossé, de loin en loin, les accidentés de ma route. Déchiquetés ou juste endormis. Mes absents. Ma douleur la plus stridente. Le reste n'est qu'anecdote. Même pas mal !

Quarante ans.

Allez viens, on s'arrête dans l'auberge, là. On s'assoit sur la terrasse, au frais. On commande à boire et je te montre l'album photo. Au fil des livres précédents, je t'ai beaucoup donné. Tu retrouveras sans doute des images que tu connais déjà. Mais le temps les a patinées. Comme moi, tu les regarderas différemment. Et puis j'ai tant de Polaroid que je n'ai jamais sortis de leur cachette. Cette fois, je te dirai tout... Ou presque. Je n'ai plus grand-chose à perdre. Ni à gagner d'ailleurs.

Quarante ans.

Déjà.

C'était à l'automne 1974.

1974-1979

PARIS BRÛLE-T-IL ?

Un titre de film à chaque chapitre.

Parce que je ne sais toujours pas si c'est une fiction ou une réalité. Parce que tout ça ressemble plus à un scénario qu'à un réel chemin de vie. Des rires, des larmes, des rebondissements. Le succès, l'argent, la gloire. La mort, la peur, le désespoir. Superproduction. Sans le concours du CNC. Ah, non surtout pas ! Ne compter que sur soi. Tiens, ça aurait pu être le titre. Un bon film, je crois. Pas un chef-d'œuvre. Un bon divertissement. Qui en est l'auteur ? Je ne sais pas. Peut-être y aura-t-il son nom au générique de fin. Attendons, on verra bien.

Allez, première bobine.

Séquence 1.

Extérieur jour.

Travelling avant sur un homme débouchant d'un quai de gare.

Voix off :

« La valise aurait dû être bien plus lourde. Deux paires de chaussettes, un pull, une chemise, deux slips, un pantalon, une trousse de toilette. Rien de bien pesant. Mais les boîtes de conserve dont les contours gondolaient le carton bouilli, ça, ça plombait. Par bonheur, le jeune homme était fort. Sa poigne de rugbyman de vingt ans en avait vu d'autres. Et surtout, dans cette valise, il y avait ses rêves. Ça allège tout, les rêves. Comme des ballons multicolores accrochés à nos malles pleines de drames, de misère et de frustration. Un supplément d'apesanteur pour que nos chagrins soient moins tristes. Valise de clown. Le bagage semble flotter dans l'air. Illusion d'optique, c'est l'espoir qui le porte. »

Je suis arrivé à la gare d'Austerlitz, un après-midi de septembre 1974. Sans adresse. Enfin, je veux dire sans destination intra-muros. Adroit, je l'étais. Agile en vie courante. C'est-à-dire débrouillard, courageux et audacieux. Inconscient aussi. Le grand saut dans l'inconnu. Sans parachute.

— Je monte à Paris, maman.

— Tu es sûr de toi ?

— On n'est sûr de rien, mais je ne veux pas me retrouver ici à soixante ans en regrettant de ne pas avoir essayé.

Paris, c'était loin. Bien plus qu'aujourd'hui sans téléphone portable. Sans point de chute. Sans rendez-vous. Et puis, pour être tout à fait lucide, un petit rugbyman de province armé de quelques imitations, c'était une cuirasse bien fine pour attaquer la forteresse. Quand je suis monté dans le train, je n'étais qu'un voyageur. C'est quand j'ai posé le pied sur le quai d'arrivée que je suis devenu un guerrier. Ça a commencé par un sourire étonné. La sortie de la gare d'Austerlitz donne sur le boulevard de l'Hôpital. Voisinage prémonitoire. Du soleil napoléonien aux odeurs d'éther. De la grande victoire à nos pires défaites. Je ne pouvais pas imaginer que ce serait exactement ça. Les ors et les horreurs. Le miel et la fange.

J'avais peu d'argent en poche. Six cents francs. À peu près cent euros. Aujourd'hui, j'ai beaucoup plus d'argent, mais je n'ai pas plus de poches. C'est peut-être ça la seule vraie leçon à tirer de ce long voyage. Flash-back : je le revois parfaitement, le gamin qui à ce moment-là ne se projette pas plus loin que le trottoir d'en face. Il traverse, longe un peu le boulevard et s'enfonce dans la première petite rue. Au hasard. Et il franchit la porte du premier hôtel miteux. Encore au hasard. Il croise dans l'escalier quelques putains au prix des chambres. Le bois craque, l'odeur est âcre, le lit minuscule et inconfortable, et pourtant le gamin plane. Il vient de poser le pied dans son rêve. Le gauche sûrement, celui qui porte bonheur. Imagine quelqu'un penché sur son épaule à ce moment-là qui lui aurait dit :

— Dans quarante ans, tu seras célèbre bien au-delà de la France. Tu seras un dinosaure de la télévision. Tu auras battu des records d'audience. Tu vivras dans le confort. Tes idoles de jeunesse seront devenues tes amis. Les cirques te remercieront de ce que tu as fait pour eux. Tu ne pourras pas faire un pas dans la rue sans qu'on te demande de te prendre en photo. Tu auras eu dans tes draps des célébrités, des mannequins. Tu connaîtras intimement des stars, des princesses, des présidents. Tu vendras des disques. Tes chansons joyeuses seront partout, dans les familles, dans les stades. Ton club de rugby de Brive aura été champion d'Europe sous ta présidence. Tu écriras des livres, des scénarios, des pièces de théâtre. Tu feras des spectacles. Tu auras découvert et lancé des artistes qui eux-mêmes seront devenus des stars. Tu seras aimé, reconnu, presque culte pour certains.

— Je serai heureux alors ?

— C'est pas la question.

— Mais...

— Laisse tomber, on en parlera plus tard.

— Je connaîtrai Joe Dassin, Cloclo ?

— ...

— Ah, bon, ils seront morts ? Pas Coluche quand même ? Il débute et je l'adore.

— ...

— Et mes proches ?

— On en parlera plus tard, je te dis.

— Pourquoi tu pleures ?

Je ne pleure pas. J'écris. Je suis dans ma grande maison de Martel, penché sur mon ordinateur. J'écris. C'est le dimanche de Pâques 2014. J'écris. Au loin, j'entends les piaillements de ma fille, ma princesse des îles qui joue au jardin. J'écris. Mon téléphone portable me signale un message de mon ami, le président de la République. J'écris. Dans le miroir d'en face, je vois un sexagénaire aux cheveux blancs clairsemés et aux yeux tristes. J'écris. Maman me manque. J'écris. J'aurais pu être plus heureux. J'aurais pu l'être moins. J'écris. La gare d'Austerlitz donne sur le boulevard de l'Hôpital. J'écris. Si on m'avait dit tout ça, aurais-je fait demi-tour ? Sûrement pas, mais si c'était à refaire je crois bien que je le ferais faire par un autre.

Je ne suis resté qu'une semaine dans le petit hôtel minable. Maman m'avait donné le numéro de téléphone de « Juliette ». C'était la maîtresse d'un notable briviste partie faire la starlette à Paris. Elle ne s'appelait pas Juliette. Josiane seulement. Elle était belle, jeune, insouciante et facile. Elle avait compris que l'avenir appartient aux filles qui se couchent tard. Elle se couchait aussi l'après-midi, mais pour se relever assez vite. Son amant principal vendait des fourrures. Il la rejoignait dans son vingt mètres carrés au sixième étage sans ascenseur de la rue Laugier. Il payait le loyer. Donc la fille. Prostituée ? Non. Entretenue. La limite est ténue. Mais on va dire entretenue, c'est moins infamant. Et puis, elle était si gentille et je lui dois tant.

À notre première rencontre, je l'ai allongée moi aussi. Par convenance. Elle était si gentille. Elle offrait sa peau comme on offre un café. Sans sucre. Pas une fougueuse. Une rituelle. Indécente à souhait, elle passait ses journées à se promener nue en faisant des vocalises. Comme ça. Pour se sentir libre. Chaque mois de mai, elle partait à Cannes pêcher du célèbre. Elle voulait être chanteuse, actrice, enfin tout ce qu'elle ne fut pas. Quand on veut coucher pour réussir, la plupart du temps, on ne réussit qu'à coucher. J'ai adoré cette femme. Elle m'a donné bien plus que la main pour mes premiers pas. Aujourd'hui, je ne sais pas où elle est. Je l'ai cherchée. Aucune trace. J'aimerais tant tenir sa main à mon tour. Elle était si gentille.

Elle avait réussi à me trouver un minuscule espace de l'autre côté de son couloir. Une turne de trois mètres sur deux. Un lit, un évier avec un robinet d'eau froide. Pour la douche et le téléphone, j'avais le droit de venir chez elle en cachette de son « logeur ».

Même que ça s'peut pas !

Quand le téléphone sonnait, je devenais Nicole, une soi-disant copine, par précaution. Ma première usurpation d'identité à taille réelle.

— Allô, oui... Non, Juliette n'est pas là. D'accord, je ferai la commission.

Pendant un an, je répondrai à ce téléphone-là avec une voix de pucelle. Un training parfait pour Sébastien, l'imitateur débutant. « Sébastien » sans prénom. C'est ce que j'avais choisi comme nom de scène. Le prénom du fils que j'avais eu précocement, à dix-sept ans. Ça sonnait mieux que Patrick Boutot.

Patrick Boutot avait laissé derrière lui une première vie déjà pleine de carambolages dont je me suis largement épanché dans d'autres ouvrages. Je ne vais pas réitérer. Juste résumer en quelques mots : une enfance de bâtard désargenté au fin fond de la Corrèze, les études à Brive, le rugby, le mariage à seize ans, la fac de lettres à Limoges. Pour les détails, vous pouvez consulter les bouquins précédents ou Wikipédia qui sait tout, y compris ce qui n'est pas vrai. Quand je pense qu'ils m'ont inventé un père prêtre en Corse ! Le poison Internet. On en reparlera. Fuck Steeve Jobs ! J'espère que ton adresse e-mail se termine par « enfer.com ».

— Allô.

— Oui, c'est Nicole.

— C'est moi, imbécile.

— Pardon, je ne t'avais pas reconnue, maman.

— Bon anniversaire mon petit.

Le 14 novembre 1974. Mon anniversaire. J'ai vingt et un ans. Seul. Loin des miens. Loin de tout. Triste. Presque découragé.

— Ça va ?

— Super !

Je mens, bien sûr. Il faut toujours mentir aux mamans qui s'inquiètent avec raison. Enfin, je mens à moitié. J'ai rendez-vous cet après-midi dans un cabaret pour une énième audition. Je n'ai fait que ça depuis deux mois. Mon petit numéro d'imitateur n'a convaincu personne. « Repassez... » « Ça ne nous intéresse pas... » « Il faut encore travailler... » Ça, c'est pour les plus gentils. Les autres m'ont renvoyé sèchement, parfois même piétiné. Et le troisième ligne du CA Brive a sagement gardé les poings dans ses poches. Mais qu'est-ce que ça me démangeait d'emplâtrer ces malfaisants !

— Eh, l'idiot, ton béret sur la tête pour faire Bourvil, c'est tes habits personnels ? Allez va, on va pas te faire perdre de temps. Il vaut mieux que tu repartes dans ta campagne. Allez, barre-toi, le plouc ! Par contre, si ta copine veut boire un verre avec moi...

Et l'impudent commençait à peloter Juliette qui m'avait accompagné. Alors on fuyait, main dans la main. Elle était si gentille. Et dans la rue, je donnais des grands coups de poing dans les portes pour évacuer l'humiliation. À m'en ouvrir les phalanges. Avec le recul, je regrette sincèrement de ne pas en avoir fracassé deux ou trois.

— Mais la violence ne résout rien, réplique le bien-pensant de service.

— Et moi je pense que la main dans la gueule est parfois le seul remède à la bêtise universelle.

— Oh, mais quelle vulgarité ! Vous êtes un primaire de la pire espèce.

— Ah que oui ! Et fier de l'être encore à soixante ans.

La seule chose qui me manque aujourd'hui, c'est la force. La faute à l'implacable déliquescence de l'âge. Je n'ai plus les moyens physiques de me battre. Dommage ! J'en étalerais bien quelques-uns dans les couloirs de la télévision, ou d'ailleurs.

Et voilà ! On y est. Patrick Sébastien, le beauf. L'imagerie traditionnelle. Grande gueule, rustre et primaire. Ou, pour être plus rhétorique, simplet, grossier, immature et irréfléchi. Le problème, c'est que j'emmerde les rhétoriciens. Les distributeurs de sentences de tout poil. Je suis le parfait négatif photo de Bernard-Henri Lévy. Aller dans les pays où il y a la guerre pour dire que c'est pas bien, tu parles d'un acte héroïque ! Il me gave, le pantin médiatique à col ouvert. Lui et tant d'autres, parangons de vertus affichées qui n'ont que le talent de leur relationnel et le courage de leur naissance. À en rêver de créer un mouvement « éconologique » pour s'attaquer à tous ces faisans si stupides, si riches de culture et si pauvres d'âme. Usurpateurs patentés. Alors d'accord, je suis leur beauf de référence, mais que Dieu me conserve à jamais cette AOC de non-qualité supérieure !

— Oh là ! Si ça commence comme ça, je m'en vais ! s'écrie le lecteur bousculé par tant d'acrimonie. Ce populisme vindicatif ne présage rien de bon.

— Eh ben, casse-toi !

Comme ça on va rester entre toi et moi. Et on se laissera glisser, tranquilles, au fil de mes digressions hasardeuses. Bien sûr, il y aura du discutable, de l'outrancier, peut-être même du carrément stupide. Mais il n'y aura pas que ça. Si tu me suis depuis longtemps, tu sais bien que ce petit coup de sang n'est qu'une infime partie de mes humeurs à géométrie variable. Si tu me découvres, laisse-toi porter au moins par la curiosité. Je te promets aussi des égarements bien plus apaisés et réfléchis que ces sursauts primaires. Et puis de toute façon, tu n'as rien à perdre. À l'époque du recyclage obligatoire, tu n'auras pas acheté ce livre pour rien. Tu pourras toujours t'en servir pour caler l'armoire du salon.

Allez, on enchaîne !

Ce 14 novembre-là, j'ai pris le métro pour aller au rendez-vous rue de Poissy. Dehors il faisait gris, dans la rame aussi. Les visages usés, les corps entassés et l'odeur du peuple mouillé. Acide. J'ai fermé les yeux et la barre à laquelle j'étais accroché est devenue branche d'arbre. J'ai entendu les rires de mes copains. Chez nous, « en bas », ils devaient presque être à l'apéro dans le bistrot de la « Dédée », Maman, qui leur servirait un repas de roi, que la moitié ne paierait pas. Après, ils danseraient autour du juke-box. Et puis certains iraient culbuter les plus aimables des gourgandines sur la banquette arrière de la R16.

Les autres auraient des discussions sans fin, plantés au comptoir jusqu'à ce que le rouge limonade les fasse se battre pour la forme. Deux gifles, quelques éclats de forfanterie, un coup de boule malencontreux et puis la paix. Les belligérants se tiendraient par le cou en se pardonnant mutuellement. La routine des bars de province. Les flics viendraient acter du tapage nocturne et repartiraient moitié bourrés eux aussi après la tournée générale bienveillante de Maman. Et tout le monde irait se coucher avec comme seul projet de recommencer le 15 novembre.

Primaire, oui, mais tellement bon. Et tellement loin au moment où je passe la porte de « La main au panier », le dîner-spectacle en vogue de la rue de Poissy.

— Allô, maman.

— On pense à toi, mon petit. Et crois-moi, on les arrose tes vingt et un ans. On en est à la dixième bouteille de champagne.

Et les copains hurlent : « Bon anniversaire ! »

— Ça y est maman, je commence ce soir !

Cette nuit-là, là-bas, ils ont dû vider la cave. Cette nuit-là, j'ai dormi dans les étoiles. Cette nuit-là, je suis devenu Patrick Sébastien, parce que Jack Gautier, le patron de « La main au panier », m'a convaincu d'ajouter mon prénom à mon pseudonyme.

— Pourquoi ?

— Pour ne pas oublier qui tu es.

— Ça ne risque pas.

— Oh, si, mon petit. Si, comme je le pressens, tu vas loin, il vaut mieux que tu ne te perdes pas en route. C'est ce qui te permettra d'aller encore plus loin.

— Jusqu'à l'Olympia ?

— Va savoir.

Cette nuit-là, j'ai rêvé mon futur en rouge. Comme les lettres au fronton de l'Olympia. À moins que ce fût la couleur du sang de mon fils sur le goudron chaud d'une route de Camargue. Ou celui de ces amis artistes en mal de gloire qui se sont suicidés. Ou alors c'était peut-être la couleur du vin qui m'alcoolisera plus tard jusqu'à la déchéance. Ou encore la couleur de la colère. Cette fureur rentrée qui me tenaille chaque jour contre « eux », contre moi. Comment ai-je pu accepter pendant quarante ans les fourches Caudines de cette célébrité de pacotille sans me dire un jour :

— Ce monde médiatique te fait vomir, qu'est-ce que tu attends pour dire stop et rentrer dans ta niche ? N'est pas chien de race qui veut. Bâtard tu es né, bâtard tu resteras. Et puis, tes aboiements n'apitoient personne. Tu t'épanches de livre en livre en cabot pitoyable. Alors, dis-moi, Patrick Boutot, quand as-tu perdu le goût de mordre ?

— Le jour où à l'intérieur de cet os pourri, j'ai senti le goût de la moelle. Cet amour du public qui nous fait bien plus grands que ce que nous sommes. Les applaudissements, les bravos, les vivats. La scène quoi !

Le 14 novembre 1974, j'ai pris mon premier shoot de cette drogue qu'on appelle le succès. J'ai fait mes études au lycée Cabanis à Brive. Presque l'anagramme de cannabis. Prédestiné aux paradis artificiels. Ce métier est une came dangereuse. Le soir où j'ai posé le pied sur ma première scène, j'ai commencé à mourir à petit feu. Avant, j'étais vivant. Aujourd'hui, j'ai un brasier dans le cœur qui ne s'éteindra qu'avec moi. Être populaire est un orgasme et une souffrance permanents. La lutte perpétuelle entre ce qu'on est et ce qu'on montre.

— Ça va passer, docteur ?

— Non, jamais.

— Incurable ?

— Incurable.

Et je n'ajoute même pas la peur du déclin qui rend fou. On y viendra plus tard.

— Alors, heureux ?

— Certainement pas. Comblé seulement, c'est déjà ça !

En septembre 1974, il y avait une petite fée de province dans mon cœur. Une vendeuse de papier peint de Brive pour qui j'avais divorcé et qui ne m'a rejoint que quelques mois plus tard. C'est elle qui m'accompagnera dans ces premières années. Je la perdrai en route, elle aussi. Quand on s'aimait tout jeunes, on s'allongeait dans l'herbe, on fermait les yeux et on rêvait d'une petite maison dans la prairie, pleine d'enfants. Juste ça. Elle est rentrée à Brive et a continué à vendre du papier peint. Pas de petite maison dans la prairie, pas d'enfants. Juste un souvenir tendre qui me mouille les yeux quand je m'endors au chaud d'un hôtel quatre étoiles tout confort. La petite maison dans la prairie était notre idéal de luxe absolu.

Et si je m'étais contenté de ce rêve-là ?

Les cabarets de l'époque s'appelaient « Le Port du salut », « Le Pénitencier », « La Villa d'Este », « La Grange au bouc » à Montmartre. Je les ai écumés pendant deux ans. Trente francs de cachet par passage (environ cinq euros). J'en faisais parfois cinq par nuit. Cent cinquante francs. La richesse ! J'avais une façon très particulière de calculer ma « fortune » : trente francs pour un passage d'un quart d'heure, ça faisait virtuellement cent vingt francs de l'heure. Le Smig que je touchais avant, à Brive, quand, pour payer mes études, je faisais de « vrais » métiers (déménageur, peintre en bâtiment), était de mille trois cents francs par mois. Là, en vingt heures de boulot non-stop, j'aurais touché deux mille quatre cents francs. Bien plus qu'en quarante heures par semaine pendant un mois. Riche, donc.

J'ai toujours calculé comme ça. Je sais que c'est la bonne façon de relativiser l'argent. C'est pour ça que les geigneurs du show-biz me hérissent tant aujourd'hui quand ils se lamentent :

— Vous vous rendez compte, avec ces impôts insupportables, je bosse de janvier à septembre pour l'État !

— Oui, mais de septembre à décembre il te reste de quoi nourrir une famille d'ouvriers pendant dix ans, connard !

Les parvenus pleurnichards, on y reviendra aussi. Et ne crois surtout pas que je suis un gauchiste compassé.

Je suis un véritable humaniste. Un humaniste n'est ni de droite ni de gauche. Il n'a pas de parti, il a juste un idéal de justice. Et la solidarité est toujours juste. Alors, cette solidarité que m'avait enseignée Maman, je l'ai encore plus exprimée dans ces moments de galère. Pas seulement la mienne, la galère des autres aussi. Histoire de ramer à plusieurs. Mathématiquement, c'est difficile de partager dix francs en trois. Humainement, c'est facile. Cinq francs pour l'un, cinq francs pour l'autre.

— Rien pour toi ?

— Si, ton sourire. T'inquiète pas, je vais le faire fructifier.

Et puis surtout, au-delà du matériel, on s'entretenait mutuellement l'espoir. À chaque insuccès, à chaque doute, à chaque déprime. Surtout quand débarquaient dans nos caves les « tontons flingueurs », comme on les appelait entre nous. Les écrivaillons qui s'érigeaient en juges. Ils venaient poser leurs culs flasques devant nos estrades, le stylo-fusil à la main. Dans les petits cabarets, j'ai vu de vrais talentueux renoncer à la première mauvaise critique de deux lignes dans un torchon. C'est pour ça que je déteste et que je détesterai toujours ces assassins d'illusions. Bien sûr qu'au début rien n'est parfait. Si je les avais écoutés, je serais reparti. Mais j'ai tenu bon, je suis resté, et je leur garde une rancune indélébile au nom de ceux qu'ils ont découragés.

Sur ces mini-scènes, j'ai tout appris. Lentement, en prenant le temps. J'ai compris tout ce qui est l'essence de ce métier de saltimbanque si on veut qu'il dure. Et l'humilité en premier. Comment ne pas être humble quand tu balances tes gaudrioles à quatre clients avinés qui ne t'écoutent même pas ? Et qu'est-ce qui peut bien faire qu'on s'accroche quand même, qu'on y croit ? Qu'est-ce qui fait que certains qui avaient bien plus de talent que moi sont restés sur le bord de la route ?

Je m'aperçois soudain que je pose beaucoup de questions auxquelles je ne donne pas de réponse. Peut-être parce qu'il n'y en a qu'une : le Destin... Parce que c'était écrit comme ça. Parce que je ne crois qu'à ça, et que je pense que nous ne sommes maîtres de rien. Pour moi, le chemin est tracé d'avance. Croire que nous influons sur nos parcours est une chimère. « *Fatum* », me disait mon professeur de latin. Alors, va pour *fatum* ! Y croire permet de ne pester contre aucun contretemps, aucune blessure, aucun deuil. Ça ne répond à rien, mais ça aide diablement à vivre. Et j'ai écrit diablement à dessein. Je crois au diable. Dieu n'est qu'un Satan un peu plus bienveillant. Parce que la vie est diabolique, et que si Dieu existait vraiment comme on me l'a dépeint, il ne nous donnerait pas la vie dans le seul but de nous la reprendre.

— Tu es sûr que ça va, mon petit ?

C'est Maman qui m'appelle. Pas à Paris en 1974. Non, là maintenant, à l'instant où j'écris. Comme dans les livres précédents, elle est perchée sur mon épaule depuis qu'elle s'est envolée. Et on se parle en permanence. Si, si. En vrai.

— Ça va Maman... Enfin, de mieux en moins.

— Pourquoi ?

— La nostalgie, Maman. L'incohérence visuelle du temps qui passe. Le télescope à l'envers. Le passé qui grossit au fur et à mesure qu'on s'en éloigne.

— Pourtant ton présent est formidable.

— Oui. La tranquillité, le succès qui dure, le confort, etc. Tout ce que j'ai déjà cité un peu plus haut et dont je remercie chaque jour le diable bienveillant. Mais le temps qui passe, Maman, le temps qui passe. Tu te rends compte, le président de la République est plus jeune que moi !

— Ah, ton copain... À propos, tu lui diras de ma part de se bouger les fesses !

— Toujours de droite, Maman ?

— Ah oui, plus que jamais. Et toi, toujours de nulle part ?

— Toujours. Abstentionniste par nécessité.

— Nécessité de quoi ?

— De liberté et d'insolence.

— Ah ça, pour l'insolence, je t'ai pas raté !

Maman fait allusion à ma dernière visite à l'Élysée, après que « François premier ex æquo » s'était fait épingler par les paparazzi en scooter devant chez sa maîtresse. Pour éviter qu'il se fasse gauler à nouveau, je lui ai offert un masque de Sarkozy. Ça l'a beaucoup fait rire.

Et c'est là qu'on touche à un des tisons les plus brûlants du brasier qui m'enflamme. Sûr qu'à la sortie de ce livre, la petite confidence que je viens de te faire sera reprise dans les magazines, étalée sur le « Net », commentée. Bien plus que bien d'autres. Et la « Pieuvre » étendra ses longs bras de sentences en développement hasardeux. La nouvelle loi des médias. Surexposer tout et n'importe quoi sans distinction. Fabriquer des réputations, en salir d'autres, à l'envi.

Ah, les barbares ! Marchands de cadavres, vendeurs de boue. Insectes nuisibles, je les hais. Mais comment faire autrement ? Renoncer à dire tout haut ce que tant pensent tout bas. Surtout pas. Et tant pis pour les dommages collatéraux. Ma vanité mérite bien ça. Tu vois, en écrivant cette dernière phrase, je me dis que c'est dans ces moments-là que je me préfère. Quand la majorité des médiatisés n'a de cesse d'étaler qualités et compétences, j'adore exposer mes défauts en pleine lumière. Je suis égocentrique, paranoïaque, con parfois à bouffer de la paille, grossier, orgueilleux, égoïste et imbibé de tant d'autres tares qu'un seul livre n'y suffirait pas. Mais ça fait quarante ans que ça marche. Peut-être parce que je suis le miroir de chacun d'entre vous. Et que voir un « important » mettre en vitrine tous les défauts que vous vous donnez tant de peine à maquiller au quotidien, ça crée un lien secret d'empathie.

Tu as compris maintenant que ce livre n'est pas qu'un recueil de souvenirs plus ou moins alléchants pour attirer le chaland. C'est un livre d'humeur. Et je n'en refrénerai aucune, quitte à en payer le prix fort. N'oublie pas que j'ai soixante ans, que le plus important est derrière, et que quitte à me faire descendre en vol, autant que ce soit de mon plein gré. Alors je ne prendrai pas de précautions de convenance.

— Tu ne vas quand même pas tout dire, me souffle Maman inquiète.

— Non, bien sûr. Ni de secrets d'État ni de secrets d'alcôve. Ou même les deux mélangés. Et Dieu sait si j'en connais !

Ah, ça, je pourrais en balancer de la bombe à scandale ! Mes errances de nuit m'ont fait témoin de tant d'extravagances. C'est l'apanage des rôdeurs attentifs. C'est en même temps ma protection suprême. Ceux qui seraient tentés de dévoiler mes secrets sont bien trop inquiets que je dévoile les leurs. C'est ma force de dissuasion. Mon arme atomique à moi. Parce que, si je lâchais tout ce que je sais, ça ferait un beau champignon. Du Duras, revisité Aznavour. Hiroshima, mes amours, mes amis, mes emmerdes !

Mes intimités avec les célèbres de tout bord m'ont gavé de tant de secrets. Des politiques, des voyous. Parfois les mêmes. Des actrices à qui tu donnerais le bon Dieu sans confession, capables de se faire sauter par un monastère entier. Des caciques du show-biz empêtrés dans des compromissions d'une malhonnêteté exemplaire. Des détourneurs de fonds, de fions. Des pervers de haut vol, immaculés de façade, capables de bien pire que le pire. Des rois de la défonce, les narines aussi pleines que le compte en banque, chantant les louanges d'un socialisme béat. Des tricheurs, des usurpateurs. Pinocchio à la une ! Le mensonge perpétuel. Alors, je m'égarerai seulement de-ci de-là dans le commentaire, l'état d'âme, la généralité, sans avancer le moindre nom, le moindre indice. Le code d'honneur des vieux voyous que j'aime tant. Tiens, d'ailleurs, juste une confidence pour résumer mon état d'esprit à ce sujet, et justifier l'omerta que je m'impose.

C'était il y a quelques années seulement. Un dîner amical avec une des dernières légendes du milieu : François Marcantoni. Un de ses ultimes. Il mourra quelques jours plus tard. Le vieil homme au chapeau noir était un sulfureux des années d'avant. Pris dans les pleins feux de l'actualité, au milieu des années soixante-dix, à l'occasion de l'assassinat de Markovic, le chauffeur de Delon, il s'en était sorti malmené mais intact.

Tout ça sur fond de scandale d'État : la rumeur infondée de parties fines auxquelles aurait participé la première dame de France de l'époque, Claude Pompidou. Imagine le déballage ! Accusé d'avoir exécuté le

« Yougo » sur commande du bel Alain, François passera à travers les gouttes. Ce soir d'intimité dans le restaurant corse de Montparnasse, je l'ai titillé à l'aimable :

— On ne saura jamais la vérité. Je suppose que, même à moi, tu ne la diras pas.

— Je dis toujours la vérité, mais celle-là, je la garde pour moi. On n'est que deux à la savoir. Dieu et moi... Et Dieu, il ne balancera pas !

Ça me fait au moins un point commun avec l'Éternel. Je ne balance pas non plus. Question d'éducation.

— Bon, si on passait à autre chose, me coupe Maman. Si tu t'attardes en développements intempestifs comme celui-là, il va faire mille pages ton bouquin, ronchonne-t-elle. Il y en a déjà un paquet et on en est à peine au début des cabarets.

— OK, j'enchaîne sur la première télé, ça te va ?

— Parfait.

— C'était en 1975. Tu te souviens ?

— Oh, oui. J'en ai pleuré de joie.

— Moi aussi.

Et il m'arrive d'en pleurer encore. Mais d'amertume. Comme pour la première cigarette. On devrait marquer sur les paquets de bonbons des enfants : « Rêver tue. » Je n'imaginais pas l'addiction, les tourments, les blessures à venir. Mais c'est fait, c'est fait. Je me contenterai de garder seulement en mémoire les volutes sucrées des premières bouffées.

Tu dois me trouver bien amer avec ce métier qui m'a apporté tant de joies et de confort matériel. Le parallèle avec la cigarette est parfaitement adéquat. Au moment où j'écris, je viens d'écraser la énième dans le cendrier. Je sais que ça me tue. Je continue quand même. Il y a longtemps que le show-biz a tué mes illusions. Parce que je n'imaginais pas qu'en semant autant de bonheur, on pouvait récolter autant de crachats. Mais je continue. À mes risques et périls. Ma vie ne tient qu'à un filtre !

Première télé, donc. Chez Guy Lux. Le premier « même que ça s'peut pas ! » de ma vie d'adulte. Tu sais, cette phrase maladroite des enfants incrédules dans la cour de récré. Parce qu'au moment où l'émission a démarré, je voyais derrière les caméras la place de mon village. Juillac, en Corrèze profonde. Et un enfant emmitouflé sur un banc en face du magasin du marchand d'électroménager. L'hiver, pour me tenir le cœur au chaud, je me plantais là. La buée sortait de ma bouche bée. Il était gentil, M. Lavaud. Il laissait toujours une télé allumée. En panneau publicitaire bien sûr. Je ne sais pas s'il en a vendu beaucoup, mais, s'il existait encore, je lui achèterais tout le stock. Par reconnaissance.

Ailleurs, je me serais assis sur un autre banc. Fils d'ambassadeur, devant les toiles d'un musée peut-être.

Fils de marin, devant les lumières du port. Fils de garagiste, en bord de nationale. Et qui sait ? Je serais devenu commissaire-priseur, navigateur, pilote. Fils de personne, il m'attirait comme un papillon, ce néon magique. À Michel, mon voisin de banc, encore plus emmitouflé que moi, je disais :

— Mon père, y m'a pas reconnu. Alors je passerai dans la télé, et tout le monde y me reconnaîtront !

— Même que ça s'peut pas !

— Si, ça s'pourra !

Plus on s'éloigne de son enfance, plus on y revient. Un paradoxe chimique. Tout corps plongé dans ses rêves de gosse reçoit une poussée de bas en haut. Surtout quand ça bouillonne. Le jacuzzi des revanchards. Tout est parti de là. Du reflet bleuté d'une télévision dans une vitrine. Un phare dans la nuit glacée. Un peu plus loin, à quelques maisons de là, mon vrai père, sans états d'âme, devait se gaver de soupe chaude. Les scrupules emmitouflés, eux aussi, dans une sale indifférence. Merci quand même, c'est le froid de ces soirées-là qui me tient chaud aujourd'hui. Tu peux la garder, ta soupe !

— Mange, si tu veux grandir !

— Je ne veux pas grandir !

Je ne sais pas si la télévision était allumée, ce soir de 1975, dans la vitrine de M. Lavaud. Mais même le banc vide a dû être content pour moi. Sans rancune. Et pourtant, il y avait de quoi. Je lui avais tellement planté les ongles dans le bois. De rage, de colère froide à chaque exclusion. Chaque fois que la partie de foot se jouait sans moi. Chaque fois qu'on cassait ma canne à pêche, ou ma gueule, comme ça, sans raison. Juste pour le plaisir de me lancer :

— Va te plaindre à ton père, t'en as pas !

Alors, une imitation de deux minutes dans la boîte à images, ça n'a rien d'un exploit ni d'un titre de gloire. C'est futile, inutile, bénin, ridicule presque. Et quand je raconte, les yeux embués, cette première télévision à mes proches, ils sourient en douce. Comment peut-on faire un Himalaya d'une motte de terre ? Chacun ses silences, chacun ses vacarmes. Le premier reflet de moi sur un écran a éclairé toute ma vie. C'est ainsi. Dérisoire, pathétiquement ordinaire, mais c'est ainsi.

Voilà. Ça, c'est pour l'irréel. Le caché, l'intime. Toute chose qui ne pointe jamais sous le fard. Sirupeuse et amère à la fois. Cette « mielancolie » que masqueront toujours mes émerveillements. Et Dieu sait qu'en poussant la porte qui menait au studio 102 de la maison de la radio, j'étais émerveillé ! Surtout en coulisses, avant le show, quand j'ai déambulé dans les longs couloirs.

Rarement mes yeux avaient autant scintillé. Là, devant moi, à portée de sourire : Cloclo, Johnny, Dassin, Dalida... Le rêve éveillé. Moi qui, un an avant, les écoutait de si loin, ils étaient là, bienveillants, en chair et en ors. Splendides en costumes à paillettes et en robe du soir. Enfin, le soir seulement. Parce que l'après-midi, quand Dalida est venue répéter sur le plateau en bigoudis et en peignoir, le mythe s'est un peu écorné. Les rêves ne sont qu'une réalité très bien maquillée. C'est pour ça que je ne regretterai jamais de ne pas avoir rencontré Gabin dans le couloir. Il n'aurait plus manqué qu'il me demande de lui indiquer les toilettes. Parce que dans mon rêve, Gabin n'allait jamais aux toilettes. Non, jamais ! En revanche, Coluche oui. Il en sortait quand je l'ai croisé. Débutant déjà star, on s'était déjà rencontrés. Il m'a gratifié d'un grand sourire et m'a lancé :

— Je suis content que tu sois là, tu le mérites.

Quelques mois auparavant, au tout début, j'avais fait une audition devant lui. Il avait monté avec Lederman un cabaret, le « Caf Conc' », sur les Champs-Élysées. À la fin de ma démonstration, il m'avait lancé, goguenard :

— Ça va pas le faire !

Et en voyant ma mine triste, il avait ajouté :

— Pas parce que t'es mauvais. Au contraire. Allez, viens t'asseoir à côté de moi, tu vas comprendre.

Et je l'ai vu embaucher les pires numéros de Paris. Des humoristes épouvantables, des imitateurs maladroits.

— C'est pour ma première partie, m'avait-il glissé à l'oreille en se tordant de rire. Plus ils sont nuls, plus ça fera marrer le public.

D'une cruauté étonnante. Je voyais un à un les naïfs enchantés d'être sélectionnés pour l'abattoir. On allait rire d'eux et ils croiraient que ce serait de leur talent. « Dégueulasse », me suis-je dit sans oser le prononcer. Comme s'il avait lu dans mes pensées, le clown en salopette m'a glissé :

— Ça peut paraître ignoble, mais moi ça me fait marrer. La vraie connerie, c'est toujours plus drôle que celle qu'on joue.

Aujourd'hui, la mort et les Restos du cœur ont sanctifié le clown de génie. À raison. C'était un être incroyable de talent et de générosité. Avec des failles, comme nous tous. Des cruautés, des excès en tout genre. Mais l'essentiel de nos personnalités n'est-il pas la dominante ? Hitler a bien dû avoir quelques élans de tendresse. Coluche était parfois infect. Mais l'un était foncièrement mauvais et l'autre foncièrement bon. Je caricature à dessein. Juste pour que toi qui me lis comprennes un peu mieux que tes défauts ne sont rien si les qualités les supplantent.

Ce soir-là, dans les couloirs de la télé, j'ai revu Coluche avec un infini plaisir. Il m'en restera deux souvenirs ineffaçables. D'abord, en partant, il m'a claqué la bise en me disant :

— Bonne chance, ma poule !

Ça peut paraître un détail insignifiant aujourd'hui, mais cette bise a été pour moi comme un certificat d'entrée dans le show-biz. Je venais d'un milieu où on se serrait la main entre hommes, hors la famille. La bise entre mecs était suspecte. Eh oui ! Tu te rends compte. Autre temps, autre police des mœurs. D'ailleurs, à l'heure des papouilles systématiques, je la regrette, cette poignée de main qui vous classait un homme. Moite et molle, elle était signe de fourberie. Énergique, de droiture. C'est pour cela que j'adore serrer la main des femmes. J'ai l'impression de leur voler une partie de leur mystère.

La deuxième chose qui m'a marqué, ce soir-là, c'était la tristesse du clown. Son sourire était grivois, mais ses yeux étaient plus que mélancoliques. J'ai osé lui poser la main sur l'épaule quand il partait. J'ai demandé :

— Ça n'a pas l'air d'aller ?

Il s'est retourné, m'a souri, le regard étonné :

— T'as deviné ça, toi ?

— Ben ouais ! Je peux te donner un coup de main ?

Il a fait semblant d'éclater de rire et a lâché, émouvant, en me regardant dans les yeux :

— M'aide pas, j'y arrive déjà pas tout seul !

Je suis rentré dans mon « cagibi » du sixième de la rue Laugier la tête pleine d'étoiles. On m'avait permis de jouer dans la cour des grands. Ça m'a ramené encore une fois à mes jeux d'enfant où certains « normaux » m'excluaient pour cause de bâtardise. Je tenais un bout de ma vengeance. J'ai téléphoné à Maman pour lui dire. Elle a tout de suite rectifié :

— Pas vengeance, mon petit, revanche. Ce n'est pas la même chose. La vengeance est un poison qui ne fera du mal qu'à toi. La revanche nous fera du bien à tous les deux.

Et j'ai continué, de cabaret en cabaret, pendant de longs mois pour un pécule de sauvegarde. De la rive droite à la rive gauche, de bides en succès, de découragements en enthousiasmes, j'ai appris mon métier. J'ai fait mes gammes. Patiemment. J'ai appris à serrer les dents, les poings, quand un aviné ou un suffisant, parfois les deux, hurlait :

— Casse-toi, t'es nul... Mais virez-le, celui-là !

J'ai appris à serrer les fesses aussi quand un soi-disant producteur pervers me promettait la gloire si le rugbyman que j'étais encore acceptait quelques concessions. J'ai appris à faire rire quels que soient le nombre de spectateurs, l'heure, l'endroit. J'ai appris qu'un public ne se donne pas, qu'il faut le prendre. J'ai appris que, même petit, on est toujours grand sur une estrade. Ce n'est pas la peine de mettre des talons compensés. La sincérité fait tout passer. Même le pire. Et Dieu sait si j'ai proposé des sketches hasardeux. Mais il faut un début à tout. Le monde ne s'est pas fait en un jour. Dieu a créé l'homme et la femme en premier. Quand tu vois les stars de la télé-réalité, tu comprends que même les plus grands peuvent aussi se tromper quand ils débutent.

Pendant ces années d'« études », j'ai aussi appris la nuit. Le Paris caché qui buvait, riait, forniquait dans les moindres recoins. Les bars de mes nouveaux amis corses, les allées du bois de Boulogne, les soupentes des inconnues d'un soir. Envoûtant, mais si dangereux. Et puis le jour, j'ai appris la « solitude encerclée ». Chez moi, en Corrèze, au détour d'une rue, au milieu de vingt passants il y avait toujours un regard ami. Là, de métro en boulevard, noyé dans des centaines d'indifférents, j'avais l'impression de ne pas exister. De n'être même pas « un » au milieu des « autres ». J'ai essayé de m'habituer à ces « autres »-là ! Quarante ans plus tard, je n'y suis toujours pas arrivé.

Ce n'étaient pas les mêmes « autres » qu'à Brive. Dans le bar de Maman, ils étaient cabossés bien sûr, mais pas autant. Et puis, ils parlaient ma langue. À Paris, le parler était plus pointu dans tous les sens du terme. Acéré. Coupant. Alors, à contrecœur, d'entaille en entaille, je me suis fait une gueule d'homme. Juste les cicatrices qu'il faut pour que le miroir te renvoie une image d'adulte. De faux dur prêt au combat. Ces mois de balafres furent ma plus belle université. L'école de la patience surtout. Aujourd'hui, je vois tant de mômes vouloir tout, tout de suite. À vingt ans, le temps est notre ami. Ce n'est que bien plus tard qu'il devient un salopard sans vergogne qui vous plisse la peau, le cœur et vous sclérose les illusions.

Cependant, malgré cet apprentissage qui commençait à porter ses fruits, fin 1975, le moral était au plus bas. Faux dur, je t'ai dit. Je faisais le fier en public, mais, dès que je rentrais dans mon sixième étroit, j'en crevais. Il me manquait mon espace, mes pierres, mes amis d'en bas, l'odeur de l'herbe du stade et Maman, bien sûr. Et puis, surtout, je doutais. Mon petit passage à la télé avait fait qu'on venait voir « celui qui fait Bourvil », mais je traînais encore de cachets minables en représentations pour cercle intime. Ils étaient rarement plus de trente. Le plus souvent une bonne dizaine, dont cinq fidèles. Je commençais à me demander si je n'avais pas fait fausse route. Il était encore temps de rentrer au pays, de rejouer au rugby et de me trouver un petit boulot tranquille.

Mais le Destin veillait. J'ai eu le gros coup de blues à 16 heures, j'ai commencé à faire ma valise à 16 h 30, et le téléphone a sonné à 17 h 10, au moment où je passais la porte pour partir à la gare. Un copain de cabaret qui, solidarité encore, avait glissé mon nom pour une audition à l'Olympia.

— C'est pour présenter le spectacle d'Annie Cordy. Bonne chance !

La chance, c'était qu'au hasard de mes petits cachets, je faisais de temps en temps des spectacles pour les banquets des Auvergnats de Paris. La chance, c'était qu'une des standardistes de l'Olympia, auvergnate, m'y avait vu. La chance, c'est qu'elle en avait glissé un mot à Bruno Coquatrix. La chance, la chance, la chance... Et c'est comme ça que je me suis retrouvé à présenter le spectacle de Nini... la chance. « *Fatum* ».

Allez, je ne te raconte pas tout. Il faudrait cent pages pour décrire chaque instant de mon rêve éveillé, ce soir-là. Mon deuxième « même que ça s'peut pas ! ». Le rouge au néon de l'Olympia. Immense, même si les lettres étaient minuscules. Maman en larmes, la salle de première bondée de légendes, d'Aznavour à Brassens. La trouille au ventre comme jamais je ne l'ai eue depuis devant ce parterre impressionnant. Et puis Jacques Marouani, en coulisses. L'imprésario à la mode. Il deviendra, ce soir-là, mon père de substitution. Nous ne nous séparerons que vingt ans plus tard.

Tout ça, c'était déjà merveilleux, mais le meilleur, ce fut après. Aujourd'hui encore, à la fin d'un spectacle où des milliers de personnes m'ont applaudi à tout rompre, le meilleur moment, c'est la suite. Seul dans ma voiture. Avec l'écho des rires et des chants en boucle. L'indicible besoin de se retrouver face à soi-même. Pour ne pas se perdre, surtout ne pas se perdre. Ce soir de « gloire » de 1975, j'ai retrouvé mon cagibi et mon robinet d'eau froide. En fermant les yeux, j'ai vu un feu d'artifice.

À quoi ça tient, le bonheur ? Parce que de loin, regarde : un môme dans une piaule minable qui vient de faire une toute petite prestation dans un music-hall, c'est quoi par rapport à l'immensité des choses ? Rien. Une brindille. Récemment, on m'a « canonisé » au musée Grévin. Et pour installer mon double, on a déplacé celui de Romy Schneider. Ça ne m'a presque fait ni chaud ni chaud. Dieu que le chemin est beau quand on a toute la route devant soi. Comme je l'ai déjà écrit : « Le bout du tunnel n'est pas loin, pour le voir il suffit de se retourner. »

Maman se penche à mon oreille :

— Encore un coup de blues. Tu es gonflé, quand même ! Tu es en train d'écrire dans une propriété magnifique, tout marche pour toi et tu pleurniches ta chambre de bonne et ton robinet d'eau froide. Tu n'exagérerais pas un peu ?

— Non. Ce n'est pas ma piaule qui me manque, c'est ma jeunesse.

— T'inquiète pas, ça ira mieux demain.

— Non, Maman. Ça ira mieux hier.

— Je te rappelle que, hier, il y avait aussi les vautours qui en quarante ans ne t'ont fait aucun cadeau. Ils t'ont insulté, traité de tout, et aujourd'hui qu'ils commencent à te reconnaître un peu, tu fais la fine bouche. Tu es désespérant.

— Désespérant, mais gai quand même.

— Pourquoi gai ?

— Parce que je les ai quand même bien baisés, ces cons-là !

— Tu ne vas pas écrire ça quand même ?

— Si.

Parce que j'écris comme je parle. Et que je parle comme je vis. Sans filet. Sans précaution. Comme ça me vient. Je ne me satisferais jamais d'une élégance à crédit ou d'une politesse de façade. Ma médiocrité a au moins le mérite d'être intègre. Les inimitiés, le dédain et les sentences que je génère sont amplement mérités. Et je n'ai l'intention ni de m'assagir ni de m'aplatir. Je suis fier de mes reliefs, de mes bosses d'orgueil et de mes failles intellectuelles. Mon ordinaire, mon commun. Demeurer ce que je suis est mon combat de tous les jours. La devise de mon blason. « Je le suis, je le reste. »

C'est à partir de ce jour d'Olympia que le vrai tourbillon a commencé. De 1975 à 1979, la gloriole s'est transformée peu à peu en succès probant. J'ai installé mes racines. Encore un an de cabaret et puis l'envol en première partie des stars du moment : Sardou, Lenorman, Lama. Les tournées en province, enfin. Ma terre. Et tout ce qui va avec. Les filles, la boisson, la fête. Les vraies années bonheur. Quand le nom est juste assez gros mais pas encore trop. Aucune responsabilité si le spectacle ne remplit pas : c'est la faute de la vedette, pas de la première partie.

Et puis, vingt minutes seulement sur scène et toute l'énergie pour faire la fiesta jusqu'au bout de la nuit. Et surtout, l'orée des années quatre-vingt. Avant le sida, avant les interdits, avant le déferlement de la came assassine. Le nirvana. De ville en ville, de filles en filles. Déchaîné, insolent, casse-cou, joyeux et libre.

Libre.

Libre.

Aujourd'hui, mes boîtes de production m'imposent des précautions professionnelles et humaines. Je ne peux rien envoyer balader. J'ai charge d'âmes. À cette époque, je n'avais charge que de la mienne. Le seul être que je pouvais me permettre de détruire, c'était moi. Et à cause de madame la bouteille de whisky, je ne suis pas passé très loin de l'anéantissement. À l'heure où j'écris, elle est encore là. C'est moi qui l'ai posée à portée de main. Exprès. Elle est belle, racée, le corps ambré. Un tatouage « Pur malt » sur le ventre. Elle a les mensurations parfaites : 60, 43, 75. Soixante ans d'âge, quarante-trois degrés, soixante-quinze centilitres. Elle me parle :

— Allez, juste une fois !

— Non.

— Allez, rappelle-toi comme c'était bien.

— Oui, mais non.

— Juste une gorgée.

— Non.

Cette chienne m'a fait jouir comme personne. Mais elle m'a aussi planté ses tessons dans l'âme. À en hurler. À en crever. Alors non ! Plus jamais. Et je suis fier, tu sais. Tu ne peux pas savoir à quel point. C'est pour ça que je la pose si près de moi, sur la table basse, quand j'écris. Tiens, je vais juste lui embrasser l'étiquette. Ça, c'est une vraie victoire ! Tous ceux qui boivent me comprendront. Les autres ne sauront jamais ce à quoi ils ont échappé. Malheureusement, ils ne sauront pas non plus ce qu'ils ont raté. Repenti d'accord, mais qu'est-ce que ça fait du bien de se faire du mal !... Allez, on repart !

En 1976, j'ai assuré la première partie de Michel Sardou. Un monument pour moi. Pas le Sardou d'aujourd'hui qui fait vraiment la gueule. Non, celui d'avant qui riait souvent mais qui faisait la gueule par précaution. Je lui ai demandé pourquoi.

— Comme Gabin. Pour qu'on ne m'emmerde pas. Quand Gabin faisait la tronche, personne ne venait lui taper dans le dos. Et moi je n'aime pas ces familiarités-là.

Moi je les aime bien ces familiarités-là, mais je comprends qu'on les déteste. Fernand Raynaud ne les supportait pas. Il rêvait d'un respect à la Devos. C'est pour ça qu'il buvait. C'est peut-être pour ça qu'il en est mort ivre au volant de sa grosse voiture. Tout le symbole du clown populaire est là. Le diable bienveillant nous rappelle à lui pour abréger les souffrances qu'il a engendrées. Mike Brant et Dalida sont morts de trop de gloire dans trop peu de sincérité. Comme un pastis qu'on noie. Cloclo, Balavoine et Coluche sont morts de vivre trop vite. Aucun des trois n'a pris le temps de la précaution. Ceux-là et tant d'autres.

Ce n'est pas innocent de parler d'un rythme endiablé. C'est celui que j'ai mené pendant toutes ces années-là. Par bonheur, je suis descendu du cheval fou à temps. Comme Sardou qui a arrêté sa tournée 1976 quand ça a commencé à dégénérer vraiment. La chanson « Je suis pour » avait déchaîné une haine rare. Une précision : malgré le titre ambigu, c'était un éloge à la loi du talion et pas à la peine de mort. Une confusion qui marquera Michel à vie. La tornade médiatique fut d'une violence inouïe. Des bombes sous les chapiteaux, des manifestations, des menaces de mort quotidiennes. J'ai tout vécu aux premières loges.

Saleté de pensée unique ! Bien sûr que si on me tue mon enfant, je n'aurai qu'une envie : tuer celui qui me l'a pris. C'est humain. Mais pour les « grands esprits », ce qui est humain n'est pas convenable. Trop primaire. Trop simpliste. Ah, « simpliste » ! Le mot protée. L'arme absolue des suffisants lorsque les gens de bon sens veulent leur imposer une évidence. Et ils se réfugient derrière l'éternel bouclier de l'« intelligence ». Pauvres cons !

Ben oui ! L'intelligence, c'est la curiosité. C'est chercher à comprendre même ce qui ne nous satisfait pas. Les élites regorgent d'imbéciles cultivés. Ils ne cherchent plus puisqu'ils sont certains d'avoir trouvé. L'intelligence, c'est la quête, le savoir n'est qu'une accumulation d'archives.

Pauvres cons, donc !

La métaphore qui va suivre te paraîtra sans doute hasardeuse, mais je me lance quand même. Tout est question de robinetterie. Dans le temps, il y avait un robinet rouge pour l'eau chaude et un bleu pour l'eau froide. Il était facile de trouver l'équilibre qui nous convenait. Aujourd'hui, le progrès technique nous a fabriqué des tableaux de bord de salle de bains incompréhensibles sous prétexte de modernisme. Dans certains hôtels, il faut avoir le bac plus cinq pour décrypter les méandres de la tuyauterie. La pensée moderne est à l'image de ce mitigeur. À trop y réfléchir, on perd l'essentiel. L'« intelligence » a créé un laxisme insoutenable où les coupables sont souvent plus protégés que les victimes. Réac ? Non, réel... Sardou avait raison.

J'ai donc appris, et encore appris. Et pas seulement mon métier. Au fil des tournées, j'ai appris les Français. Leurs doutes, leurs certitudes. J'ai appris mon pays au point aujourd'hui d'en être amoureux, comme on peut être accro à une emmerdeuse. Parfois, cet Hexagone est un vrai pays de cons, mais qu'est-ce que je l'aime. Désolé Cyrano, mais le quitter ? Non merci. Quels qu'en soient les injustices, les insécurités, les excès, j'ai appris ma terre par cœur au fil des gens que j'ai croisés. On dit : la mère patrie. C'est exactement ça. Et j'ai toujours préféré dire : « Je t'aime bien maman » plutôt que : « Nique ta mère ! »

Tournée générale, donc, à partir de 1976. Chapiteaux, arènes, plages, palais des sports. Tellement imitateur habillé de la peau des autres que je n'avais plus de place pour moi dans la mienne. Deux cent cinquante jours par an. Et l'alcool qui va avec. Au début pour la fête seulement. Et après... Le chagrin d'amour qui transforme les cuites joyeuses en alcoolisme sordide. La descente aux enfers où m'attendait le diable bienveillant, une bouteille dans une main, un somnifère dans l'autre.

— Bonjour tous les deux !

— Salut toi tout seul, a-t-elle répondu, souriante.

C'était en ouvrant la porte d'une loge à Melun. Le garçon avait les cheveux longs et la moustache fine, la fille était rieuse. Je les ai découverts en même temps au premier jour d'une tournée en première partie de Dave. Francis Cabrel et Marie Myriam. Elle venait de gagner l'Eurovision, il venait d'Astaffort. Tant prémonitoire : « Petite Marie », « Je l'aime à mourir ».

J'ai déjà raconté dans d'autres livres ma belle histoire avec Marie. Mon plus beau chagrin d'amour. Avec tout. Les rires, la passion, les cris, les larmes, ma tentative de suicide. J'ai oublié l'enfant qu'elle voulait, que je lui ai fait, mais que ses parents ne souhaitaient pas. Sale avortement où j'ai dû lui tenir la main. Et puis Michel, celui qui me l'a volée. On s'est battus comme des chiffonniers. Mais le chiffon était un foulard de soie, ça valait la peine.

Alors quelques lignes seulement pour expliquer que c'est à cause de ce chagrin-là que j'ai commencé à boire vraiment. Mais ce n'est pas le plus important. Le plus important n'est pas cet été 1979 où j'ai aimé à vouloir mourir. Non, le plus important, la leçon que je te donnerai peut-être, c'est le coup de téléphone, il y a deux mois.

— Allô, Patrick.

— Oui, Marie... J'ai appris pour Michel. C'est arrivé comment ?

— Un infarctus massif. Il est mort dans mes bras.

Et tu sais quoi ? Cet homme qui m'a enlevé ma raison d'exister à l'époque, cet homme que j'ai haï, je le pleure aussi. Réellement. Quelque chose de moi vient de mourir avec lui. Il y a longtemps que je ne le détestais plus. On s'était revus, parlé en toute amitié. On riait même de nos bagarres. Et puis là, Marie est effondrée, détruite, et je pleure pour eux.

Sincèrement.

Je te raconte juste ça pour relativiser ton chagrin d'amour si tu es en train d'en vivre un. Moi, à un mois de faire mon premier Olympia en tête d'affiche, j'ai voulu mourir d'amour. La corde au cou et les cachets. Sauvé d'extrême justesse. Et trente-cinq ans après, la disparition de celui que j'aurais tant aimé faire disparaître m'attriste au plus haut point. Tout passe. Même le pire. Ne renonce jamais. Le temps est souvent un ami. C'est au diable bienveillant de nous reprendre ce qu'il nous a donné. Ne tente jamais d'abréger ta vie. Elle sera ce qu'elle doit être. Ce qui est écrit... *Fatum.*

Après Marie, il y en a eu d'autres. Des officielles, certifiées par les photos dans les magazines. Je ne te parlerai d'aucune. Je reprendrai à Nana, ma femme actuelle, en 1991. L'entre-deux n'est qu'une succession d'égarements dont je suis le seul responsable. Des ports d'attache où je n'aurais pas dû m'amarrer. Ce que l'on fait dépasse si souvent ce que l'on fait. L'homme qui a frotté deux silex l'un contre l'autre ne se doutait pas qu'il était en train d'inventer les Pompiers de Paris. Je ne me doutais pas que ces fausses stabilités ne m'avaient été envoyées que pour accréditer la dernière.

Je préfère ne garder de cette période que les chemins de traverse. Mon infidélité chronique s'en est accommodée avec délectation. Et je les en remercie toutes, mes passantes d'un instant, d'une heure, d'une nuit. Celles qui ne vous laissent ni note à payer ni cicatrices. Cela peut paraître affreusement macho, mais ne me jette pas trop vite la pierre. C'est ainsi. Les saltimbanques sont des goinfres. Une fille par escale. Bien plus prolifiques que les marins. Il y a moins de ports que de villes. La fin des années soixante-dix et le début des années quatre-vingt furent éclatants. La légende m'attribuera bien plus de détours que j'en ai avoué, mais bien moins que j'en ai fait réellement. Ce n'est pas de la forfanterie, c'est la réalité que m'a imposée le diable bienveillant. À l'époque, je sautais sur tout ce qui bougeait. Après, j'ai évolué. J'ai aussi sauté sur ce qui ne bougeait pas !

L'homme est assis à la terrasse du restaurant chic. Il me jauge du coin de l'œil. Il sait mes aveux amoureux. Je lis dans ses pensées :

— Comment ce disgracieux, mal coiffé, réputé le moins bien habillé du Paf, bedonnant et grossier, peut-il se prévaloir d'un tel tableau de chasse ? Alors d'accord, peut-être ! Mais des cagoles, des fins de série, des idiotes. J'ai pas raison « mamour » ?

— Si, si, répond « mamour », sa femme posée à côté, en baissant les yeux.

« Mamour » n'est ni cagole, ni fin de série, ni idiote. Juste femme. Elle, elle sait qu'il ne faut pas se méfier de l'eau qui dort mais plutôt de celle qui ne dort jamais.

Pendant toutes ces années, j'ai jumelé l'orgasme de scène et celui des draps. Parce qu'ils sont de la même famille. Et parce que c'est dans mes gènes. Je suis né chasseur. Mais je ne tue pas, je ne blesse pas, je capture et je relâche.

— Vous êtes des monstres de trivialité et de mauvais goût, s'emporta la féministe farouche.

C'était une nuit d'été, après un gala en première partie de Serge Lama, un autre goinfre. Elle avait traversé le restaurant juste pour nous dire ça. Nous l'avons jugée, jaugée, invitée à s'asseoir. Nous avons argumenté, débattu, manœuvré. Et deux heures après nous l'avons... raccompagnée bien sûr. Ne va surtout pas imaginer qu'elle ait pu se révéler à ce point-là. Mais non, bien sûr (sourire narquois) !

Les mots sont les mots. Ils n'ont de valeur que ce que les actes en font.

De ces tournées folles, je pourrais extraire mille anecdotes savoureuses, croustillantes à souhait, mais je ne veux pas faire un livre de blagues, tu l'as bien compris. Non, ce qui me revient le plus de cette période bénie, c'est la France de ces années-là. Juste le temps de la mettre en parallèle avec celle d'aujourd'hui, puisque, tu l'as compris aussi, dans cet ouvrage, je suis plus enclin aux digressions qu'à la chronologie. Tu me suis ? Bon alors, on y va.

Mai 1974.

Valéry Giscard d'Estaing est élu président de la République.

Pour Mitterrand, on attendra encore un tour. Donc la politique sera plutôt de gauche. C'est toujours ainsi sous un régime de droite, pour séduire les électeurs qui manquent. Et vice versa. Donc, sous des allures d'ordre établi, ça a donné une ambiance plutôt libertaire. Bien sûr, plus tard, Mitterrand libérera les radios. Mais qui était vraiment libéré ? Celui qui la faisait ou celui qui l'écoutait, esclave de la bien-pensance à l'envers. Mitterrand a aboli la peine de mort pour les coupables. Bravo, je cautionne. Mais est-ce que ça a changé la peine de mort pour les victimes ? Simpliste encore ? Non, réaliste.

Toujours est-il que je l'ai bien aimée, moi, la France sous Giscard. Oh, pas vraiment grâce à Giscard. Mais rétrospectivement, quel clair-obscur avec aujourd'hui ! La télé n'avait que trois chaînes. Qui portaient déjà bien leur nom. Aujourd'hui, elles sont des dizaines à nous asservir à des séries criminelles *made in US* et à de l'info en rafale. Et la télé n'est qu'une maille du filet. Ce piège qui nous a immobilisés sans qu'on y trouve à redire. Et nous voilà, pieds, poings et âmes liés. Prisonniers d'une cage dont nous façonnons nous-mêmes les barreaux.

Imagine la belle époque : pas de portable fil à la patte, pas d'Internet, pas de sondages quotidiens pour nous dire quoi penser. Et aujourd'hui je nous vois surveillés, épiés, fliqués, rackettés, encartés. Alors forcément, moi qui ai connu les cuites sans contrôle, les photos sans portable, l'amour sans danger, la télé sans pub, la nature sans écologistes et le fric sans carte bancaire, j'étouffe. Comme ces femmes d'antan à qui on serrait les ficelles du corset.

— Ça fait mal.

— Oui, mais vous allez paraître plus mince. Il faut souffrir pour être belle.

Alors soit, c'est pour « paraître ». Mais vois-tu, à cette époque, on ne paraissait pas, on était ! C'est si compliqué que ça à comprendre ? Tu as des amis sur Facebook. Super ! Moi j'avais des amis à ma table. Tu peux faire des rencontres sur Meetic. Génial ! Moi, je les trouvais au coin de la rue. Tu ne fumes pas, tu ne manges pas de gluten, tu fais le tri sélectif, tu roules en Vélib', tu respectes les limitations de vitesse, tu prends bien tes vacances quand on a décidé qu'il fallait que tu les prennes, tu mets ton casque et ta ceinture, des capotes, tu regardes *Joséphine ange gardien*, tu lis Houellebecq, tu écoutes Stromae, enfin tu fais tout ce qu'on t'a dit qu'il fallait faire. Par contre, tu bois et tu te drogues de plus en plus. Pour le plaisir ? Non, pour l'oubli. Dis, y a pas quelque chose qui cloche ?

À la fin des années soixante-dix, la vie n'était pas moins difficile qu'aujourd'hui, mais geindre n'était pas encore le sport national. La génération d'avant nous avait appris à nous contenter. À apprécier le verre à moitié plein. Il y avait des artistes moyens. Et alors ? Ça leur valait quelques invectives, mais pas de bourrasque médiatique. Le président de la République se vautrait. On ne le couvrait pas d'immondices. Et si la transparence absolue avait en fait tout obscurci ?

Gainsbourg picolait, Cloclo se tapait des minettes, Dassin se shootait, Carlos chantait des conneries, mais avec un kilo de paillettes, ça passait. Les scoops sulfureux faisaient tomber moins de têtes, et enflaient moins celles des analystes. Les réseaux financiers et les confréries mystico-religieuses aiguillaient le monde, ils ne l'avaient pas encore asservi. Les pauvres étaient aussi pauvres, les riches bien moins riches. Le cinéma était encore un art, pas une usine à pop-corn. Des fourbes s'infiltraient parfois dans les hautes administrations, aujourd'hui ils les dirigent. Les politiques n'étaient pas encore des clowns médiatiques. Et encore, oser cette comparaison, c'est faire insulte aux gens du cirque. Les cons s'abstenaient, aujourd'hui ils votent. Les paysans avaient du mal à vivre. Aujourd'hui ils se suicident. Les grand-mères mouraient vieilles. Aujourd'hui elles meurent jeunes. Putain de Botox !

Avant, quand tu demandais à une fille :

— Tu couches le premier soir ?

Elle répondait :

— Ça va pas, non ?

Aujourd'hui, elle te répond :

— Pourquoi tu veux attendre le soir ?

Avant, les filles se masturbaient en cachette. Aujourd'hui, elles exhibent leurs sex-toys comme des trophées de guerre. À désespérer de croire à la princesse charmante. Avant, les mecs s'aimaient en secret. Aujourd'hui, ils se marient au grand jour pour bien profiter eux aussi des joies du divorce. En galvaudant au passage leur singularité la plus valorisante : la différence. Attention, je ne suis pas contre l'orgasme solo et le mariage pour tous, bien au contraire. Je suis pour. Mais tout est allé trop vite, sans discernement réel. Tous pris dans un vent de force cent. Avancer, avancer, avancer. Sans étapes, au détriment de la réflexion posée. Progresser, moderniser, gagner, réussir, dominer. Exister surtout, ou s'en donner juste l'illusion. À n'importe quel prix, même le plus bas.

Et le typhon se renforce. D'iPad en tablette, de box-office en cotes de popularité menteuses. De l'encensement surévalué à la délation la plus lâche. Avec l'indifférence en fer de lance. De dépendance en dépendance, d'interdit en interdit. Parqués, formatés, encodés, sous vide, voilà ce qui vous attend. Bon voyage les mecs ! Moi j'ai presque fini le mien et je n'en suis pas fâché. Allez tchao les clones, le clown vous salue bien !

Un qui doit s'arracher les cheveux, c'est mon éditeur.

— Peut-être faudrait-il édulcorer, Patrick.

— Et pourquoi ? Encore du *light* ? C'est ma colère du moment. Ça ne changera rien mais ça soulage. Je sais, ça fait « café du commerce ». Le problème, c'est qu'il y a de moins en moins de cafés et de plus en plus de commerces. Alors je compense.

Je sais bien qu'il me laissera écrire ce que je veux, Bernard. À mes risques et périls. Dans tout ce foutoir, même chez les importants, il reste encore des mecs bien. Même dans le commerce des livres ou supposés tels. Parce que là, je détourne la marchandise. L'affiche annonce des souvenirs alléchants et v'là que je m'énerve !

Même que ça s'peut pas !

— Vraiment, ce Sébastien, toujours bas de plafond, poussif et indécrottable ! Ah, si tu pouvais fermer ta gueule ! Il devrait les écouter plus souvent ses chansons de nase !

Je te rassure, je sais pour qui je disjoncte dans l'improbable. Pour tous mes lecteurs entre les lignes. Si je n'étalais pas mes organes, ils m'en voudraient. Pas de souci les gars ! Ce sera peut-être le dernier bouquin, mais je ne vous décevrai pas.

Allez, fin du couplet hystérique. Il est tard. Dans la nuit. Dans ma vie aussi. Pour résumer, j'ai adoré les années de 1974 à 1979. Ce sont mes préférées. Il était midi. Le soleil brillait à travers le feuillage. Le soleil, c'étaient les projecteurs, le feuillage, l'ombre des jeunes filles en fleur. C'est là que j'ai le plus bronzé du cœur. À partir de 1979 et du premier Olympia en vedette pour moi tout seul, ce sera un après-midi étouffant. Et puis l'orage bien sûr après. Le soir sera plus doux. À soixante ans, je viens de rentrer dans la nuit. Ça se rafraîchit un peu.

Mais je me sens plutôt bien.

Pas heureux, comblé seulement.

Je te l'ai déjà dit ?

Je sais, mais ça résume tellement tout.

1979-1984

LA NUIT DES MORTS VIVANTS

Comme si c'était un autre moi.

Comme si je m'étais laissé là, il y a trois semaines. Assis devant l'ordinateur dans la maison de Martel, accoudé à mon bureau face à la grande baie vitrée. Comme si c'était un double qui revenait de sa croisade médiatique pour s'incruster dans cet hologramme et ne faire qu'un : celui qui commence à écrire le deuxième chapitre.

Trois semaines à combattre les mécréants pour la tournée obligatoire de promotion de mon nouvel album de chansons festives. Comme nous tous, les artistes, si heureux de notre « savoir-faire » et si contraints par le « faire savoir ». Photos, plateaux de télé, studios de radio, interviews, sourires, dédicaces, maquillage, café froid. En enfilade. Comme les portes d'un couloir sans fin. Pas si désagréable que ça, en soi, s'il n'y avait aujourd'hui les nouvelles épées de Damoclès en menace permanente : les « sites-blogs » et leurs relais médiatiques. Infects, indécents, menteurs, manipulateurs, sordides. Ils m'ont tout fait. Ils ont décortiqué chaque déclaration pour en sortir la phrase, le mot, le geste pouvant faire polémique. Les chacals !

Une photo de moi et de Nana, ma femme, à la une, et en gros le titre assassin : « La terrible séparation... » Ah, bon ! Je n'étais pas au courant. Alors je feuillette. Encore un gros titre : « Au bout de seize ans, il part sans se retourner... » Ah bon ! Mais Nana et moi, ça fait vingt-trois ans. Voyons l'explication écrite en tout petit : « Au bout de seize ans, Patrick annonce que les studios de Bry-sur-Marne vont fermer, et qu'il les quitte la mort dans l'âme. Une terrible séparation. »

— Mais, monsieur, la photo n'a rien à voir avec le titre. L'ambiguïté est dégueulasse.

— Et la liberté de la presse ?

— Bon d'accord.

Et puis, il y a eu, dans une interview à la télé, mon analyse politique des dernières élections :

— Hollande reste mon ami. Je ne vais pas fuir parce qu'il y a avis de tempête. C'est ça pour moi l'amitié.

Et puis :

— Je pense que les nouveaux venus qui ont voté FN ne sont pas des racistes. Ce sont des honnêtes gens qui sont fatigués de respecter les lois, alors que ceux qui les bafouent passent à travers les mailles du filet.

Et puis aussi :

— La classe politique est indigne. Pas un jour sans qu'un élu se fasse prendre les doigts dans le pot de confiture. C'est ça l'exemplarité ? C'est comme un instituteur qui volerait la viande à la cantine. Comment voulez-vous qu'il explique le civisme à ses élèves ?

Et puis encore :

— Ceux qui veulent faire passer les clients des prostituées pour des délinquants sont les mêmes qui cautionnent la France à genoux qui suce le Qatar !

(Bon, là, d'accord, c'était un peu trash. Je n'étais pas obligé, mais ça soulage tellement. Et puis, ce n'est pas vraiment faux, non ?)

Et pour terminer :

— Les filles de la télé-réalité représentent pour moi une branche voisine de la prostitution.

C'est vrai, je cherche un peu le bâton pour me faire battre. Mais pour me punir de quoi ? De dire une autre vérité. Celle qui ne rentre pas dans leurs codes. Alors j'ai eu droit au sempiternel déferlement d'amalgames, d'insultes, de sous-entendus. À la sortie, je suis le gros beauf qui cautionne pêle-mêle Marine Le Pen, les proxénètes, le populisme le plus menaçant et le socialisme rétrograde.

J'aurai dû juste dire comme la plupart de mes collègues :

— Achetez mon disque. Lisez mon livre. Allez voir mon film. Venez à mon spectacle. L'actualité ? Non, je préfère ne pas me prononcer. Ce n'est pas mon rôle.

Tu parles ! Des fois que ça vexerait le client.

C'est sûr, ma tranquillité gagnerait à ce que je ferme ma gueule. Mais j'aurais du mal à me regarder dans la glace. Y voir des yeux cernés, des rides de contrariété, c'est supportable. Mais je n'accepterai jamais de n'y voir personne.

Alors, ce soir, posé face à la grande baie de mon bureau de Martel, après tout ce tumulte, tu peux comprendre comme j'apprécie le silence. Parce que celui d'ici est unique. Je le reconnaîtrais entre mille. Même pas le ronronnement d'une route lointaine, un claquement de volet, la musique d'un fêtard nocturne, une alarme. Rien... Un vrai silence de luxe. Il est juste troublé par la voix à peine audible de Maman :

— Bon, ta petite rengaine antisystème, c'est fait. Maintenant reprends le fil de ta mémoire. Et entre nous, tu sais que ces détournements me soûlent.

— Mais...

— Y a pas de mais ! Ce sont des colères stériles qui n'ont aucun intérêt. Et surtout tout le monde s'en fout.

— Pas sûr.

— Et même ? Moi je veux que tu me racontes le début des années quatre-vingt, le show-biz... Tout ça.

— Mais Maman, c'est le principe du livre. Les échos du passé et leurs répercussions dans le présent. Surtout que le passé est définitif et que le présent réserve encore plein de surprises.

— D'accord. Alors, je te permets un dernier petit tour dans aujourd'hui. Avant de repartir dans tes années quatre-vingt, raconte-leur la « visite », le mois dernier. Parce que moi aussi j'étais très émue de le revoir. Tu sais comme je l'aimais et comme il me le rendait bien.

— Oui, Maman.

Maman parle de ma visite à Voltaire, dans l'appartement situé quai Chirac. Ou le contraire. Alzheimer inverse tout. J'ai passé une des heures les plus émouvantes de ma vie. Le « Grand » m'attendait, élégant et détendu. Assis, fragile, sur une chaise de bureau, une canne collée à sa jambe. Chemise ouverte, cigarette à la main, il m'a souri large.

— Patrick, ça me fait tellement plaisir.

— T'as l'air en pleine forme.

— Superbe.

Ouf ! Je ne te cache pas que je redoutais que ses yeux cherchent à m'identifier. Alors j'ai commencé à lui parler comme à une grosse femme à qui on dit qu'elle a un beau visage :

— Je te trouve vraiment bien.

Et puis le reste de la conversation est à nous. Des banalités, quelques oublis, mais des moments surprenants de lucidité sur les choses du monde. Rien de secret, mais l'indécence serait d'en rapporter le moindre mot. Juste te livrer mon trouble au moment du départ.

— Allez, j'y vais, Jacques. Ça m'a vraiment fait plaisir de passer ce si long moment avec toi.

— Moi aussi, Patrick. Embrasse Nana et...

— Lily.

— C'est ça.

Il a fait le geste de se lever de sa chaise.

— Ne te fatigue pas, ai-je dit, compassé.

— Si, si, je te raccompagne.

Il n'y avait que trois mètres entre sa chaise et la porte. Il a posé la main sur mon épaule pour s'y appuyer et nous avons marché. Lentement. Très lentement. Très petits pas par très petits pas. Certainement le souvenir le plus fort qu'il me restera du grand homme. Un tout petit bout de chemin qui n'en finissait pas et, sans doute, une de mes plus grandes leçons de vie.

Imagine. Moi, le petit Boutot de Corrèze, sur l'épaule duquel s'appuie un ancien maître du monde. Ça, c'est pour la fierté. Pour Maman. Pour tous les « sale bâtard » de mon enfance... Et puis le reste. Surtout le reste. D'abord la leçon d'humilité. Tu le vois le grand chef, tant impressionnant de force, de pouvoir, de grandeur, de vivacité, réduit à la lenteur, à l'extrême prudence ? Contraint de prendre appui sur un clown pour rester droit. L'image est parlante, non ?

Même quand nous sommes tout, nous ne sommes rien. Friables, de toute façon parce que le temps nous pourchasse et nous rattrape quand il le souhaite. Alors, les honneurs, les médailles, ça te fait une belle jambe quand tu ne tiens presque plus sur les tiennes ! J'ai toujours admiré Jacques Chirac. Mais ce jour-là j'ai d'autant plus admiré Jacques. Parce qu'il n'était plus Chirac mais que, malgré tout, il ressemblait encore à un chef. Au cinéma, on appelle ça une présence. Dans la vie, une légende.

La dernière composante de cette leçon de vie, c'est le poids de cette main sur mon épaule que je ressens souvent réellement les soirs de vague à l'âme. Les nuits où je voudrais arrêter le tourbillon, me reposer enfin. L'homme à qui appartient cette main me glisse à l'oreille :

— Surtout ne ralentis pas. Profite, vis, chante, ris, cours, mange, bouffe la vie à pleines dents, comme je l'ai fait. N'attends pas qu'il soit trop tard. Tu te rends compte : une minute pour faire trois mètres. Et en plus l'escargot est hermaphrodite. Tu parles d'une galère ! Parce qu'au bout du compte, les filles, c'est quand même ce qu'il y a de plus beau, non ?

Et va savoir si cette dernière phrase, il ne me l'a pas soufflée vraiment à l'oreille au moment de passer la porte... Oui, va savoir ?

— Alors, tu vois Maman, le lien est tout fait pour revenir aux années quatre-vingt. Parce que vivre, boire, manger, chanter, bouffer la vie à pleines dents et me gaver de filles, ça a été exactement ça. Tu l'entends, l'écho du passé dans le présent ?

— Je l'entends. Même si j'en ai passé des nuits blanches.

— Excuse-moi.

— Non, c'était normal. Une vraie mère ne dort jamais la nuit quand son enfant passe les siennes à risquer sa vie.

— Eh oui, une vraie mère veille.

C'est ça, une vraie merveille !

Pendant toutes ces années, j'ai porté le diable bienveillant à califourchon sur mes épaules. Tout au long des cent mille kilomètres de route annuels, des centaines de spectacles. Au fond des bars de nuit, des discothèques, il était là. Il me fabriquait des fous rires, des délires, remplissait mon verre, draguait les filles. Et en cas de danger extrême, il veillait. Il a détourné mon véhicule des plaques de verglas, des camions assassins. Il a dévié la balle de neuf millimètres de ma direction pour la ficher dans une boiserie. Il m'a rattrapé par le col au bord du ravin, quand, ivre mort, j'allais m'y écraser. Il a brisé la branche d'arbre à laquelle, à bout d'amour, je m'étais pendu. Bienveillant donc. Mais diable en diable. Me poussant à la consommation de tout et sans limites.

Il est assis à mon chevet, ce soir de septembre 1979, quand le médecin de l'hôpital Laennec m'impose le lavage d'estomac abominable. Avec un cynisme préventif, il me lance :

— La prochaine fois, saute plutôt du sixième, parce que là, le nettoyage que je vais te faire te passera l'envie de recommencer.

Et il ajoute en riant :

— Décidément, c'est la soirée des vedettes.

Sur le brancard d'à côté, un clochard gémit. Delirium tremens.

— Quelle vedette ?

— C'est le père de Johnny Hallyday, un habitué.

Alors, je me suis dit dans un premier temps ce que tu dois te dire certainement. C'est abominable quand on est star à ce point de laisser sa famille dans un tel dénuement. Dans un premier temps seulement, parce que, renseignements pris, Johnny était allé au-delà de tout ce qui était possible. Mais on ne peut pas sauver contre son gré quelqu'un qui a décidé de se noyer. Il mord dans la bouée à pleines dents. Tiens, en écrivant ça, je pense à Olivier, mon fils, chanteur indépendant et vagabond. Un reportage traître à la télé l'a montré démuni, opiniâtre et esseulé. Alors, bien sûr, la vindicte des imbéciles :

— Quelle ordure, ce Patrick Sébastien ! Avec tout son pognon, il laisse crever son fils.

Bandes de cafards ! Cloportes ! Je ne le laisse pas crever, je le laisse vivre. Comme il l'a choisi, comme il n'accepterait pas que je l'en empêche. Je suis toujours là quand il en a besoin. Et absent dès qu'il le souhaite. C'est notre pacte d'amour. Alors, du passé au présent, père de Johnny ou fils de Sébastien, la même morale : les hommes naissent libres et ego... Ils sont les seuls responsables de leurs choix. Ceux qui jugent nos pailles dans les yeux ont bien plus que des poutres dans les leurs. Ils ont des forêts. Tant pis pour eux. Qu'ils s'y perdent !

L'épave joyeuse que j'étais au début des années quatre-vingt, j'en ai été le seul créateur. Et tu sais quoi ? Je ne regrette pas la moindre maille de ce filet qui m'a ficelé à des cuisses de secours et à des réverbères auxquels je m'appuyais pour vomir. De mon plein gré, je me suis pris au piège des lumières trop violentes, de l'amour trop fort, de la célébrité qui rend fou. Celle des débuts. Quand tout s'accélère trop vite. Comme le décollage d'un avion qui te colle au siège. De ce voyage-là, de 1979 à 1985, j'ai le souvenir merveilleux, douloureux et confus d'un vol au-dessus des nuages, en apesanteur. Sans escale. Avec comme jamais certainement la double personnalité. Un artiste populaire pleins feux, et un vagabond nocturne en souffrance. L'alcool en tuteur. Docteur béquille et Mister aïe.

Au fil de mes participations aux émissions de télé, mes hôtes s'appelaient Guy, Michel, Maritie et Gilbert, Yves. Des Lux, Drucker, Carpentier, Mourousi hyper-stars. Ceux-là au soleil. Et dans l'ombre les mêmes prénoms ou presque. Des voyous, des bancales, des naufragés, mes frères de chaloupe. Guy le Corse, Michel le Catalan, Marité la taulière, Gilbert le filou.

Des stars de bouge, de comptoir. Fleuries, mes chemises, pour le show cathodique. Fleury, la destination probable de la plupart de mes potes de trottoir.

Yves, c'était le même prénom et le même mec. Mourousi. Un seigneur. Et dans ma mémoire les deux portes B. Celle de la Maison de la Radio, et celle de la barre d'immeuble de la banlieue est. Il était sept heures du matin. On s'est croisés par hasard, vraiment par hasard, en sortant de l'appartement de nos conquêtes respectives du jour. Enfin, de la nuit. Pour moi, un gardien de prison, pour lui, une coiffeuse. Remettons les choses dans l'ordre : mon gardien de prison s'appelait Caroline, une vraie femme. Sa coiffeuse s'appelait Jean-Pierre. Un vrai mec. On a croisé nos regards amusés de chiens de fusil. De chasseurs. Moi en jean, chemise froissée, lui tout en cuir noir, lunettes noires et casquette « Village People ».

— Qu'est-ce que tu fous là ? m'a-t-il lancé en éclatant de rire.

— Comme toi. Je rentre de la chasse.

— Beau gibier ?

— Jolie biche, et toi ?

— Joli cerf.

La concierge a écarquillé les yeux. Il a lancé son célèbre « Bonjour ». Et en écho, elle a eu droit au même « Bonjour » sur l'écran de sa télé six heures plus tard. Le regard clair, toiletté de frais et le duplex avec le Kremlin. Le grand écart. Du braconnage de quartier avec un petit « q », à l'histoire du monde avec un grand « H ».

T'imagines aujourd'hui le buzz ! La concierge aurait déclenché l'iPhone. Photo instantanée, Facebook, traînée de poudre. Tu la vois, l'alerte médiatique : « Pujadas habillé en hard-rocker pris dans la cage d'escalier de la cité des 4000 au bras d'un rappeur gay. » Fin de carrière. En tout cas, blâme, convocation, et probable mise au placard. Bon, c'est une fiction. Pujadas, ça ne risque pas. Ni Chazal ni Pernaut et consorts. Tout au plus une alcoolémie à 0,6 un soir de réveillon et une rébellion à agent en termes choisis :

— Vous outrepassez votre fonction. Nous en parlerons à qui de droit !

Bien loin de nos colères spontanées à nous :

— Allez vous faire fourrer, les bleus. Et le premier qui jouit réveille l'autre !

Grossiers, impulsifs et imprudents, on les a bien méritées nos multiples gardes à vue. Mais valaient-elles moins que nos garde-à-vous d'aujourd'hui ? Le doigt sur la couture de la sacro-sainte « image ». L'icône de bienséance qui nous étalonne fréquentables. On aimerait bien se gaver encore. Être géants, gargantuesques. Héros littéraires déjantés. Mais il faut se faire une raison, on a changé de rayon à la bibliothèque. C'est « Oui-Oui à la cantine ».

— « Oui-Oui » ? Oh non !

— Si, si !

Bien obligés. Le portable espion nous a contraints à la diète. Photos volées, enregistrements, nous sommes à la merci du moindre anonyme en mal de délation. La téléphonie numérique a armé chaque citoyen d'un sabre redoutable. Nous sommes passés d'une civilisation structurée et protectrice des droits de chacun durement acquise à la loi sauvage d'une tribu de coupeurs de tête. A-t-on seulement conscience de cet effroyable retour en arrière ? À moins que nous soyons tout simplement devenus plus cons ? Ce n'est pas exclu. Mais comme c'est à l'aune de cette bêtise que nous jugeons, il y a de moins en moins de chances que nous nous en apercevions.

Pour en revenir une dernière fois à Mourousi le magnifique, cette nouvelle prudence induit aussi que les journalistes stars d'aujourd'hui, à la même place que lui, sont, de fait, à mille kilomètres de la vraie vie. Faute de chemins de traverse, ils ne connaissent que l'autoroute rectiligne et morne de l'info-service. Manquerait plus qu'après le boulot, ils s'égarent dans le vicinal ! Pour que le lendemain leurs souliers crottés viennent tacher la belle moquette du studio C. Ah, non ! Alors, l'œil rivé au prompteur, ils récitent des images. Des images de plus en plus précises, certes, mais des images seulement. Ils étalent les poubelles du monde sans jamais croiser un éboueur. Informer, débattre et, avec l'argent gagné, aller vite se planquer à Saint-Barth en RTT de luxe. Comme des poissonniers qui n'auraient jamais vu la mer. Et tu t'étonnes que quatre-vingts pour cent des Français ne leur fassent plus confiance !

Mourousi, c'était la déglingue, les nuits fauves, la came, les rencontres de hasard. Quand on veut raconter l'humanité, autant en connaître les moindres recoins. Ce n'est pas la carte postale qu'on veut décrypter, c'est l'ADN de la salive qui a collé le timbre. Et c'est ce que tentait de faire, à ses risques et périls, Mourousi, mon préféré. Viré pour inconvenance. Excommunié par les Torquemada bienséants pour outrage à la morale. Quelle morale ? Un bon journaliste doit être un miroir à facettes, pas une glace sans tain. Au lieu de te fusiller, ils auraient dû te canoniser !

Tu me manques infiniment.

— C'est bien, mon petit, me chuchote Maman, je l'aimais bien moi aussi. Mais toi dans tout ça, ta carrière, ta marche en avant, ton avant-scène ?

— Je te l'ai dit, un souvenir vague d'un voyage au-dessus des nuages, et en dessous juste des points sur la carte de France.

Des noms de villes alignés sur mon planning. Cinq années d'éphémère. Chanter à Tours, à Lille, de Marseille à Bruxelles en ne laissant rien derrière moi. Peut-être un vague souvenir pour les vieux d'aujourd'hui d'une soirée en couleurs. Rien de plus. À l'âge où tant rêvent de construire, de pérenniser, je n'ai eu d'ambition que le plaisir de l'instant. Même pas d'amasser de l'argent puisque je le claquais aussitôt. En tournée générale, en repas d'après-spectacle entouré d'une horde d'amis provisoires... Cigale. Passionnément cigale.

Aujourd'hui, je fourmille. D'idées nouvelles, de projets d'émissions, de livres, de disques, bien programmés, structurés. Fonctionnaire va ! Il m'arrive même de me lever tôt le matin. Quelle déchéance ! En ce temps-là, je ne connaissais le matin que collé en bout de nuit. Ce n'était pas le même. Les visages blêmes au réveil étaient irisés des lights des discothèques imprimés encore dans mes yeux gais. Je m'endormais au chant des oiseaux. Tu connais plus belle berceuse, toi ? Et surtout, toutes mes fins se terminaient par un autre début. Cela peut paraître accessoire, mais c'était essentiel. Et c'est pour ça qu'aujourd'hui, si le diable bienveillant m'en laisse l'occasion, j'ai demandé à mes proches qu'ils m'autorisent à mourir dans un lit d'enfant. Entouré de peluches et de dessins naïfs au mur. Comme si ça recommençait. Histoire de partir avec le sourire en murmurant :

— Chouette ! J'ai toute la mort devant moi.

En attendant, en 1980, c'est toute la vie que j'ai devant moi. Une longue ligne droite où je peux foncer sans limitation de vitesse, pied au plancher. Je passe même au rouge. Celui des lettres au fronton de l'Olympia. Et cette fois en grand. En vedette, comme on dit. L'Olympia d'avant. Celui qui se méritait. La vraie consécration. Pas le loft en location d'aujourd'hui, économie oblige. N'importe qui peut y passer. Un peu comme à la télé, d'ailleurs. Les générations nouvelles auront du mal à l'imaginer, mais « passer à la télé » était un titre de gloire. Aujourd'hui, entre les chaînes multiples, les reportages, les témoignages, l'exception est de ne pas y être apparu ne serait-ce qu'une fois. Warhol avait raison.

L'Olympia de l'époque, c'était le même que celui qu'on a reconstruit à l'identique, après l'avoir détruit, quelques mètres plus loin. Copie conforme. Mais les fantômes ? Dis, qu'est-ce qu'on en a fait des fantômes ? Brel, Ferré, Piaf, Sinatra et les autres, bétonnés au sous-sol dans le parking de substitution. Une barrière de péage en guise de rampe d'avant-scène. Ça doit ruminer méchant chez les ectoplasmes. Saleté de rentabilité qui vient aussi aujourd'hui de me chasser des studios de Bry-sur-Marne où j'enregistrais depuis vingt-sept ans toutes mes émissions de télé. C'est un Brésilien qui a racheté. Ça ne lui suffisait pas, le bois de Boulogne ? Il faut bien plaisanter, j'ai le cœur tellement gros.

Moi, j'ai eu la chance de les sentir, les fantômes. Posés tout près, les soirs de première, dans la vieille loge poussiéreuse du vrai Olympia. Bienveillants. Me gavant de courage et d'audace. Quand je passe dans la nouvelle salle, je vibre, bien sûr. Mais je ne tressaille pas. Il manque des mains à mes frissons. Ces poignes invisibles qui me soulevaient de terre devant le parterre debout. Une transe organique quand celle d'aujourd'hui n'est que mécanique. Et pourtant, le jour où sortira ce livre, je serai sur la scène du nouvel Olympia, en célébration. Je jouirai, c'est sûr. Une grande vague de plaisir, sans doute, mais certainement pas l'orgasme d'avant. Cependant, au moment d'entrer, j'aurai quand même une grosse pensée pour la soirée de décembre 1981 qui a changé ma vie. « La nuit rouge. » L'accouplement d'un doux rêve et d'un cauchemar sans lesquels tu ne me lirais certainement pas aujourd'hui. Deux leçons dont la vie m'a fait cadeau à quelques heures d'intervalle.

On va commencer par le rêve puisque, chronologiquement, c'est lui qui est arrivé en premier. En petit costume gris et bretelles bleu-blanc-rouge. Il s'est assis sur la chaise usée de la loge, et a demandé qu'on nous laisse en tête à tête. Pendant tout le spectacle, je n'avais vu que lui, assis au neuvième rang. Les deux mille spectateurs avaient aussi épié la moindre de ses réactions. Il avait ri, gesticulé, applaudi et fini debout, le visage aux anges. Pour moi aucune Légion d'honneur ne vaudra cet instant suspendu. Merci monsieur de Funès.

— De rien Patrick, vous avez été formidable. Pendant deux heures, j'ai oublié ma maladie. C'est à ça qu'on sert d'abord, non ?

— Bien sûr monsieur.

— Appelez-moi Louis, ça suffira. Et écoutez-moi, parce que si j'ai voulu rester seul avec vous, c'est parce qu'il y a plein de choses qu'il faut que vous sachiez pour ne pas gâcher ce que vous êtes en train de semer.

— C'est le jardinier qui me parle ?

Il m'a gratifié de son petit rire pointu.

— Tout juste.

Il a d'abord décrypté mon spectacle sans l'indulgence de circonstance. Les points forts, la naïveté, les erreurs, la grossièreté parfois inutile. Une leçon de sincérité. J'étais muet, les yeux écarquillés. Il a glissé, malin :

— Ne buvez pas mes paroles. Écoutez-les seulement. Il se peut que parfois j'aie tort. Mais vous êtes un garçon intelligent. Je sais que vous ne retiendrez que l'essentiel. Et qui sait ? Dans longtemps, quand je ne serai plus là, si vous y êtes encore, vous aurez peut-être une petite pensée pour moi de temps en temps.

Je ne l'ai pas de temps en temps, la pensée, je l'ai tous les jours. Ce que m'a dit cet homme ce soir-là sur mon métier, la manière de l'appréhender sans calcul, sans me renier à aucun moment, guide encore chacun de mes pas. Une demi-heure de conseils, d'observations d'une justesse étonnante. Alors, bien sûr, à un moment, j'ai demandé :

— Pourquoi cette bienveillance pour moi ?

— Parce que je vous aime bien. Et parce que je sens que, comme moi, vous résisterez à la tentation du sérieux pour ne divertir que la masse. Quoi qu'en disent les critiques de tout bord. Croyez-moi, j'ai eu ma dose. Vous l'aurez aussi. Mais si, pour leur plaire, vous déviez de votre route, vous finirez dans le fossé.

Et après m'avoir expliqué que lorsque Dieu vous donne le talent de faire rire, il est indécent de s'obstiner à faire pleurer, il s'est levé lentement et m'a tendu la main. Il a serré la mienne et a murmuré avec un sourire attendri :

— C'est bien ce que je pensais. Vous avez la poignée de main d'un honnête homme.

Et juste avant de partir, il s'est retourné une dernière fois.

— Faites confiance au peuple. Il ne se trompe jamais. On sculpte des statues aux militaires, aux savants, jamais aux clowns. Mais il n'y a que le Petit Poucet qui a besoin de cailloux pour savoir où il va.

Inoubliable.

J'étais comblé. Heureux alors ? Non, bien sûr, sinon pourquoi aurais-je prolongé cet instant de grâce en naufrage nocturne ? J'ai battu le rappel de mes corsaires les plus fidèles et on est partis à l'abordage.

— On va arroser ça !

Comme si j'avais besoin d'un prétexte. Même quand il n'y avait rien à arroser, ça pleuvait quand même. Et ce soir-là, c'est tombé dru. Du resto du « Tarbais » au 106 de Denise, j'ai noyé la jauge. J'ai passé la nuit à raconter et raconter encore mon trésor du soir. Mon Louis d'or. Et puis de verre en verre ma mémoire s'est effilochée. Je me souviens juste d'avoir ramené une facile dans le petit hôtel de la rue Demours qui me servait d'escale libidineuse. Pour le coup de l'étrier. La chevauchée de fin de course. Le sexe pour le sexe. Et après… le trou noir.

Tous les vrais alcooliques la connaissent, cette amnésie totale de quelques heures. Rien. Aucune trace du temps passé. Comme une mort provisoire. J'en avais déjà eu trois ou quatre dans les mois précédents. Un signal d'alarme sans conséquence qui ne m'avait même pas incité à la prudence. Celui de cette nuit-là résonne encore dans ma tête aujourd'hui tant le mal-être du réveil m'a effrayé. Un film d'horreur : *La Nuit des morts vivants.*

Je me suis réveillé sur la moquette, un goût de sang dans la bouche. C'en était. Il y en avait aussi sur ma main. J'ai titubé jusqu'à la salle de bains. Et là, une vision qui ne s'effacera jamais : ma conquête de la nuit était allongée, inerte, la tête baignant dans une flaque rougeâtre.

— Putain, qu'est-ce que j'ai fait ?

Aucune réponse bien sûr. Mais la déduction évidente : une connerie. Une grosse connerie. Et je me suis mis à trembler. Une panique paralysante qui m'empêchait de faire le moindre pas vers le corps de la jeune fille. Et un entremêlement sordide d'images chocs dans ma tête. Comme certains disent revoir leur vie défiler au moment de mourir, j'ai vu en quelques secondes la bande-annonce du film à venir. L'accusation de meurtre sur un coup de folie, les flics, la taule, le scandale, les larmes, les excuses. Machinalement, je n'ai cherché qu'une chose : le téléphone. Il était au pied de la table de nuit, renversé et décroché. Ensanglanté lui aussi. Une pièce de plus à l'échafaudage du cauchemar. Et si quelqu'un avait tout entendu à l'autre bout ? Je l'ai raccroché, redécroché, et j'ai composé le seul numéro de secours dans cette circonstance.

— Allô, maman.

Eh oui ! Maman bien sûr. Ma merveille. Mon ange gardien.

— Je crois que je viens de faire une grosse bêtise.

— T'as encore voulu te suicider ?

— Non, c'est pire.

— Y a pas pire.

Et c'est à ce moment-là que j'ai entendu une voix pâteuse derrière moi lancer, presque gaie :

— On en a bu, mais on en a renversé aussi !

Christine (parce que ça y était, je me souvenais maintenant) était debout, appuyée contre la porte de la salle de bains, une bouteille de vin à moitié vide dans la main.

— Attends, maman, je te rappelle. T'inquiète pas, je me suis trompé. C'est peut-être pas si grave.

Ce n'était pas grave. C'était juste pitoyable. Christine, qui, elle, n'avait pas eu de trou noir, juste un endormissement de fin de cuite, m'expliqua tout. En me levant du lit, en équilibre instable, je m'étais affalé sur la table de nuit en entraînant dans ma chute le téléphone. Je m'étais ouvert l'arcade. Sonné. Elle, limite coma éthylique, avait rampé vers la salle de bains, en apportant avec elle la bouteille de vin posée sur le guéridon.

— Tu comprends, la vue du sang, ça me traumatise, il me fallait un remontant... Qu'est-ce que t'as ? T'es tout pâle.

Pas pâle. Livide. Décomposé. À la fois de peur rétrospective et de soulagement. Ça y était, j'avais enfin compris le scénario du film d'horreur. Arrivée dans la salle de bains, le remontant lui avait fait l'effet contraire. Il l'avait descendue, et elle s'était vautrée, inconsciente, la bouteille sous elle et la flaque de vin en oreiller. Plus de sang, plus de meurtre, plus de taule, plus de scandale ! Merci mon diable bienveillant.

Avant de rassurer Maman, j'ai raconté ma méprise à Christine. Elle a paraphé la dernière séquence de ce thriller de série B à l'intrigue navrante par la phrase adéquate. Aussi pitoyable que ma méprise.

— Ça s'arrose !

J'ai décliné. Stop. Fini. Promis, juré. Plus jamais. La litanie de l'ivrogne au petit matin. En principe, parjurée dès le soir. Mais pas cette fois-là. La sensation d'être un criminel, ne serait-ce que quelques minutes, avait été abominable. Elle m'avait fait toucher du doigt l'irréversible. Et cet irréversible-là est un acide violent. On sent sa conscience éclater. On entend des murs s'écrouler autour de soi. Non, plus jamais ! Parole d'ivrogne.

Je n'ai tenu qu'un jour. Le lendemain, je suis monté sur la scène de l'Olympia sans whisky de secours. Épouvantable. La conscience pleine ne m'a imprimé du public que ceux qui ne riaient pas. Mon enthousiasme était tremblant. J'ai été nul, quoi ! Et le public me l'a rendu en m'applaudissant mollement. Et le jour d'après j'ai repris la potion magique.

Sale engrenage ! Boire pour se donner la force d'être gai. Être gai pour se donner l'excuse de boire. Et au bout du compte, une tristesse fardée. Illusion d'optique. Mirage. Au secours ! Le SOS d'un artiste en détresse. Pas de quoi s'apitoyer ! Même dans la petite maison dans la prairie, il y a des soirs d'immense solitude que l'alcool noie. Oui, oui, je te vois. C'est à toi que je parle. Toi qui me lis, le verre à portée de main. Pas de conseil, pas de leçon, pas de morale. Surtout pas de jugement. À toi de choisir mon frère, ma sœur. Juste te dire que je t'aime parce que j'ai été toi. Et que ce n'est pas parce que je m'en suis sorti que j'ai oublié. La solidarité des anciens combattants. Ah, la sale guerre ! Mais qui peut reprocher à un soldat désespéré de prendre les éclats d'obus pour des feux d'artifice ? Mais même si cela n'exonère rien, et même si ça choque les clones normalisés, l'alcoolique est toujours plus un poète qu'une épave.

Ami poète, à la tienne !

Il m'a fallu encore quatre ans d'errances et d'autres trous noirs pour abandonner définitivement la prothèse en houblon. Mais c'est cette « nuit rouge » de décembre 1981 qui viendra en boomerang changer définitivement ma vie le 13 novembre 1985. Le jour où je retrouverai enfin mon vrai signe zodiacal : scorpion... Jusque-là, je resterai « poisson ». Parce que c'est le liquide qui le soutient et la queue qui le dirige, comme disait mon vieux Carlos.

Je pourrais te parler de cette résurrection maintenant, mais je préfère garder ça pour la fin de chapitre. En petit matin collé à la nuit, comme je les ai tant aimés. Parce que début 1984, il y a eu l'autre nouveau départ de ma vie. L'entrée triomphale dans mon enfer paradisiaque d'aujourd'hui : la première émission de télé à moi. Le début de la vraie notoriété. Et tu as acheté ce livre pour connaître les coulisses de ce succès-là, non ? À moins que tu préfères les « entre les lignes ». Ne t'inquiète pas, il y en aura encore plein. Reprends une lampée et suis-moi dans les coulisses de « Carnaval ».

Pas une émission. Un OVNI. Obsession Véritable Non Identifiable. Se déguiser. Être le contraire de ce que l'on montre. Décalé. Foubraque. Outrageusement festif. D'Eddie Barclay en femme à Guichard boxant le champion d'Europe des poids lourds en chantant « La tendresse ». De Mourousi en punk à Chirac maire de Paris meilleur imitateur de lui-même que sa doublure. Un truc de déjanté dans un paysage télé relativement light.

Parenthèse : dans un précédent livre, *Putain d'audience*, j'ai déjà raconté les tenants et les aboutissants de toute l'aventure télévisuelle. Comme pour mon enfance, je ne vais pas réitérer. Trente ans de traversée en détaillant le prix du bateau, la capacité de la voilure, les formalités d'embarquement, ce serait pénible. Je me contenterai de te signaler les escales par ordre chronologique. Ce que je veux surtout te confier ici, c'est la couleur de l'océan et les humeurs du capitaine. Fin de la parenthèse.

Et à la première escale, il a dérouillé, Surcouf ! Déjà flingué à boulets rouges par la garde royale. Les soldats du septième. Pas le régiment, l'arrondissement. Les mêmes qu'aujourd'hui, plumitifs orgueilleux, juges de la haute cour de justesse parce que pour eux la voix du peuple sonne toujours faux.

— Ce beauf de Sébastien invité dans les émissions des autres pour quelques imitations à deux balles, on tolérait. Mais une émission rien qu'à lui, faut pas exagérer non plus ! C'est quoi cette kermesse de campagne, cet humour de fin de banquet ? Ça vous fait rire, vous, un sociétaire de la Comédie française déguisé en Bécassine qui déclame du Chantal Goya ? Saint Jacques Chancel, priez pour nous ! On veut du Rostropovitch, du Yehudi Menuhin, du Pablo Neruda récité par Philippe Sollers. Vous abêtissez le peuple quand il faut l'éduquer. Comment peut-on tolérer ce comique troupier au physique de charcutier ? Nous, les rois du bon goût, le déclarons officiellement : c'est plus qu'un crime de lèse-majesté, c'est un outrage au drapeau national, une insulte au patrimoine. Messieurs les dirigeants cathodiques, débarrassez-nous au plus vite de « ça ».

Le hic, c'est que « ça » a fait plus de vingt millions de téléspectateurs.

Pas mal pour une première. Surtout pour un amateur. Parce qu'à l'époque mon « école d'audiovisuel » s'est contentée d'un strapontin. Celui où je m'asseyais à chaque passage chez Guy Lux ou Drucker, l'œil acéré, à l'affût de tout. En éponge. Pour m'imprégner du savoir-faire. Oh, pas pour devenir animateur professionnel. Non, juste pour tenter d'avoir de temps en temps une émission rien qu'à moi. Mes galas en province affichaient complet. Et comme il était hors de question pour les décideurs bienséants de bombarder « invité d'honneur » des grands rendez-vous de vingt heures trente ce comique de campagne, je me suis battu pour avoir cette vitrine épisodique rien qu'à moi. Et, grâce à mon insistance et le professionnalisme roué de Jacques Marouani, mon imprésario, j'ai réussi à l'arracher... Mais là, je m'aperçois que je dévie sur les vicissitudes du gréement. Revenons à la couleur de l'océan et aux états d'âme du capitaine.

En 1981, nous n'étions pas si nombreux que ça à faire profession d'amuseur public. De Bedos à Devos, en passant par Le Luron ou Desproges, une vingtaine tout au plus. Bien loin du capharnaüm d'aujourd'hui où s'entassent pêle-mêle imitateurs, stand-up, chroniqueurs affamés peopolisés par quelques parcelles de présence télévisuelle. L'effet Coluche. Sa sacralisation a révélé après sa mort des centaines de vocations. Ou supposées telles. Cette « foultitude » est à la fois rassurante et abominable. Rassurante parce que l'éclosion d'un marchand de bonne humeur est toujours une excellente nouvelle. Abominable parce qu'elle entraîne une surenchère de la vanne mécanique, qu'elle gave les supermarchés du zygomatique sans aucun scrupule et qu'elle accouche de tribunaux insupportables.

Tiens, hier dix-huit heures trente, chaîne publique, au hasard d'un zapping machinal :

— Votre sketch était nul... C'était pas drôle. Comment peut-on se présenter devant nous avec une telle daube ?

Les jurés du concours d'humoristes baissent le pouce. Foutez-moi ce gladiateur dehors ! Et l'apprenti comique humilié et pantelant bafouille des « Je sais »... « Excusez-moi »... « Je vais travailler ». Il est au bord des larmes, mais il les retient de toutes ses forces. Pensez donc, on est à la télé ! Et moi je pense à sa femme, à ses gosses, à ses parents, scotchés au petit écran entre rancœur et tristesse. Alors, je voudrais juste le venger. Les venger tous, ces gosses pleins de rêves descendus au premier envol par un peloton d'exécution sans pitié.

— Vous êtes qui, vous ?

— Nous ?

— Oui, c'est à vous que je parle. Les deux connards et les deux pétasses du jury.

— La grossièreté n'est pas un argument. En tout cas, c'est un vocabulaire qui classe un homme, et qui le classe bien bas.

— Excusez-moi, je n'ai pas trouvé pire dans mon dictionnaire. Vous êtes qui, crapauds de luxe ? Je vous ai observés. Hautains, méprisants. Payés trois francs six sous, juste pour le plaisir de montrer vos gueules antipathiques dans la lucarne. Pour fanfaronner en famille : « Je passe à la télé. » Grand juré de la rigolade, tu parles d'un projet de vie ! Vous prétendez déceler la qualité d'un rire. Vos faciès sont à pleurer. Pas une trace d'indulgence, pas une once d'humanisme. Une sentence sèche, haineuse. Vous êtes suffisants, abjects et pitoyables. Vous êtes le reflet pervers de toute une société en perte totale de contrôle. « Sélectionneur de clowns », en voilà un beau métier essentiel à l'humanité ! Je vous hais.

Et encore, ma haine est contenue. Parce que s'en prendre à ces ersatz de pantins n'est qu'une colère symbolique. Elle n'est que l'infime partie d'une nausée générale à la vue d'une société redevenue barbare. Tribunal permanent où tous les moins bons devront s'effacer devant les meilleurs. Parce que l'offense faite aux clowns n'est qu'un début, j'en suis certain. Elle est tout aussi pernicieuse que le lancer de nains. Où est le problème s'ils sont d'accord ? Ils sont payés pour ça, non ? Et quand décidera-t-on d'éradiquer tous les disgraciés et tous les disgracieux ? Alors oui, ça ira mieux hier. Quand nous serons libres de débuter médiocres en conservant l'espoir de finir importants. En tout. Et que perdurent les mauvais chanteurs, les mauvais cuisiniers, les mauvais amants, les mauvais sportifs. Que le manque d'excellence ne soit plus une tare rédhibitoire. Que le peuple s'accepte peuple. On peut exister en existant seulement.

En fait, j'écris tout ça juste pour réconforter les parents de la petite Céline, qui s'est suicidée de ne pas avoir été Dion. Céline, Kevin, Karin, Juliet, qu'importe. Ils sont des milliers de gamins aveuglés chaque jour par une gloire hypothétique. Les paillettes en appât, cent juges cathodiques les attrapent dans leurs filets. Pour quelques euros de plus. Quelques parts de marché. Et ils les relâchent, blessés, déçus, amers.

Putain de télé !

Voilà, c'était l'humeur du jour du capitaine. Trente ans qu'il navigue sur les ondes hertziennes. Vieux loup de plus en plus solitaire. Acrimonieux, revêche et découragé. Vivement les étocs qu'il s'y empale ! Et qu'il coule... enfin des jours heureux. Loin du bruit des vagues. Pourquoi n'abandonne-t-il pas le navire ? Question d'honneur. Il est capitaine. Et question de confort aussi. Oui, je sais, c'est paradoxal. À l'envers de mon antimatérialisme chronique. Mais je ne suis plus seul. Un infime reniement pour une grande cause en cas de naufrage : ma femme et mes enfants d'abord !

En ce milieu des années quatre-vingt, grâce à son « Carnaval », le capitaine va être de plus en plus reconnu, de plus en plus salué. Pas à la commanderie, bien sûr, mais dans les bars de marins, les basses ruelles de chaque port. D'à peine célèbre, il devient populaire. Très populaire. Les galas se multiplient. La cadence s'accélère. Trois cents jours sur trois cent soixante-cinq. Ou trois cent soixante-six, les années bisexuelles. Quand le 14 Juillet compte double parce que c'est au cœur de l'été que les conquêtes féminines se multiplient. Et l'alcool, toujours l'alcool. De plus en plus souvent, de plus en plus fort.

Alors, au printemps 1983, le « *burn out* » comme on dit aujourd'hui. « Plein le cul », comme on dira toujours. À bout de tout, le cerveau imbibé, le capitaine décide sur un coup de tête de mettre le cap sur les îles : Nouméa. Pourquoi Nouméa ? Juste parce que c'est très loin. Avec l'idée d'y rester. Définitivement. De reconstruire là-bas une vie de cocotier. Anonyme. Loin du marigot. Parce qu'ici il y a le succès, la cour des prétendus amis, la famille emprunteuse, mais plus personne ne l'aime vraiment. Il en est sûr. Il a analysé ça un soir de fausse solitude en écho aux certitudes d'un pilier de comptoir un peu plus persuasif que les autres. Et il est certain que c'est leur faute à eux : ces suceurs de roues, ces faux dévots, tous ces suiveurs mal intentionnés. Pas totalement erroné, mais l'alcool l'a aveuglé au point de ne pas s'apercevoir que ce détachement qu'il ressent est un peu le fait de l'ingratitude des autres, certes, mais surtout la conséquence de ses propres excès. Le paradoxe absolu : à force de boire, c'est lui qui est devenu imbuvable.

C'est une leçon que je ne comprendrai que bien plus tard. Après le sauvetage. Et je te la livre en bouée : « Elle est exactement là la solitude des alcooliques : ils disent boire parce qu'ils sont seuls, alors que s'ils sont seuls, c'est parce qu'ils boivent. » C'est aussi simple que ça. Que cette leçon te profite, ami naufragé ! Et si j'en sauve un seul avec ces mots-là, ce livre aura au moins servi à quelque chose.

Nouméa donc. Où je toucherai le fond. Comme si symboliquement il avait fallu partir au plus profond du monde pour donner un coup de pied et remonter à la surface. Trois semaines de dérives, de cuites à répétition. Levé à cinq heures de l'après-midi, couché au premier soleil. Les vertiges, les mains qui tremblent. Les virées inconscientes dans les pires quartiers de l'île. C'est certainement là qu'on m'a envoûté. Réellement. Par vengeance, jeu, haine, tradition, je ne sais pas, mais envoûté c'est sûr. Quand je reprendrai l'avion, anéanti au bout de ces deux semaines de n'importe quoi, j'aurai un gros malaise. Par bonheur, un toubib à bord me tiendra à flot pendant les vingt-six heures de vol.

Pendant toute l'année qui suivra, je vivrai dans un état second. Une sorte de bulle autour de la tête. J'entendrai en écho chaque mot que je prononcerai, une douleur lancinante à l'arrière de la tête. Envoûté, c'est la seule explication plausible. Parce que les analyses médicales ne décèleront rien, si ce n'est un système nerveux un peu fatigué par l'alcool. Et paradoxalement seul cet alcool, additionné de tranquillisants, me fera tenir debout. Debout mais fissuré, craquelé, tout près de m'écrouler définitivement. Même mes yeux se voileront. Réellement d'abord. Un flou qui, chaque matin, mettra quelques heures à disparaître. Et métaphoriquement aussi. Je deviendrai aveugle en tout. Au point de rater des rendez-vous essentiels.

— Allô, c'est Claude.

— Quel Claude ?

— Berri, ça fait une demi-heure qu'on t'attend. Tu arrives ?

« On », c'est lui et Claude Zidi. Ils sont emballés par un scénario de Danielle Thompson. L'histoire d'un duo de comiques dont l'un veut briser le succès pour une carrière aux États-Unis en solo. Une merveille de sensibilité. Leur casting idéal : Pierre Richard et moi. Et à travers les brumes de ma soûlerie de la veille, je m'entends dire :

— Je ne pourrai pas être là.

— Un problème de santé ?

— Non, non. Je ne pourrai pas être là, c'est tout.

Je n'ai même pas eu la force de mentir. Ni de dire la vérité. La veille, à la sortie du énième mariage d'Eddie Barclay au pavillon d'Ermenonville, j'avais encore explosé en vol. Une embrouille avec ma femme de l'époque et une baston d'ivrogne avec des énervés dans le bois de Boulogne voisin. Une tapineuse bienveillante m'avait ramassé inerte dans un buisson. Elle m'avait ramené, inconscient, dans son pavillon à trente kilomètres de Paris. Infirmière provisoire, elle m'avait soigné les bleus au corps et à l'âme.

— Allez, il est dix heures, il faut y aller. Tu m'as pas dit que tu avais un rendez-vous important à 11 heures ?

— C'est toi qui es importante. T'as fait du bien à Patrick Boutot. Patrick Sébastien, je l'emmerde !

Et voilà. Le fond du fond. Le gâchis, diront les professionnels. Le nirvana, diront les poètes. Bienvenue au pays des Villeret, Bohringer et Léotard. Les vagabonds célèbres de la gloire désenchantée du moment. Déclassés de tant de projets pour rendez-vous raté, ou pour le verre entraînant la parole de trop. On se croisait si souvent au hasard d'une poubelle. Déchiquetés, mais glorieux. Le médium dressé au cul du système, des convenances. On palabrait, on défiait, on hurlait. On savait bien qu'on se sabordait. Mais on en était fiers. On savait qu'on avait raison. Parce que cette putain de vie ne mérite que d'être prise comme ça, à la hussarde, sans capote. Elle nous prend les beaux et les purs, et elle accorde sa grâce à tant d'infâmes, de parasites, de fourbes.

« Mort aux cons ! »

C'était notre cri de guerre à chaque verre levé. On a perdu la guerre. La paix que j'ai gagnée est douce certes, mais Dieu que je regrette mes blessures au combat ! Au moins, on se battait pour une noble cause. Ça me console de ne vivre aujourd'hui que pour des conséquences ordinaires.

Alors oui, j'ai ressuscité, et j'en remercie le diable bienveillant. Villeret et Léotard sont tombés aux champs de bataille. Bohringer survit, l'âme éclatée.

Mais au cœur de mon silence apaisé reviennent sans cesse les échos joyeux de nos nuits d'ivresse. Nos intransigeances, nos feux d'artifice. Me voilà donc singe en hiver. Comme le Gabin de Blondin. Mais pour peu qu'il passe un Belmondo désespéré, pas sûr que je ne m'embarque pas avec lui pour une dernière croisière sur le Yang-Tsé-Kiang. Parole de sobre !

Le 14 novembre 1984.

Déjà. Soirée d'anniversaire. Bien plus entouré qu'il y a dix ans, mais pas moins seul. Ma deuxième maman, Denise, a mis à ma disposition sa boîte à plaisirs libertins du 106, rue Saint-Honoré. Orgiaque mais bon enfant. « *Welcome in Paris.* » Du Strauss-Kahn, mais sans l'irrespect, sans la violence et sans professionnelles. Que des volontaires. Des joyeux et des joyeuses en parfaite harmonie. Alors pas de gros plans graveleux et inutiles comme dans le faux Marc Dorcel d'Abel Ferrara. Mais Depardieu quand même, en visiteur, sur les coups de deux heures du mat.

— Comment peut-on prendre ce plaisir-là en cinq minutes ? s'est-il offusqué en préambule du film à scandale sur le présumé violeur du Sofitel.

Comme quoi, il ne faut pas se fier aux apparences. Le grand nez, en l'occurrence, ce n'est pas Cyrano, c'est Pinocchio. Mais bon, tout ça n'est que brouhaha pour échotier. Et puis, cette nuit-là, il s'est fait éponger en moins de cinq minutes ! Quoi qu'il en soit, pour moi, Depardieu reste un immense acteur, et Strauss-Kahn un baiseur de fond. Un violeur ? Ça reste à prouver. Ferrara un filou, ça c'est sûr. Personne, si ce n'est les deux intéressés, ne sait ce qui s'est vraiment passé dans la salle de bains. La reconstitution cinématographique est une escroquerie. Ça rendrait presque Dominique nique nique sympathique sur ce coup... Enfin, on ne va pas faire deux heures non plus. Celles du film sont déjà en trop. Allez, on repart chez ma Denise.

Sept heures du matin. Les invités se sont éparpillés. Ça sent le rut froid et le parfum de bourgeoise encanaillée. Assis par terre, je pleure, bien sûr. Comme chaque fois. Alors Denise, en saint-bernard, vient se poser à côté de moi et me tend son épaule. Sûr que Dédée l'a appelée. La parfaite osmose entre mes deux mamans : celle qui m'a donné le jour et celle qui m'a donné la nuit. Elle a dû lui dire :

— Prends soin de lui. Quand il me dit qu'il va trop bien, c'est qu'il va encore plus mal.

Alors on parle. Moi surtout. Tout le listing traditionnel avant le « et pourtant ».

— Tu te rends compte, le chemin en dix ans. Y a tout qui brille. « Carnaval » fait un carton, j'ai de l'argent, mes idoles sont devenues des copains de boulot, j'ai même fait un film avec Mocky, on me demande partout en spectacle, j'ai installé la famille dans une grande maison à nous, j'ai tout pour être heureux... Et pourtant.

Et là, la litanie du mal-être. La pleurnicherie indécente de l'artiste maudit. Un classique. Avec en fer de lance les culpabilités. D'abord celle de laisser ma femme seule dans la maison luxueuse de la banlieue chic. En réponse immédiate et sèche, la sentence de Denise. Sans pitié.

— Qu'elle s'y étouffe dans sa moquette épaisse ! C'est pour ça qu'elle t'a épousé. Ça ne vaut pas une larme. Même pas un scrupule. Et puis, si elle te donnait l'amour qu'il faut, tu n'irais pas le chercher ailleurs.

— Et mes mômes, je ne les vois pas grandir.

— Même si tu les regardais, ils ne pousseraient pas plus vite. Ne te fais pas d'illusions, ils te reprocheront toujours quelque chose. Ton absence quand ils sont petits et ta présence quand ils sont grands. Les gosses, le meilleur moment, c'est quand on les fait !

— De toute façon, j'ai tout raté. Même mon suicide. Mais je suis confiant, avec ce que je picole, je vais y arriver. Ça mettra plus de temps, mais j'y arriverai.

— C'est ça, on en reparlera dans trente ans.

Et on en reparle aujourd'hui. Madame a pris sa retraite de marchande de plaisir. Je suis sa seule famille. Chez moi, elle est chez elle. À jamais. Parfois, en vieux grognards, on s'installe sur la terrasse d'été main dans la main face aux étoiles. On refait nos guerres. On se raconte pour la millième fois les chevauchées païennes, les hussards, les conquérants, les reines et les soumises. Et puis, quand l'air se rafraîchit un peu, on s'enroule dans cette écharpe de tendresse infinie qui nous a liés à jamais. Quand je me noyais, elle ne m'a jamais lancé de bouée, elle m'a juste appris à nager. Calmement. Sans panique. À mon tour d'apaiser son angoisse du grand départ, le plus tard possible.

— Tu sais, j'ai deux épaules.

Elle comprend que celle que n'occupe pas Maman lui est réservée. Alors elle me tend la sienne, comme il y a trente ans. Et je m'y blottis pareil. Sans larmes cette fois. De toute façon, avec toutes celles que j'ai versées à cette époque-là, je ne suis pas sûr qu'il m'en reste. Il faut que je pense à m'en faire livrer. On ne sait jamais. Si, sur la fin de ma vie, les élites me trouvaient soudain respectable, je crois que j'en chialerais... de honte.

Ceux qui m'ont souhaité « bonne année », le 1er janvier 1985, ne croyaient pas si bien dire. C'est si rare. Parce que ce sont les premiers auxquels je pense à chaque gros pépin. À tous ceux qui nous inondent de SMS à peine minuit passé sans imaginer que leur « bonne année » sonnera comme un mauvais glas en cas de deuil. Bon, cette fois-là, ils étaient exceptionnellement de bon augure. Ce sera l'année de la résurrection. Mais, avant de clore ce chapitre sur un dernier verre, une fable : le rat des villes et le rat des champs. Version show-biz.

Il était une fois Thierry Le Luron et Patrick Sébastien. Les deux imitateurs vedettes des années quatre-vingt. J'imitais Coluche, Bourvil, Chirac, Paul Préboist. Du populaire bien gras. Il était Mitterrand, Sapritch, Dalida, Aznavour, de la pointure haut de gamme. Il était Paris, moi la province. Notre rivalité n'était pas feinte. Ses fans me trouvaient vulgaire et commun, mes aficionados le trouvaient imbu et sophistiqué. Très peu remettaient notre talent en cause. C'était juste un problème de caste. À lui le clinquant, l'élégant, le distingué. À moi le graveleux, le commun, l'ordinaire.

Nous nous croisions de temps en temps, au hasard du Paris décalqué, les soirs de fête. Lui et sa cour de divas maniérées et de jeunes éphèbes, moi et mon essaim de lourdingues et d'incendiaires au rouge à lèvres et au parler gras. Un monde d'écart. Nous nous faisions des signes de loin. Pour la politesse, la solidarité professionnelle, sans nous mélanger. Le strict minimum.

Et puis, une fin de nuit où nos suiveurs s'étaient éparpillés, nous nous sommes retrouvés dans un restaurant de nuit, face à face, à deux tables d'écart. Seuls et soûls, chacun de son côté. Quelques minutes à nous regarder en chiens de faïence, et d'un même élan nous nous sommes levés pour nous retrouver à la table du milieu. *In vino veritas !* Ce face-à-face dont personne ne fut témoin aurait régalé les gazettes. S'il était encore là, je crois qu'il en garderait le même souvenir que moi : un moment d'absolu et son parfum âcre : l'odeur de cendres du bûcher des vanités.

Début du combat, sans round observation. C'est lui qui a attaqué :

— Tu ne m'aimes pas beaucoup ?

— Non, pas trop. Et toi ?

— Non plus.

— C'est vrai qu'on n'est pas du même monde.

— Ça, c'est sûr !

J'ai enchaîné. Uppercut.

— T'en as pas marre de tes précieuses ridicules ? Je les ai bien observés, tes petits bourges qui frétillent du cul, tes bouffeurs de caviar qui te cirent les pompes. C'est que du toc, comme leurs fausses dents et leurs faux nichons. Remarque, on a les amis qu'on mérite.

Il a répondu. Direct au cœur.

— Tes pintades de basse-cour, ça vaut pas mieux ! Quant à tes potes, dans un comice agricole, ça peut passer. Et encore ! Mais ici, c'est pas une étable, c'est une maison pour gens qui savent se tenir. Chacun sa marque de fabrique. Quand on est trop petit, on compense avec une grande gueule.

Et encore quelques amabilités, coup pour coup. Jusqu'au gong. Le tintement de nos verres qui s'entrechoquent.

— À la tienne, petit con !

— À la tienne, blaireau !

Et puis un grand éclat de rire commun. Son verre de champagne et mon verre de whisky cul sec. Et deux regards profonds, attendris et solidaires. Nos voix se sont mises au diapason de notre désespoir commun. Graves, presque chuchotées.

J'ai demandé :

— Tu vas finir où, toi, cette nuit ?

Il a répondu, fatigué :

— À Barbès sûrement, et toi ?

— Pigalle peut-être.

Un long silence et j'ai demandé :

— Tu te suicides, non ?

— Oui... Comme toi. De toute façon, est-ce qu'on a le choix ?

Ses yeux se sont mouillés. Il a poursuivi, la voix tremblante :

— J'ai chopé ce putain de sida. Je ne pense pas que je m'en sorte. Mais je regrette rien pour l'instant. Sûr que quand ça va devenir vraiment douloureux, j'aurai des remords. Et encore. Ça fait vingt ans que je paye des faux amis pour ne pas rester seul. Ça me console pas, mais je sais que toi tu vaux pas mieux. Tu crèveras aussi de ce que tu bois ou de ce que tu baises parce que t'es aussi seul que moi.

— Finalement, on est du même monde. Celui où on n'aurait pas dû mettre les pieds.

— On n'aurait surtout pas dû y mettre le cœur.

Alors on s'est regardés cette fois en chiens de défaillance. On a avancé, sans se quitter des yeux, chacun notre visage vers l'autre, et on s'est embrassés sur la bouche. Pas un baiser d'homos. Un baiser de condamnés. À la même peine. Aux mêmes tourments. On a entendu un ricanement. Un témoin caché dans l'ombre ? À moins que ce ne fût le diable bienveillant. Et nous avons trinqué une dernière fois, un grand sourire en ultime provocation.

— À celui qui va mourir le premier !

— À celui qui va mourir le premier !

C'est lui qui gagnera, le 13 novembre 1986.

Comme une prémonition morbide, je ressusciterai le 13 novembre 1985, pile un an avant. Ce soir-là, après avoir regardé un film de De Funès, la bouteille à la main en guise de télécommande, la « nuit rouge » viendra percuter ma mémoire de plein fouet. Et par amalgame, au plus fort de ma dernière ivresse, une foule d'images se superposeront brutalement : la fille inerte dans la salle de bains, le dernier regard de Thierry, la gifle de Maman un soir d'outrage, ma gueule boursouflée, mes mains tremblantes, mes nuits barbares, mes matins en loques. Alors je me suis parlé à haute voix :

— Stop. Terminé. À partir de demain, 14 novembre 1985, je pose définitivement mon verre.

J'ai entendu une voix me murmurer :

— Alors, pose-le tout de suite, il est minuit une.

En ultime défi à moi-même, j'ai vidé lentement ce qu'il en restait à mes pieds sur la moquette. Même pas une dernière gorgée.

On est le 21 mai 2014.

Dans quelques mois, ça fera trente ans. Sans rechute. Même à la mort du petit. Même à la mort de Maman. Tiens, à propos, cette voix ce soir-là, c'était toi ?

— Bien sûr, me répond Maman.

— Alors, même vivante, tu étais déjà perchée sur mon épaule ?

— Oui.

— Mais pourquoi ne m'as-tu pas découragé avant ?

— Pour la cuirasse.

— Quelle cuirasse ?

— On n'apprend pas la vie sans prendre de leçons. Être protégé de tout ne protège de rien. Tous les maux sont des écailles. Souffrir beaucoup n'est qu'une promesse de souffrir moins. Est-ce que tu as pleuré à ma mort ?

— Non.

— Tu vois. On s'habitue.

— À la douleur oui, mais à ton absence non.

— Tu vas quand même pas finir ce chapitre comme ça. C'est trop triste.

— D'accord... Alors une blague, y a que ça qui me vient.

— Vas-y.

— C'est Judas, à la fin du repas de la Cène, qui dit à Jésus : « Bon week-end ! »

— Pas mal. Et pour une fois pas de gros mot.

— Et Jésus se tourne vers le patron de l'auberge et dit : « Vous nous ferez des additions séparées. Je quand même pas payer à bouffer à cet enculé ! »

Maman se décompose.

— Tu es atterrant, mon petit.

— Non, je suis vivant. Grossier, indécrottable, mais vivant.

1984-1989

TITANIC

Si c'était un film, à ce moment-là, il y aurait la chanson de Céline Dion. Et puis un zoom avant sur elle et moi enlacés à la proue du paquebot. Ensuite, le bateau passerait au flou et nous demeurerions collés, dans les bras l'un de l'autre, derrière un grand rideau rouge. Celui de son premier passage à l'Olympia en première partie de mon spectacle. Elle me murmurerait, essoufflée :

— C'était bien ?

Je lui répondrais, paternel :

— Parfait, ma puce.

Cette année-là, la puce n'a que seize ans et ne chante pas encore la chanson du *Titanic*. Juste trois bluettes musclées. Déjà l'âme incrustée dans des cordes vocales étonnantes. À vrai dire, je n'avais pas anticipé une seule seconde le succès planétaire. Je croyais juste à une bonne petite carrière. Je ne savais pas que ce coup de pouce artistique deviendrait pour moi un titre de gloire. Aujourd'hui, dindon orgueilleux, je glousse à qui veut l'entendre que j'ai été un des premiers à déceler le talent de la diva. C'est mi-vrai, mi-faux. Je vais retenir le mi-vrai pour l'histoire, et le mi-faux pour la sincérité que je te dois en tout, tu le sais bien.

Si je t'en parle là, ce n'est donc pas de la forfanterie, c'est juste pour le symbole. La métaphore qui justifie le titre de ce chapitre. À partir de 1985, ce sera la croisière de luxe. Délesté de l'alcool qui fait roulis, je naviguerai par temps relativement calme, majestueux, pourfendant l'océan d'une étrave fière. À bord, les ors, les marbres et, sur le pont, première classe et passagers clandestins mêlés dansant au son d'une musique entraînante... Et puis, au bout de la nuit, l'iceberg. Ce petit triangle de terre de la route de la petite Camargue où la moto de mon petit s'encastrera la nuit du 14 au 15 juillet 1990. Le naufrage, les cris, les larmes, le désespoir. Je m'accrocherai à un radeau de fortune. Et depuis, je dérive. Vivant, c'est sûr, mais le ventre rempli d'algues et d'eau de mer. Condamné à la nausée éternelle. Les os en bois rafistolé et le cœur clapotis.

On dit : rescapé. Pourquoi pas ! Tu as tout compris de moi si tu as deviné que mes chansons festives sont des fusées de détresse. Tu n'as rien compris si tu penses qu'en m'envoyant des louanges en chaloupe, tu me sauveras de quoi que ce soit. Un peu d'amour en plancton pour survivre, ça suffira. Et puis basta ! On arrête l'allégorie nautique à deux balles. On fait simple, clair : la mort de mon fils est une souffrance effroyable. Je t'en ai beaucoup parlé et je t'en parlerai encore. Parce que je me soigne comme je peux. Ceux qui me reprochent de l'évoquer sans retenue sont des porcs. Il m'arrive de vouloir les égorger. Je n'accepterai jamais qu'on salisse cette douleur-là. Et quoi qu'en pensent mes juges les plus sévères, c'est le seul crime de dédain pour lequel je me donne la permission de frapper quelqu'un. C'est pourquoi je prie chaque jour le diable bienveillant d'éviter de me donner l'occasion de le faire. Pour l'instant, je tiens bon... Pourvu que ça dure !

Jusqu'en 1990, en croisière quatre étoiles, donc. Pendant toute cette période, il m'arrivera encore de finir à fond de cale. On ne se refait jamais totalement. Mais sans l'ivresse, les dérives seront moins pitoyables. Juste décalées. En revanche, je passerai beaucoup plus de temps sur le pont supérieur. Dans les vrais hôtels palaces accompagné des filles qui vont avec. Luxueuses. Pourtant, au début de ce nouveau voyage, mes comptes sont pratiquement à sec. Les brumes de l'alcool ont aussi évaporé mon semblant de fortune. Le coût de mon second divorce m'a relégué bien loin de la grande maison du Vésinet dans un cinquante mètres carrés du XVIIe arrondissement. À deux pas de la rue Laugier de mes débuts. Comme un symbole de retour à la case départ. La première de mes multiples renaissances.

On fantasme beaucoup sur la fortune des artistes. Certains sont très aisés, d'autres confortables, la plupart en déséquilibre permanent d'un succès à l'autre. Je fais partie de ceux-là. J'ai eu des hauts et des bas. Aujourd'hui, je vis très bien. Mais pas au point de m'arrêter de travailler. Et dans nos métiers qui tiennent sur l'estime du public, personne n'est à l'abri d'un orage médiatique qui peut vous foudroyer sur place. Je ne me plaindrai jamais, c'est la règle du jeu, mais je n'accepterai jamais non plus, quand le soleil luit, la vindicte arrogante.

Je me souviens d'un sournois. Un voisin nauséabond que j'ai surpris un soir. Il rayait ma voiture. Mon premier réflexe a été une question. Sans même élever la voix :

— Pourquoi tu fais ça ?

Tu dois être étonné d'une réaction aussi pondérée. Vu ma réputation de gros beauf impulsif, tu t'attendais plus au coup de boule. Il viendra après.

— T'es connu, t'as du pognon, tu peux t'en payer une autre ! a-t-il répondu.

Coup de boule donc. J'avoue que le temps jusqu'à l'« après » annoncé a été bref. Et comme toutes les victimes qui oublient au premier retour de manivelle qu'ils sont d'abord les coupables, il a menacé :

— Je vais porter plainte. Salaud de riche !

La véritable connerie populaire résumée en deux phrases. Dieu sait si tu m'as entendu défendre contre vents et marées le petit peuple, les besogneux, les laissés-pour-compte, mais cette bassesse-là me hérisse.

Et le Français moyen se cabre :

— Tu vois qu'il n'est pas aussi près du peuple qu'il le chante partout, le Sébastien.

Alors là, je ne chante pas, je claironne : la basse caste qui prend appui sur sa condition pour s'octroyer tous les droits à la saloperie me débecte. La populace me gave quand elle juge sur la grandeur d'une piscine ou sur l'épaisseur du manteau de la patronne. Il y a deux expressions qui me feront toujours dresser les poils. D'abord : « Nous les travailleurs », l'hymne des syndicalistes les plus féroces. Parce que ceux qui ont beaucoup d'argent ne travaillent pas ?

Je connais des dizaines de patrons qui ont sué sang et eau pour créer leur boîte et la tenir à flot. Et en parfaite honnêteté sociale. Ils sont fiers de leur réussite, et ils en profitent au maximum. Et alors ? Il est où le problème ? Je ne te parle pas ici des parvenus tombés du ciel de lit. Les héritiers fantoches, enflures notoires, semences dégénérées qui exhibent la réussite paternelle comme seul CV. Que ces branleurs-là le restent au pied de la lettre ! Ça évitera au moins qu'ils se reproduisent. Je ne te parle pas non plus des self-made men dénués de tout sens moral. Traders, banquiers, hommes de sales affaires vérolés par le Dieu argent, leur seule icône. Je te parle juste, et c'est la majorité, des riches d'occasion, qui ont l'âme aussi solide que le coffre-fort. Ceux qui n'ont aucune raison d'avoir honte de ce qu'ils sont devenus puisqu'ils l'étaient déjà, la récompense en moins.

À titre personnel, tout ce que j'ai acquis, je l'ai payé de ma sueur et de mon abnégation sans compter les heures. Et je n'accepterai jamais que le jugement d'un termite vienne me pourrir la charpente. Ma mère m'a mis au boulot à douze ans. J'ai trimé à l'école comme un dingue pour tenter de combler le vide que ma situation de naissance avait creusé. Pour nourrir ma jeune famille, j'ai courbé le dos dans des jobs éreintants et mal payés. Et depuis que je suis dans le show-biz, j'ai cravaché, passé des milliers de nuits blanches à gratter et gratter encore pour inventer des idées de survie. J'ai risqué ma vie par tous les temps sur la route pour honorer chacun de mes contrats de baladin, le sourire aux lèvres.

Aujourd'hui, à l'heure de la retraite officielle, je me bats encore chaque jour pour conserver à ceux dont j'ai la charge le train de vie le plus agréable possible. Je n'ai jamais demandé d'aide à personne. Mon regard dans la glace ne porte pas l'ombre de la moindre compromission morale. Dans ce monde médiatique où la traîtrise, l'abandon et la combine sont des valeurs à la mode, je me targue d'avoir conservé une conscience droite et incorruptible. Ma plus grande fierté est d'être resté honnête et juste malgré les multiples tentations d'oublier de l'être.

Alors ça me donne le droit de planter un médium bien tendu au cul des envieux et des critiques de tout poil. Vulgaire ? En ce cas, certainement. Il manquerait plus que je m'aplatisse en argumentaire à fleuret moucheté pour une racaille qui ne mérite même pas un coup d'épée.

La deuxième expression qui me hérisse, c'est : « J'y ai droit. » L'argument récurrent des assistés en tout. Pas la peine de développer, tu les connais suffisamment. Ils taguent ton espace de revendications systématiques. Ils sont faux étudiants, faux chômeurs, faux malades, faux pauvres. Ils restent assis sur la première marche parce qu'ils ont toujours eu la flemme de monter l'escalier. Et ils passent leur temps à faire des croche-pieds à ceux qui tentent de grimper dans les étages.

Alors là, c'est sûr, l'analyste bon teint va se déchaîner :

— Quel sale réac ce mec ! Quelle honte de faire de tels amalgames ! Comment peut-on insinuer qu'on puisse se complaire dans la misère ? L'assistance est un devoir de la société. Et assimiler certains nécessiteux à des profiteurs est une insulte à la solidarité républicaine. Et ça se dit humaniste !

Je réponds :

— Bien sûr mon gars. Être humaniste, c'est aimer son prochain... Tant que ce prochain n'essaie pas d'enfiler son suivant. Ta bien-pensance fait de toi la vaseline de cette sodomie sociale. Alors, puisque tu fais dans le lubrifiant, tes commentaires, tu peux les graisser toi-même, et, une fois absorbés, t'asseoir dessus !

Là, je t'en ai donné, des seaux pour apporter de l'eau au moulin de ma beaufitude ! La trivialité en plus. Quelque part, ça me rassure. Ça veut dire que même la croisière de luxe de la fin des années quatre-vingt n'a pas entamé mon « rustre » et mon « ordinaire ». En cinq ans de visites un peu plus fréquentes dans la haute société, je n'ai pas déteint. J'ai gardé mes couleurs d'origine. Vives. Aucun pastel n'est venu adoucir mes emportements naïfs, mes convictions intimes, ma grossièreté naturelle et mes rébellions d'enfant gâché.

J'ai traversé ces années sans que les moquettes épaisses me fassent renier le linoléum. Sans que le Béluga me détourne du Justin Bridou. Sans que mon vocabulaire revisité ou une lâcheté occasionnelle substitue des testicules à mes couilles. Bref, sans que Patrick Sébastien oublie Patrick Boutot. Tout simplement. Mon pseudonyme m'a égaré, mais pas perdu. Et ce n'était pas si évident que ça. Et si ç'avait été le cas contraire, pas sûr que j'écrive ce livre aujourd'hui. Parce que je suis certain que je ne serais ni heureux ni comblé.

En fait, à partir de 1985, ma popularité étayée par le succès cathodique et mon emploi du temps délesté des contraintes de l'alcool, j'ai pu enfin élever le niveau de mes relations sociales. Des tables d'écrivains, d'hommes d'affaires, des bureaux de ministres ont été mes nouveaux comptoirs. Au passage, en témoin sobre, j'ai pu constater qu'on s'y torchait et qu'on niquait autant que dans le bas monde. Pardon, « qu'on s'enivrait et qu'on s'accouplait ». Tout n'est qu'une question de vocabulaire. La cuite est devenue éthylisme, la gerbe nausée, et la partouze échangisme. Pour le reste, il est vrai que j'ai rencontré des esprits fascinants et des filles éthérées à la beauté diaphane. Très peu de Jeanine et de Jojo. J'ai dû me contenter de quelques Jasmine ou Anne-Charlotte et autres Marc-André. J'ai même croisé un Sigismond !

Que je te rassure quand même, pas à temps plein. Par moments seulement. Par bribes. En ethnologue provisoire. Juste pour me prouver que j'étais capable d'évoluer dans ce monde-là sans qu'on appelle la police. Et ça ne durera que quelques années. Le temps de m'apercevoir que je m'ennuyais beaucoup moins au resto guinguette des bords de l'Adour qu'au Bal de la Rose au Sporting de Monaco. Je ne regrette rien et je ne méjuge surtout pas. Je rapporte, je confie. Et confidence pour confidence, comme disait Maman quand je ramenais, tout fier, une gravure de mode à Martel :

— Un mannequin ou une coiffeuse dans ton lit, de toute façon, c'est moi qui vais laver les draps.

— Elle est jolie quand même.

— Très. Pour un mannequin, c'est la moindre des choses. Pour une femme ordinaire, c'est la pire.

— Tu préfères que je ramène des moches ?

— Ben oui. Je suis ta mère. Au moins, je suis sûre que celles-là, tu ne les épouseras pas.

— On dirait une mère juive.

— Je suis une mère juive.

— Pourtant tu n'es pas juive.

— Nous le sommes tous un peu. Tu sais, en 1940, j'avais cinq ans. Il y a plein de petites filles comme moi qui sont mortes juste d'avoir le même âge, mais pas la bonne étoile. N'oublie jamais ça.

— Je n'oublierai pas.

Elle était comme ça Maman. On commençait par le léger et on finissait par le grave. Pour que chaque leçon de choses se termine en leçon de vie. Chaque fois. Sauf au printemps 1986 quand je l'ai appelée pour l'informer, tout tremblant, du montant hallucinant du contrat que me proposait Berlusconi pour travailler sur la Cinq. Elle a commencé par le grave. Sa réaction a rafraîchi mon enthousiasme :

— C'est trop.

— Mais pourquoi tu dis ça ? C'est le jackpot ! Tu te rends compte, les six cents francs que j'avais pour monter à Paris, ce qu'ils sont devenus.

— Je me rends compte. Et c'est formidable pour toi.

— Pour nous.

— Pas sûr.

— Tu as peur que ça me tourne la tête, que je vous oublie ? Tu sais, tout le monde va en profiter.

— Oh, je n'ai pas de doute là-dessus. Tu es un bon petit. C'est une excellente nouvelle et je sais que tout cet argent ne changera rien à ce que tu es dans le fond... Mais...

— Mais quoi ?

— Je connais la vie. Tout le mal qu'on fait se paye un jour ou l'autre. Tout le bonheur qu'on récolte aussi. Quand le bon Dieu te donne quelque chose d'une main, il en a toujours une autre cachée derrière son dos. C'est la loi du ciel. Aujourd'hui tu as tout. Le succès, la popularité et maintenant beaucoup d'argent. Alors je maintiens que c'est trop. J'ai peur qu'on le paye un jour.

— Comment ?

— Je ne sais pas... Une maladie, un drame.

— Si on nous le fait payer, alors c'est pas le bon Dieu, c'est le diable.

— Appelle-le comme tu veux.

Elle a deviné à mon long silence qu'elle m'avait remué. Alors, elle a enchaîné, la voix faussement gaie :

— Mais ne te mine pas pour ça. Profite bien. Et puis oublie ce que je viens de te dire. C'est des bêtises. Il n'arrivera rien. Une maman, ça s'inquiète toujours trop. Surtout avec un fils comme toi. Avec ton frère et ta sœur, je me ferais moins de souci.

— Ne dis pas de bêtises, je sais que tu t'inquiètes autant pour eux.

— Oui, mais toi tu es unique. Comme tu me le dis souvent en plaisantant, tu es le premier à être passé dans l'autre sens !

Cette fois-là, Maman avait atténué le grave par du très léger. La leçon de choses après la leçon de vie. Affreusement triviale. Une outrance rare dans sa bouche. Certainement pour tenter d'effacer le sale pressentiment. Qui se révélera parfaitement conforme. Je n'oublierai jamais ses premiers mots lorsque, quatre ans plus tard, je lui apprendrais la mort du petit au téléphone. Elle laissera un silence interminable et dira, la voix nouée :

— Je savais bien qu'il faudrait payer le bonheur un jour ou l'autre.

On y reviendra, parce qu'en 1987, ce jour est encore loin et que l'offre de Berlusconi vient de faire exploser le montant du crédit. Et même si je t'en ai parlé longuement dans *Putain d'audience*, on peut s'y arrêter quelques instants. Au moins pour analyser, au vu de la déchéance actuelle du « Cavaliere », la bouffonnerie de la justice dans tous les pays du monde. Parce que dans la catégorie « magouille », il a tout fait le bel Italien. Des abus de pouvoir aux abus de faiblesse, il a épuisé toute la panoplie de l'escroc sympathique. Et le voilà contraint aujourd'hui pour toute son œuvre à des services d'intérêt général. Quelques heures de dévouement dans un hôpital sous le feu des flashes et retour au bercail doré dans la grosse berline avec chauffeur. Tu parles d'une sanction ! C'est comme si on condamnait mes potes braqueurs à aller au coin, les mains sur la tête !

Mai 1987. L'alchimie rêvée du pauvre, c'est de transformer les nouilles en pâtes. Il m'attend dans ma loge du Casino de Paris, Don Patillo. J'y prolonge un mois de succès à guichets fermés à l'Olympia. Autant te dire que, professionnellement, je n'ai besoin de rien. Mais il est là, charmeur en diable. Un seigneur comme j'en rencontrerai peu. Un conquérant prêt à envahir le paysage audiovisuel français. Ses armes ? Un culot monstre, des idées nouvelles et un chéquier inoxydable. Il me fera une offre que je ne pourrai pas refuser, Corleone. Avec l'accent italien. Une proposition *al dente*.

— Patrick, tou es le meilleur. Zé crois qué tou peut faire la télé toutes les semaines.

— J'ai pas trop envie, m'sieur. C'est pas mon métier. Vous avez vu la salle debout ? Ça, c'est mon kif. La télé, c'est de temps en temps, en panneau publicitaire, juste pour qu'ils viennent me voir sur scène.

— Ma, tou pourras faire les deux. Zé souis certain qu'une grande carrière t'attend aussi à la télé, moun ami...

Visionnaire et persuasif, Béber de Milan. En trente secondes, j'étais devenu « soun ami ». Phonétiquement, on peut entendre « tsunami ». Ce sera ça. Une grande vague qui va déferler sur ma vie et qui me porte encore. De septembre à décembre 1987, je serai payé grassement pour faire mon apprentissage d'animateur télé. La Cinq sera un échec commercial retentissant. Rien à voir avec la qualité des émissions. La faute à un réseau de diffusion défaillant ou sabordé selon les versions. Tous les animateurs migrants rentreront au bercail.

Les divers analystes ont écrit beaucoup de contre-vérités sur l'histoire de ce naufrage. Et pour cause, ils n'étaient pas dans le bateau. Comme souvent. Je ne vais pas développer. Juste te rapporter mot pour mot l'entretien que j'ai eu avec un journaliste il y a peu de temps sur ce sujet. Cet interview est l'archétype de ce que nous, saltimbanques, sommes obligés de subir sous peine d'être vilipendés pour entrave à la liberté de la presse.

— Vous êtes allé sur la Cinq pour l'argent ?

— Oui, entre autres.

— Beaucoup.

— Bien plus que vous pouvez imaginer.

— Il vous en reste ?

— Non. Mais j'y ai gagné bien plus que ça. On m'a donné les moyens de faire la télé que je voulais en totale liberté. J'ai appris à être ce que je suis devenu. Donc, merci monsieur Berlusconi. Quel que soit son parcours après, je garde le souvenir d'un homme adorable, diablement efficace et respectueux du travail des artistes.

— Pourtant cet homme deviendra sulfureux.

— Il l'était certainement déjà.

— Donc, dans une certaine mesure, en acceptant de travailler pour lui, vous avez été complice de ses exactions.

— Je ne vois pas en quoi. J'ai juste été embauché pour faire un travail par quelqu'un qui m'a laissé, sans aucune censure, donner à l'image toute ma mesure d'artiste. Ce qui n'est pas le cas aujourd'hui. On peut en parler si vous voulez.

— Non, je préfère qu'on revienne à cet homme qui vient d'être condamné pour des soirées coquines en compagnie de mineures. Ça vous est arrivé aussi ?

— Non, mais je ne vois pas le rapport.

— Ben si. Puisque vous gardez un souvenir respectueux de cet homme discutable, c'est que quelque part vous cautionnez ses dérives.

— C'est une interview sur mon expérience sur la Cinq. Je préférerais qu'on s'en tienne à ça.

— C'est donc que vous avez quelque chose à cacher. Quand on a autant de sympathie pour un homme qui ne respecte pas les femmes et qui a passé sa vie à additionner les abus de pouvoir, on est forcément plus du côté de l'illégalité que de la justice. Donc, je vous repose la question. Est-ce que vous-même, vous avez participé à des soirées avec des mineures ?

— …

— Je sais que vous ne répondrez pas, mais, vu votre réputation d'amateur de soirées libertines, il n'est pas illégitime d'imaginer que ça puisse être possible.

— Vous êtes infect.

— Je fais mon travail.

— C'est bien ce que je disais.

Voilà. Un petit tour dans la saloperie médiatique ordinaire d'aujourd'hui avant de retourner à mes souvenirs enchantés. Histoire de donner quelques arguments de plus à certains pisse-copies qui m'ont privé de toute mansuétude depuis bien longtemps. Mais je ne me plains de rien. Dans cette relation à couteaux tirés, il n'y a ni victime ni coupable puisque le mépris est réciproque.

— Tu ne peux t'en empêcher de brocarder les journalistes, c'est agaçant à force, me dit Maman.

— Pas « les journalistes ». Quelques-uns seulement, qui ne méritent pas de l'être.

— Et tu t'étonnes qu'ils ne te fassent pas de cadeau. Je me demande si tu ne cherches pas plus les mauvaises critiques que les bonnes.

— Comment t'as deviné ?

— Je peux savoir pourquoi ?

— Parce que nos ennemis sont bien plus faciles à manœuvrer quand on les choisit. Et puis ce sont les banderilles qui font du taureau un combattant imprévisible.

— C'est exact. Mais à la fin c'est toujours le torero qui gagne.

— C'est pas la victoire qui m'intéresse, c'est le combat.

Les clarines sonnent. Les belles agitent les mouchoirs. Le soleil luit. L'arène est pleine. Longtemps, je me suis cru torero. Parce qu'il y avait mon nom sur l'affiche. Erreur de casting. Je suis Miura. J'aurais pu paître, tranquille, dans la prairie, à côté de la petite maison. Mais non, j'ai choisi le sang et la poussière. Et tant pis pour les entailles. De toute façon, on finira tous chez Buffalo Grill !

Bon, allez, on repart en croisière. De l'allégorie taurine à la métaphore marine. Je sais, ça fait effet de style poussif. Mais je ne sais pas écrire autrement.

D'ailleurs, je ne sais pas écrire du tout. Je m'épanche, je me vide, je m'évapore. En espérant que tout ce qui fuit de moi te remplit. Le principe des vases communicants. Tiens, à propos de vase, si tu es une femme, profites-en pour mettre des fleurs dans le tien. Je te les offre. T'as vu : quand je veux, je peux être romantique. Bon, là, c'est parce qu'il est tard, mais je te promets que ça ne durera pas.

— Qu'est-ce qu'elle est bonne celle-là, je lui mettrais bien une cartouche !

Tu vois, à peine deux lignes et le sauvage reprend le dessus. Je parle d'une danseuse, d'une actrice, d'une chanteuse. De toutes mes compagnes de jeux coquins qui s'offriront sur les transats du paquebot pendant la belle traversée.

— Dieu a inventé l'alcool pour que les moches puissent baiser !

C'est du Coluche. Abominablement macho mais pas si faux. C'est valable pour les deux sexes d'ailleurs. C'est vrai que, débarrassé de l'ivresse qui désinhibe le choix, j'ai eu tendance pendant cette période bénie à réévaluer mes préférences. Esthétiquement positif. Intimement discutable. La beauté du diable a parfois les pieds fourchus. La belle de Cadix a des yeux de velours. T'imagines un regard côtelé ! Quelle horreur !

Non, après en avoir fait le tour dans ces années-là, la beauté d'une femme ne dépend pas des chiffres de ses mensurations, mais du nombre de jours pendant lesquels elle peut supporter la banalité orgueilleuse de l'homme qui l'accompagne. Eh oui ! J'estime bien plus la gent féminine que tous mes accusateurs publics peuvent l'imaginer. Et ce d'autant plus que j'ai usé et abusé de ses charmes affichés et cachés. Et avec mille fois plus de délicatesse que mes aveux indécents de hussard grossier peuvent le laisser croire.

Je suis un véritable gentleman. J'étale mes chevauchées vaniteuses parce que ces « embrochades » à la va-vite ne méritent que ça. En accord parfait avec mes partenaires extraverties. Elles étaient purement jouissives et inconséquentes. Pas mes partenaires, mes chevauchées. Le reste de mes accolades est tapi au fin fond de mon jardin secret. Certaines en connaissent les moindres sentiers, les sources et les parfums. Elles savent les recoins, les caches. Les refuges où rien n'est plus important que de se protéger du brouhaha. Les mots feutrés, les caresses à fleur de cœur, et les yeux dans les yeux seulement. Sans le moindre accroc au sensible, à l'éternel. Elles se reconnaîtront. Je les embrasse tendrement.

Septembre 1987, « Farandole » sur la Cinq. Le titre de ma première émission récurrente du samedi soir. Quinze numéros, et la clé sous la porte. Une clé en or. Le dédommagement pour rupture forcée du contrat sera royal. Et encore une fois, Silvio sera d'une correction exemplaire. Cette manne, étrangement, me fera perdre plus d'argent par la suite qu'elle m'en fera gagner. Parce que ce trésor inespéré me poussera à une résolution essentielle : « Suffisamment, c'est assez. Au-delà, c'est trop. » C'est là que je prendrai la mesure du « juste prix ». Et par la suite, je me méfierai sans cesse du mirobolant. La rémunération de chaque labeur est aussi sournoise quand elle est sous-évaluée que lorsqu'elle est excessive. Enfin pour moi. Parce qu'à l'époque, j'entendais à l'envi :

— Personne ne peut se plaindre d'avoir trop d'argent. Prends l'oseille et tire-toi ! Et plus tu pourras en prendre, mieux ça sera.

Eh bien non, justement ! Et avant que les nécessiteux me sautent au collet, je vais t'expliquer. Avant qu'on crie à l'indécence. Avant qu'on me condamne pour cynisme de parvenu. Coluche lançait, dans un sketch, cette phrase volée à Tristan Bernard :

— Si l'argent ne fait pas le bonheur, rendez-le !

Mon argumentaire n'est pas aussi catégorique, c'est une variante. Chaque présent est fait, je te l'ai déjà dit, d'un passé réaménagé. Mes racines ont poussé sur un sol en friche. Alors d'un coup, le terreau noble, et l'arrosage perpétuel, ça déroute. Pire, ça culpabilise. Une piscine intérieure personnelle, c'est sublime. Mais chaque fois que j'y ai pataugé, je n'ai pas pu m'empêcher de penser à la blague machiste des époux de poules de luxe : « Ça coûte bien trop cher par rapport au temps qu'on passe dedans ! » Alors, j'ai arrêté de nager.

N'exagérons pas. La surabondance de cette période-là est évidemment un souvenir agréable. Ça fait toujours plaisir de gagner au Loto. Surtout quand on n'y a pas joué. Bien sûr que mon compte en banque où les virgules se décalaient vers la droite, ça me ravissait. Mais ma conscience ne s'accommodait pas vraiment de cette débauche de facilités matérielles.

— Et le petit au bout, dix de plus !

— Avec la poignée, ça va faire cher !

C'était dans le petit appartement de mon pote Béjo, à Montrouge. Dans un immeuble de la banlieue besogneuse. Mon vrai plaisir. Mon bonheur du lundi soir. La partie de tarot après le poulet chips arrosé d'un pinard de chez Carrefour. Le meilleur. Pas pour le goût. Pour l'amitié. Et cette amitié-là, c'était du grand cru. Millésimé. Quand je repartais à trois du mat dans l'escalier tagué, je croisais des lève-tôt qui s'en allaient gagner au turbin, en six mois de suées, le prix du train de pneus de ma Mercedes.

— Oh, monsieur Sébastien !

— Bonjour.

— C'est bien, vos émissions. Mais on dit que c'est un milieu où il y a plein de tordus. Ça doit être pénible, ce boulot, non ? Moi, je pourrais pas. Vous avez bien du courage.

Que voulais-tu que je fasse à part baisser les yeux ? Quel courage ? Celui de supporter quelques fourberies ordinaires pour un salaire démesuré. Le vrai courage, c'étaient eux. La routine du travail sans passion. L'inquiétude des fins de mois. Ceux qui font dix jours, pas trente ou trente et un, parce que, dès le 11, les comptes sont dans le rouge. Leur compassion à mon égard résonnait méchamment dans ma tête à chaque retour dans mon lit *king size*. Ça ne m'empêchait pas de dormir, mais j'avais des réveils compliqués.

C'est là que j'ai compris que c'était très bien de rouler en Mercedes, mais que ce n'était pas la peine de vendre mon âme pour accumuler de quoi me payer la concession. Je me suis souvenu du petit garçon que j'étais, assis, emmitouflé les soirs d'hiver, à Juillac, devant la vitrine du marchand de télé. Je rêvais d'être dans « la piste aux étoiles », pas d'acheter le magasin. J'ai une nature de fauve en liberté. Qu'est-ce que tu veux que j'aille foutre dans un zoo ? Même si ma cage a des barreaux en or. Alors, bien sûr, j'ai conservé le bel argent de l'Italien, mais je me suis promis de ne jamais aller au-delà de mes besoins réels. Une éthique de gourmet, pas de gourmand, que j'ai conservée depuis.

Le « suffisamment, c'est assez » est écrit en lettres d'or dans ma conscience. L'argent berlusconien me mettait mal à l'aise avec tous mes copains dans le besoin. Je les ai aidés, bien entendu. Mais dès que l'amitié s'étalonne à un distributeur automatique, elle est vite dans le rouge. J'ai perdu mes amis les plus tapeurs. Je n'en ai conservé que très peu. Aujourd'hui encore, beaucoup m'aiment à crédit. Un revers de médaille de plus et des désillusions en stock. Ça fait partie du jeu. Le jeu de clés en or.

La leçon a été profitable. Il faut une mesure en tout. Sur des planches de mauvais bois, pieds nus, on s'écorche aux échardes. Ne plus être pauvre permet d'éviter de s'arracher la peau. Mon travail m'a offert la chance de marcher sur de la moquette de qualité. Mais le marbre dans la salle de bains, ça glisse. Et on s'éclate la gueule sur l'évier. Bon, le seul avantage, c'est de mourir propre. Tu parles d'une compensation !

Pour stopper les métaphores sanitaires et autres, on va résumer en compte courant : j'aime l'argent, comme tout le monde. Le contrat de la Cinq est le plus beau que j'aie jamais signé. Comme j'ai gagné cet argent à la sueur de mon front, je n'ai eu aucun scrupule à l'utiliser au mieux. Mais être classé dans les plus grandes fortunes n'est définitivement pas mon Graal. Être remercié dans la rue pour le plaisir que je donne à travers mes émissions et mes chansons, ça oui. Si j'avais couru après le gros lot à tout prix, qui me remercierait aujourd'hui de n'avoir fait plaisir qu'à moi ?

Et moi, j'aime bien qu'on me remercie.

Le mot à double sens est de circonstance, puisque, fin 1987, je suis donc remercié de la Cinq. Mais mon apprentissage a marqué les esprits. TF1 a compris que l'animateur occasionnel qui avait provisoirement déserté peut parfaitement enchanter régulièrement les samedis soir face au « Champs-Élysées » de Drucker qui commence à ronronner. Encore faut-il trouver la bonne formule. Je ne l'ai pas. Mais ils me signent quand même. Sur la confiance. Imagine si je leur avais dit :

— Attendez les mecs ! Ce soir, je fais les recoins. Je vais naviguer entre un club libertin, le bois de Boulogne et une boîte de travestis. Y aura sûrement un truc pour la ménagère de moins de cinquante ans !

Lelay, le patron de TFI, aurait certainement remis son stylo dans sa poche. Il aurait eu tort. Parce que, justement, l'émission qui leur fera dix millions de spectateurs en moyenne, un samedi sur deux pendant quatre ans, va naître d'une illumination à deux heures du matin au fond d'un cocon pailleté de la rue des Martyrs.

Allez, une devinette : c'est petit, ça sautille et c'est plein de faux-semblants. Mais non, pas Sarkozy. C'est « Chez Michou ». Le temple du transformisme et de la démesure dans un espace minuscule, ridicule. Une bulle. On y dissimule des Hercule derrière des libellules. On gesticule, on s'y bouscule... Bon, j'ai plus de rimes, mais tu imagines !

J'ai toujours adoré ces spectacles décalés, en équilibre entre le cirque, le music-hall, le drame intime et la comédie humaine. J'aime profondément les transformistes. Ces êtres fissurés, craquelés, qui se cimentent l'espace d'un show à grands coups de fond de teint épais. Ils mettent aux fenêtres de leurs yeux blessés des faux cils en volets battants. Pour que le soleil des projecteurs les réchauffe sans les brûler. Ils sont déjà tellement incandescents. Cramés au cœur parce qu'ils ne sont pas tout à fait ce qu'ils auraient dû être. Et qu'il faut bien faire avec, ma brave dame !

— Des pédés qui se déguisent en fausses femmes, c'est ça ?

— Non, des artistes, monsieur... Des artistes, des vrais.

Ce soir de vadrouille, j'y applaudis pour la énième fois Marilyn, Piaf, Vartan et Lucien peut-être plus Dalida que Dalida elle-même. Et puis soudain : Liza Minnelli et Charles Aznavour. Pas les copies. Les vrais. En balade nocturne eux aussi, ils viennent d'apparaître au bout du bar. La star américaine s'esclaffe, applaudit, se pâme et explose en ovations quand elle voit pénétrer son double.

Et là, flash ! Bingo ! Je me dis :

— Et si, à la place du transformiste anonyme, c'était Mireille Mathieu, sa copine, la vraie, qui s'était glissée dans sa peau. Elles sont assez proches physiquement. Facile à réaliser avec un bon maquillage. Et quelle surprise !

Et de là, j'oublie le spectacle et mon imagination cavale. Voilà, c'est ça l'idée ! On va déguiser des stars en autres stars et le téléspectateur devra deviner qui se cache derrière qui. Le concept à ressort, qui peut faire rebondir pendant des années. Celui dont rêvent tous les producteurs télé du monde. Parce qu'il est inépuisable. Ce sera le cas bien au-delà de ce que je peux l'imaginer à cet instant-là. Un filon découvert comme ça, sans préméditation, dans une mine à ciel ouvert. Celles des anges de nuit. Ceux qui n'ont pas de sexe. Mes amis bizarres. Mes potes fardés. Mes créatures du mâle, mi-diables mi-seins.

Et c'est ainsi que mon interlope m'évitera les interludes. Quatre ans de succès non-stop qui balaieront sur leur passage toute la concurrence et qui m'installeront producteur-animateur « bankable », comme on dit aujourd'hui. Quatre ans de succès, de confettis, de masques. La ferveur populaire et, bien entendu, encore une fois, le mépris élitiste qui va avec. On ne s'attarde pas, tu connais le refrain. Un seul exemple. Mesquin, imbécile et bien inoffensif, mais qui est à l'image du fossé qui ne se refermera jamais entre les « importants » et moi.

« Sébastien, c'est fou », ses déguisements, son Paul Préboist, ses danseuses et ses vannes de comptoir se sont retrouvés pour la première fois en face de la « Nuit des Césars ». Un monde d'écart. Et pour les prévisionnels de la presse spécialisée, un combat gagné d'avance pour la soirée de prestige. Pensez donc ! Toutes les stars du cinéma françaises et étrangères contre un François Valéry et un Carlos. Des robes du soir contre des habits de clown. Les planches de Deauville contre les pédalos de Palavas. Y aura pas photo !

Malheureusement pour eux, oui. Battue à plate couture la grand-messe des vanités en trente-cinq millimètres. Écrasée par le gourou mal fringué et sa secte de gens de peu. Alors déception amère chez les demi-dieux. Indignation, même. Tout ça résumé par un courrier que je recevrai le lendemain. La carte de visite de Georges Cravenne, le père des Césars. Juste la carte de visite. Et sur l'imprimé « Avec les compliments de Georges Cravenne ». Une rature barrait le mot « avec ». Et il avait écrit à la place : « Sans »... Sans commentaire.

En 1988, la sobriété m'avait donné des forces nouvelles. Mes muscles et mon cerveau cravachaient toute l'année à plein régime. Ah oui, parce que j'ai oublié de te dire que même si sur l'étiquette il y a écrit « animateur », je suis bien plus que ça. Je suis un « faiseur ». Depuis trente ans, pas une seule image ne sort de ma boîte magique sans que j'en ai pensé le moindre détail. J'invente, je fabrique, je mets en scène, je présente, je fais les finitions et je livre. Nous sommes très peu à nous investir de la sorte. Oserais-je dire que je suis le seul ? Peut-être. Vanité ? Non, lucidité. Et volonté de ne déléguer que le superflu.

Et c'est ce qui fait ma force et ma faiblesse. Les victoires, c'est pour ma gueule, et les gamelles aussi. En deux mots, et ce n'est pas si fréquent aujourd'hui : j'assume tout. Le « C'est pas ma faute ! » est le cancer de toute entreprise. Et Dieu sait si aujourd'hui, dans tous les domaines, on nous le sert à toutes les sauces. Ce que certains prennent chez moi pour de l'égocentrisme est exactement le contraire. Ceux qui travaillent pour moi sont essentiels, mais le patron que je suis s'est fait une règle d'or de ne jamais fuir ses responsabilités. Ma devise que connaissent tous mes collaborateurs en est la parfaite illustration :

« Si on réussit, c'est grâce à vous tous, si on se plante, c'est ma faute. »

Et si elles étaient là, les clés du succès ? L'acharnement, l'abnégation et le sens des responsabilités. Plus l'incontournable, l'essentiel : le retour aux sources obligatoire. Régulièrement. Pour ne pas se perdre. Encore une fois, ne pas se perdre.

— Quand on est en haut de l'arbre, on ne voit plus l'arbre, disait Maman.

Alors, planté au sommet comme un nain en plastique sur une bûche de Noël, je me suis appliqué à faire sans cesse des allers et retours entre la cime et les racines. Je résume la croisière de rêve : à la saison froide, deux samedis par mois, je créais et j'animais « Sébastien, c'est fou ». Le succès (fou aussi) fera entrer le prix de l'espace publicitaire au livre des records. Pour dépanner, j'ai même présenté « Surprise sur prise ». Ses deux meilleures saisons. Réussite totale.

L'été, histoire d'aller goûter la sève de l'arbre aux plaisirs, je partais sur les routes faire encore l'imitateur. Des spectacles sold-out, toujours de place en plage et en arène, dans le sud de la France. En cure de soleil. Pour joindre l'utile au futile et à l'agréable. Pour écumer encore et encore la France profonde. Ne pas la lâcher des yeux et du cœur. Faire le plein de véritable pour leur servir en hiver, sur l'écran magique, les facéties qui leur conviendraient. En les connaissant au plus près, je pouvais encore mieux leur offrir ce qu'ils souhaitaient. C'est un concept tellement évident que je m'étonne, dans la télé d'aujourd'hui, que tant de prétendants au succès, aveuglés par leur miroir, n'y pensent même pas : « Il faut faire de la télé pour ceux qui la regardent. » Et pour être bien sûr qu'ils nous regardent, nous, il faut d'abord les regarder, eux. Donc, en pic-vert consciencieux, chaque été je me suis nourri du bon sens populaire. La sève indispensable.

Et puis surtout, pour compléter cette allégorie forestière qui illustre le retour aux sources salvateur, chaque fois que j'en avais l'occasion, je dégringolais au bas de l'arbre pour aller me coucher sur mes racines. Mes terres. Mon Lot et ma Corrèze. En villégiature dans le Quercy, d'abord. Pour me coller, caméléon, à mes pierres, mes rivières et mes gens. Pour retrouver Maman, ses sentences, ses conseils, son bon sens. Et puis Camille aussi, son mari, le taiseux qui l'accompagnait. Le boucher qui avait pris la mère et le bâtard, sans contrôle de traçabilité.

Ce rustique était un diamant brut. Homme de peu de mots, mais de tant d'écho que sa simplicité résonne encore en moi aujourd'hui à chaque écart d'orgueil. Il était mon bouclier indispensable contre la fatuité. Ses mains aux phalanges plates écrasées par le travail manuel m'ont toujours inspiré le respect. Pour moi, un homme aux doigts trop fins ne sera jamais tout à fait un homme. Un génie, un savant, une star peut-être, mais pas un homme tel que je l'idéalise. Je les ai prises quelquefois dans la gueule, les mains de paysan de Camille. Pour des sarcasmes, de l'insolence ou des règles de conduite que mon esprit libertaire avait du mal à suivre. MERCI. En majuscules. Ces traces de doigts sur ma joue, j'en ai fait des rails. Elles me dirigent encore. Elles m'ont enseigné la RIGUEUR et le RESPECT. En grosses lettres aussi. À la taille de ses phalanges.

— Nique ta mère ! me balancent parfois dans la rue des mômes élevés à la douce.

Il m'arrive de leur répondre :

— Camille aurait dû niquer la tienne !

— C'est qui ce bâtard ?

— Tu te goures, racaille, le bâtard, c'est moi. Lui, c'est celui qui m'a appris à en être fier.

Camille ne m'a pas montré le nord, il m'a juste offert la boussole. Regarde mon parcours de vie et dis-moi si un pédopsychiatre aurait fait mieux. Alors au diable les protecteurs laxistes qui font de toute punition physique un traumatisme ! On ne peut pas sculpter la pierre avec un marteau en mousse.

J'allais me ressourcer à Martel, donc. Le plus souvent possible pour le nid, le refuge. Et puis de temps en temps à Juillac pour l'escale initiatique. Ce petit bourg de Corrèze où j'ai grandi et qui a bien moins vieilli que moi. C'est l'apanage des provinces endormies. À peine quelques commerces en moins. Quelques fenêtres en plus. Et à chaque retour dans la grand-rue, la sensation qu'elle rétrécit encore. Encore plus facile d'y suivre l'empreinte de mes pas de marmot.

Pas un coin d'herbe ou de goudron où je ne pose le 45 de mes boots d'adulte dans le 22 de mes godillots à lacets d'enfant. À chaque pèlerinage, je peux me suivre à la trace. De la place de l'église à l'école maternelle. Des murets où je cueillais des oiseaux aux buissons où je chassais les mûres. Les yeux fermés, je dévale la rue en pente sur mon traîneau en bois monté sur roulement à billes. Et, les yeux fermés toujours, lanceur de bateaux coquilles de noix, assis au bord du caniveau, j'entends grand-mère :

— Rentre, tu vas attraper froid ! Ou alors mets une écharpe.

Les mots des pauvres gens, comme disait Ferré. Aujourd'hui, quand l'hiver tombe, dans mon bureau de Paris, j'ai un double vitrage en guise de « mémée ». Et un écran plat branché sur la 100, la chaîne météo, pour savoir si demain je devrai m'emmitoufler.

Putain de mémoire !

J'étais parti pour juste faire une parenthèse sur les bienfaits du retour aux sources et voilà que la nostalgie m'envahit. Le temps d'attraper une cigarette et je me reprends... Voilà, c'est fait... Non, tout compte fait, ça ne change rien. Pire, les volutes me dessinent le flou du flash-back des films d'avant. Tu sais, quand l'écran du vieux cinéma passait au trouble pour remémorer l'action passée. Alors soit ! Flash-back.

Au moment où je t'écris, je suis dans un hôtel magnifique du Luberon, en escale entre deux journées de tournage de mon téléfilm. Il est une heure du matin. Nana et Lily dorment à côté. Hier soir, à la télé, ils ont montré tout un reportage sur mon parcours de « populaire » assumé dans « Complément d'enquête ». Je me suis encore dévoilé un peu. Sans pudeur. Sans mensonges. Je me suis trouvé agaçant parfois, mais vrai. Formidablement et pitoyablement vrai à la fois. Ça m'a réveillé la mémoire vive. Je suis chaud, c'est le moment. Allez, viens chez mon enfance. Ce sera forcément un peu la tienne. Et puis, comme ce chapitre va bientôt se terminer et qu'au début de l'autre, je te parlerai des pires moments de ma vie, autant finir celui-là avec les meilleurs.

Je pourrais déverser, le style mielleux et ampoulé, cent gouttes de rosée sur la fleur de mon enfance. Te décrire mes madeleines dans le moindre détail. Les cerises à cheval sur l'oreille. Le goût d'amande du pot de colle. Les doigts dans l'encrier. Les alvéoles des morceaux de carton où on plantait des plumes de coq pour la coiffe d'Indien. La Vitteloise, le Gévéor. La pêche à la sauterelle. Les tabliers de vieilles dans lesquels on équeutait les haricots verts. Les moissons. Les attelages de bœufs. Les charrues et leurs socs rouillés. Les vendanges. Les comportes. Le sabotier. Le maréchal-ferrant. Les feux de la Saint-Jean. Sous les pierres du ruisseau, la traque aux porte-bois, l'appât rêvé du goujon. L'orange de Noël au pied du vrai sapin. Les cigarettes cruelles à la bouche des crapauds. Les cris déchirants des bébés des chevreaux à la foire du vendredi. Les marrons chauds l'hiver. La sieste obligatoire l'été pour une récompense glacée à la pistache. Les balances aux écrevisses. Le tambour du garde champêtre. Les cahiers à spirale. Le cartable. Les bons points. Le préau. Les boutons-d'or. Les bulles de la chambre à air du vélo dans la bassine. Les rustines. Les ricochets. La robe vichy de Maman. La Singer de grand-mère qui piquait nos culottes trouées. Le Banania, le Pento, le Clacquesin. Les chevaux de bois. La fanfare. Les lampions.

— Tout ça ?

— Eh oui, Patrick. Et aujourd'hui la grande maison, le succès, l'argent, les autographes.

— C'est tout ?

— Ben oui.

— Je ne peux pas échanger ?

— Ben non !

Alors, je me contenterai de comparer une époque et une autre. Presque deux civilisations. À un demi-siècle d'intervalle. Un demi-siècle de « progrès », soi-disant. Celle d'aujourd'hui en coupe réglée. Parfaitement légale. Et celle d'antan qui me manque tant. Délinquante. Coupable sans circonstances atténuantes. Hors la loi. Suis-moi bien en gravant ton sur ton la photo d'avant et celle d'aujourd'hui. Et compte le montant des amendes et des mois de prison.

Les bistrots enfumés. Illégal. Les clients avinés. Illégal. Retour à la ferme à vélo sous l'emprise de l'alcool. Illégal. Les petits boulots payés de la main à la main. Illégal. Les gosses aux travaux des champs. Illégal. La cantine sans contrôle d'hygiène. Illégal. La mobylette sans casque. Illégal. Le parquet du bal sans issue de secours. Illégal. Les banquettes des vieilles non conformes à la distance de sécurité entre la piste et l'orchestre. Illégal. Les chaises des vieux sur la place en bordure de route. Illégal. Le civet de lièvre braconné sans traçabilité. Illégal. Les vraies bougies sur le sapin de Noël. Illégal. Le feu d'artifice sans barrières. Illégal. Les faiseuses d'anges. Illégal. Le racolage de campagne (une troussée en échange d'un bidon de lait). Illégal. L'affichage sauvage des dates du comice agricole. Illégal. Cinquante heures de travail par semaine. Illégal. Les économies dans la tirelire comme seule couverture sociale. Illégal.

Et puis le pain bénit pour les associations qui portent plainte contre tout et n'importe quoi. Le défilé des chars où j'étais déguisé en sauvage passé à la peinture noire : racisme. Le bonnet d'âne : harcèlement psychologique. Les moqueries contre les trois homosexuels du village qui étaient les premiers à en rire : homophobie. La main aux fesses de la serveuse qui n'attendait que ça : sexisme. Les ragots des commères :

diffamation. Les blagues sur les cornes du boulanger : atteinte à la vie privée. Nos pleurs pour amadouer la marchande de bonbons qui finissait toujours par nous en offrir : abus de faiblesse. La tournée générale du maire : corruption électorale. La femme de l'électricien nue dans la rivière qui savait bien que nous l'observions derrière un buisson : incitation de mineurs à la débauche. Et sans Internet et sans portable, l'omerta provinciale de chaque adultère, de chaque ivresse, de chaque scène de ménage, de chaque fessée sur l'enfant turbulent : non-assistance à personne en danger.

En danger de quoi ? Ils ont tous survécu. Les plus vieux sont encore plantés sur les bancs de la place. Étonnamment solides sans jamais avoir fait un seul stretching. Sans un sauna. Sans un peeling. Sans un scanner préventif. Toujours debout malgré le tabac à priser, les festins de mariage bourrés de cholestérol, les gerçures en hiver, les coups de soleil en été, les aliments sans étiquetage, les maladies sans vaccins, et les centaines d'heures de travail sans RTT… Bon allez, je te l'accorde, ils ont quand même respecté les cinq fruits et légumes par jour : vieille prune, alcool de poire, liqueur de fraise, alcool de betterave et crème de banane !

Voilà, c'était juste un détour pour le plaisir de me faire doucement mal. Du masochisme ouaté, comme on aime tant s'infliger, nous les nostalgiques chroniques, les passéistes, les vieux cons. On le sait bien que ça ne sert à rien. Que ça ne reviendra pas. Et qu'au lieu de se lamenter sur un passé enterré, on ferait mieux de s'adapter au présent. Qu'on emmerde tout le monde avec nos jérémiades, nos pleurnicheries de poltrons mal vieillis. Que l'avenir n'est pas si sombre qu'on le prédit. Et que les jeunes d'aujourd'hui ne valent pas moins que ceux d'hier. D'accord ! Alors passez-moi mon iPad et mon mobile, apportez-moi mon jean trop large, mes pompes délacées, servez-moi un mojito Red Bull, trouvez-moi du boulot et jurez-moi que je serai une star. Elle est pas belle la vie ? Pardon... la « life ».

Le voyeur s'impatiente :

— Et nos secrets de stars, alors ? Leurs faiblesses cachées, leurs déviances. C'est bien beau de s'apitoyer sur sa jeunesse perdue. Mais on n'a pas acheté ce bouquin que pour ça. On veut de la paillette, du sperme interdit, de la gloire déchiquetée, du luxe, de la luxure, de la démesure, du Nafissatou avant l'heure.

— Tu permets que je m'épanche ?

— Oui, mais pas trop non plus. Les Gainsbourg, les Hallyday, les Sardou, les Bruel, tu as passé ton temps à les croiser. Tu dois bien avoir quelques anecdotes croustillantes. Du lourd.

— Oui, mais je ne suis pas une balance, je te l'ai déjà dit.

Bien sûr que je pourrais te révéler les travers, les outrances, les mépris, les corruptions, les combines. Les enfants cachés aussi, les fraudes, les vanités méprisables. Leur ordinaire, leur commun. Mais pour te renvoyer quelle image ? La tienne, saupoudrée de strass ? Et en dénonçant leur banalité ou leur fourberie hors les projecteurs, écorner la part de rêve. Non, je préfère écrire à l'encre sympathique. Invisible donc. Et pourtant, j'en connais des secrets, puisque pendant ces années de croisière j'ai fréquenté des dizaines de stars établies ou en devenir. Je m'arrêterai sur une seule : Olivier Guillot.

— Qui ?

— Olivier Guillot.

— Connais pas !

— Treize semaines premier du Top 50 quand même !

Il a fallu presque trois chapitres pour que je te parle enfin de mon compagnon de route le plus important. Broyé dans un accident sur la nationale 20 en 1993. Vingt ans déjà. Et son fantôme posé lui aussi près de moi. Juste à côté de l'épaule réservée à Maman. Il veille. En garde-fou ? Oh, non, au contraire. En aiguillon, en pousse-au-crime. À l'image de sa folie douce. Excessif, imprévisible, les observateurs l'appelaient mon alter ego. Pourquoi « alter » ? Ce n'était pas un autre moi. Il était moi. À la fois en plus fin et en plus fou.

Notre gémellité avait commencé sur les bancs du lycée Cabanis à Brive. Faux jumeaux. Ennemis intimes au début. Lui gosse de riche et moi fils de personne.

Quelques invectives, des claques et la belle réconciliation. Le début d'une amitié incroyable. Il me rejoindra en 1978. Secrétaire particulier pour la carte de visite. Frère de sang en réalité. Le sang-froid en toute occasion. Posé, calme et observateur, la main sur le signal d'alarme, il me préviendra de tous les dangers. Et le sang chaud, celui qu'on versera ensemble dans les bagarres de bistrot. Ou à chaque inconvenant de la haute caste qui aura le malheur de nous jeter notre campagne à la gueule.

Sang chaud. On peut même dire « Sancho ». Chevauchant sa moto près du Don Quichotte imbécile que j'étais et que je serai toujours, hélas ! Je continue à me battre contre les moulins à vent sans lui. Il n'est plus là pour me ramasser à chaque chute de cheval. Je me relève seul. Les autres me disent que mon combat est perdu d'avance, qu'il faut que je rentre à l'écurie. Mais son fantôme me remet en selle et aiguillonne ma Rossinante :

— N'écoute pas tous ces cons ! Fonce ! Bats-toi ! Ne les lâche pas ! Patauge dans les flaques ! Éclabousse-les ! Ne la ferme jamais ! Rappelle-toi d'où on vient et la promesse qu'on s'est faite : on les déboulonnera pas, mais qu'est-ce qu'on va les faire chier !

Et en 1987, on la tient notre « gastro-entérite ». Scatologique, l'image, mais tellement raccord. La chanson s'appelait « Viens boire un p'tit coup à la maison ! ». Des millions de disques vendus. Chanson de l'année devant Mickael Jackson ! La belle imposture. Une ânerie de comptoir. Une farandole à deux balles pour fêtards en vadrouille. Mais bien plus qu'une ritournelle insipide. Même certains analystes la considèrent aujourd'hui comme un marqueur sociétal. Ils ont raison. Parce qu'elle demeure le symbole grotesque d'une France coupée en deux. Le peuple versus l'élite. Et les élections récentes s'en font l'écho dramatique bien au-delà de la légèreté d'une chansonnette de bar. On en reparlera. Mais revenons à 1986.

Avec Francis, mon sonorisateur, Gilou, mon accordéoniste, Olivier sera l'âme du trio infernal. Le groupe s'appellera « Licence IV », histoire de planter d'entrée le décor. Olivier chantait juste, mais pas en mesure. Francis chantait en mesure, mais faux. Gilou jouait bien de l'accordéon. Enfin, ça dépendait du nombre de bières. Moi, je supervisais et je cautionnais. On avait fait ça juste pour le fun. Pour nos soirées à nous. Alors bien sûr, quand ça a submergé le pays, le tout-musical a rué dans les brancards.

— Comment cet hymne barbare et vulgaire peut-il squatter la première place des hits ? On fait de la vraie musique, nous !

Même Renaud, notre pote de déglingue, se fendra de son indignation :

— C'est pitoyable !

Alors Olivier l'a chopé un soir, les yeux dans les yeux. J'ai tenté vainement de calmer le retour de flamme.

— Vas-y doucement, Olive. Va pas nous l'assassiner. Déjà qu'il n'est pas très bien dans ses « tiags ».

— T'inquiète pas. Tu me connais. Diplomate.

Ben voyons ! Il l'a lessivé.

— D'où tu nous juges, Ducon ? Qu'est-ce que tu crois ? Ceux qui écoutent notre daube, c'est les mêmes qui écoutent les tiennes. D'accord, t'as les mots, le talent, mais tu chantes comme ma grand-mère. Parce qu'il faut pas déconner non plus, tu fredonnes quelques belles images, mais t'es ni Prévert ni Elvis. Et en plus tu balances sur tes potes de cuite. On s'est bourrés ensemble, on a partagé des moments de décalque formidables, tu nous attrapais par le cou, et là tu nous guillotines. Juste pour par décevoir tes bobos. Pour garder une page dans *Libé*. Fais gaffe, minot ! T'es en train de te trahir. Si tu continues, y a un moment où t'arriveras plus à vivre avec toi. Elle est peut-être nase, notre chanson, mais un jour tu finiras par boire un p'tit coup à la maison avec personne !

Visionnaire, mon Olivier. Et tellement prévisible. Tout ça m'attriste. J'aime profondément Renaud. Parce que j'ai les mêmes colères que lui, les mêmes dégoûts. Et sans doute que sans mes fantômes en sentinelles, je me serais noyé moi aussi. C'est un métier où on peut mentir à qui on veut, mais surtout pas à soi. J'aimerais tant lui prendre la main aujourd'hui. Lui expliquer. L'aider. Mais, bon. Injoignable. Au secret.

Dommage. Je l'ai moi, la bouée. Si t'as envie, ma poule, appelle-moi à n'importe quelle heure.

À cette époque, j'en ai vu tellement comme lui partir en vrille. Et encore, pour le Renard, il y a plus à s'apitoyer qu'à blâmer. Ses blessures sont des entailles de pur. Et il a vraiment du talent. Mais pour les autres, je n'ai pas vraiment de compassion. Les insolents, les fausses divas devenues stars sans se douter que leurs caprices allaient en faire des étoiles filantes. Ils se sont cru intouchables parce que flamboyants. Bien fait pour leur gueule et paix à leurs cendres !

— Des noms ! Des noms !

— Toujours pas. Désolé, t'as qu'à chercher toi-même.

— Des indices ?

— Oui, les indices d'autosatisfaction de tous ceux que tu vois se pavaner de Victoires de la musique en NRJ Music Awards. Lauréat : parce que je le vaux bien ! Mais c'est la dure loi du commerce. Campagne de pub, teasing, clip et play-list. Désolé, mais pour moi directeur et artistique, ça ne va pas ensemble. Les récompenses, ce n'est pas fait pour les saltimbanques, c'est fait pour les chiens quand ils rapportent le bâton qu'on leur a lancé !

Licence IV méritait le tire-bouchon d'or. Mais ça n'existait pas. Tiens, faudra que je pense à le créer. Donc, pour en finir avec cet épisode surréaliste, par l'entremise de mes potes, j'ai planté encore une fois mon médium aux fesses des établis, des convenus. En acompte de mes propres chansons d'aujourd'hui. Celles qui agacent. Mes daubes pour blaireaux, comme ils disent. Mais j'insiste. Et je continuerai quoi qu'il en coûte à mon orgueil. Parce que je fais le fier comme ça, mais ça me chamboule méchant parfois toutes ces vomissures, ces crachats. Cher, le prix de la fierté ! Mais bon, tant qu'il y aura des rhinocéros arc-en-ciel, je tiendrai le coup.

— Des rhinocéros arc-en-ciel ? C'est quoi ce délire ?

— Ce n'est pas un délire, juste un bout de papier chiffonné qui ne quitte pas ma poche.

Une lettre d'enfant qu'on m'a transmise il y a six mois. Deux pages. Sur la première, il y a un dessin naïf. Une forme bizarroïde, épaisse et cornue. Des couleurs entremêlées et des ronds blancs qu'on peut prendre pour des nuages. Le titre de l'« œuvre » est inscrit en dessous : « Cé tun rinocéros arc-en-ciel qui vole. »

Sur la deuxième page, quelques mots seulement.

« Je suis ton gran fan et je t'aime beaucoup. J'ador ton petit bonhome en mousse. Il me donne le morale quand mon papa me bat tou les jour. »

Ça, tu vois. C'est ma Légion d'honneur. Ma plus belle récompense. Alors, gardez vos médailles, continuez vos insultes, mais laissez-moi mes issues de secours. C'est par là que je m'enfuirai un jour. Pour rentrer enfin chez moi. Chez eux. Chez nous. Oh, c'est sûr, le jour de mes funérailles, ils m'accableront de compliments. La merveilleuse hypocrisie du suaire. À peine quelques réserves sur ma grossièreté, mais je pressens l'encensement obligatoire. Truffé de contre-vérités aimables, bien entendu. Ce que j'en pense franchement ? Rien à foutre. La postérité, c'est trop tard. D'ailleurs, j'irai pas à mon enterrement. Je préfère rester devant la télé à me repaître du bien qu'on va dire de moi. Non, mais !

Et puis, je n'aime pas les enterrements. Surtout quand la météo n'est pas raccord. Quand il fait beau et chaud. Quand c'est l'été. Mon *Titanic* a fracassé l'iceberg par une nuit chaude et étoilée. Le petit s'est envolé à moto le 15 juillet 1990. Et le 18, à Juillac, il faisait un temps à aller à la pêche, à se baigner dans le ruisseau, à se désaltérer aux terrasses des cafés, mais sûrement pas un temps à enterrer un fils.

Je l'avais déjà imaginée cent fois, cette foule compacte et silencieuse. Parsemée de gens du show-biz en recueillement sincère ou seulement médiatique. Chaque fois que j'allais sur la tombe familiale, je m'asseyais à l'ombre des grands arbres et j'anticipais le défilé des contrits. À une différence près. C'était moi dans la boîte. Et là je me suis dit :

— Qu'est-ce que je fous dehors ? Pourquoi n'y a-t-il que mon nom sans prénom sur les couronnes ? Et pourquoi n'est-ce pas lui qui soutient sa mère ?

Tout autour, aux yeux des amis, il y avait de vraies larmes. Et moi, sec. Sans émotion visible. Digne. Pour montrer l'exemple à la mère du petit, à Maman. Chef de clan. Robuste par devoir. Un peu plus loin, les curieux, venus voir la bête blessée, guettaient le genou à terre. Ça tombait bien, c'était l'heure des corridas. Mais un taureau, ça ne pleure pas. Je suis resté droit au milieu de l'arène malgré la brûlure qui me transperçait de part en part. L'estocade du diable malveillant.

La douleur de la lance du « picador » me harcèlera pendant des mois. Dorsalgie, dira l'ostéopathe. Je sais bien que non. Blessure profonde. Sanguinolente. Même pas cicatrisée aujourd'hui. Elle porte un nom, cette entaille : culpabilité. Et toutes ses composantes. L'achat de la moto. Le dernier instant où j'aurais pu ne le retenir qu'un instant, ça aurait peut-être suffi. Un mot, un geste qu'il aurait mal interprété et qui l'aurait poussé à rouler encore plus vite, sur la colère. Et surtout ce putain de métier dans lequel je l'avais entraîné. Il travaillait à mon spectacle, à la lumière. Tirer des feux d'artifice dans le cœur des gens, ça irise l'âme. La joie partagée, ça donne des ailes. Ça nous place au-dessus des nuages où rien ne peut nous arriver. Surtout l'été quand les filles sont trop belles, la chaleur trop envoûtante et la route trop droite.

Maman bondit :

— Ah non, pas ça ! Arrête. Tu n'y es pour rien.

— C'est quoi alors ? Le prix à payer du bonheur accumulé à cet instant-là, comme tu l'avais pressenti ?

— Peut-être.

— Alors je vais m'appliquer à ne plus trop être heureux.

— De toute façon, même sans t'appliquer, tu ne le seras plus jamais vraiment. Mais est-ce si grave ? Si tu étais heureux, tu n'écrirais ce livre qu'avec tes mains, pas avec tes tripes. Les mots qu'on hurle ont bien plus de portée que ceux qu'on récite. Alors contente-toi de ton malheur, et laisse le bonheur à ceux qui ne le méritent pas.

Le bonheur est un prêt d'usurier. On le rembourse toujours avec de trop gros intérêts. Le malheur offre au moins l'avantage d'être cash. Je ne me plaindrai jamais de mes malheurs. Je ne les geins pas, je les raconte seulement. Et surtout, je les vis sans l'angoisse du futur qui ne peut être que meilleur, à l'inverse de la sérénité dont on se demande à quel moment elle va nous lâcher. Il y a de la noblesse dans le malheur. Il nous permet d'exacerber nos capacités de résistance, de résignation, de courage et de pardon. Le soir de l'accident, je suis monté sur scène. Pour la survie. Au moment des bravos, je me suis senti indestructible, éternel. En surpassant ma douleur abominable, j'avais vaincu l'invincible. C'était presque sublime... Presque... Hélas !

Il n'y a que de la facilité dans le bonheur. On le subit sans effort particulier. Une vie sans souffrance doit être bien vide. Maman a accouché sans argent, sans mari et sans péridurale. Dans le cas contraire, je pense que nous ne nous serions jamais autant aimés. Ne maudis pas trop ton malheur, un bonheur est si vite arrivé ! Mais relativise quand même ce que je viens de te dire. Je ne suis pas un homme normal. Je suis un artiste. Et un artiste heureux, c'est comme un clown démaquillé. Ça n'intéresse personne. Et surtout pas lui.

Gainsbourg, le peintre ou le dessinateur, je ne sais plus, m'avait dit :

— Le bonheur, c'est une photo de ciel bleu. Que du bleu. C'est chiant. Le malheur, c'est la photo d'un ciel d'orage. Rouge, noir, violet, jaune, incandescent. Ça, c'est beau !

Gainsbourg était un artiste.

Ce ne sont pas les artistes qui n'aiment pas le bonheur.

C'est le bonheur qui n'aime pas les artistes.

Ma petite Lily dort paisiblement dans la chambre voisine.

Heureuse.

Pourvu qu'elle ne soit pas artiste !

1989-1994

ET DIEU CRÉA LA FEMME

Ma voiture brûle. Je hurle :

— Montrez-vous ! Sortez de vos cages, bandes de rats ! Vous voyez pas que je souffre ? Vous voyez pas que j'ai mal ?

Et je tombe à genoux.

Coupez !

C'est la séquence 73 du téléfilm *Max et la rumeur* que je tourne en ce moment. Comme si la télé, les bouquins, les disques, les galas, le théâtre, ça ne suffisait pas, voilà que je fais l'acteur maintenant ! J'ai une circonstance atténuante tout de même : c'est moi qui ai écrit le scénario. Jacques lève les pouces en l'air, heureux :

— Parfait. J'ai pas vu Patrick Sébastien, j'ai vu Max.

Ça, c'est du compliment ! Jacques, c'est Malaterre, le réalisateur que j'ai choisi pour être mon maître d'armes dans ce nouveau combat. Il est fier de mon travail d'acteur. Et moi, je suis fier de lui avoir donné toute ma confiance. Pour qu'il m'aide à montrer à l'écran ce dont je ne me crois pas capable. C'était notre deal de départ dans cette aventure humaine pour écran plat. Oh, un téléfilm de plus, pas de quoi ameuter les spécialistes ! C'est juste un pari entre lui, Nicolas Traube, le producteur, et moi. Une histoire d'hommes. Un bras de fer de plus contre l'image établie. Le « petit bonhomme en mousse » au pays d'Agatha Christie. Advienne que pourra. On est prêts pour les banderilles. Une fois de plus, ce n'est pas la victoire qui m'intéresse, c'est le combat. Et Jacques « le gitan », autant que moi.

J'aime profondément cet homme que je connais pourtant depuis très peu de temps. À la première rencontre, on s'est reconnus en moins de trente secondes. Un coup de foudre de repentis. Moi au whisky, lui à la vodka. Nouveaux sobres, frères de résistance. La chaleur humaine qui émane de cet homme au cheche orange est saharienne. Ancien éducateur spécialisé, bourlingueur, réalisateur de la magnifique *Odyssée de l'espèce*, il me fascine. Parce qu'il est moi en humble, en patient, en méticuleux, en aigle. L'œil pointu, le regard droit.

Il y a des évidences comme ça. Des croisements d'animaux sauvages que rien ne prédisposait à l'accouplement. Nos âmes sont jumelles, cabossées, éreintées, mais fières, intraitables et généreuses. Ce livre se terminera là, en 2014, à la fin du huitième chapitre, du huitième titre de film. Je pressens que cet homme sera un des réalisateurs du chapitre d'après, du film d'après. Celui que j'écrirai plus tard peut-être... Ou pas. Ça dépendra de la météo sur ma vie. Pourvu qu'il pleuve. Le beau temps a tellement asséché d'encriers.

— Ah tu en voulais de l'orage ? Eh bien, tiens, prends ça !

Automne 1990.

Tonnerre ! Bourrasques ! Éclairs ! Grêle !

Après la mort du petit, il faisait un temps à ne pas mettre un clown dehors. Parce que la compassion n'aime pas les nez rouges. Ils ne m'ont laissé aucun répit, les vautours. Je parle d'abord des critiques de tout bord dont les sentences ne seront pas nuancées d'un iota. Et puis aussi les faux amis profitant de leurs condoléances attristées pour étalonner leur détresse à mon malheur dans l'espoir d'un geste financier. Si, si. Il y en a même eu un à la sortie de l'enterrement :

— Quelle tristesse, mon pauvre Patrick ! Je connais bien ça. Depuis que ma femme m'a quitté, j'ai déprimé et j'en ai perdu mon boulot. Si tu pouvais me donner un coup de main.

— Je verrai.

— C'est toujours les meilleurs qui s'en vont.

— Oui. C'est pour ça que t'es encore là !

Et puis ceux qui m'ont reproché d'être monté sur scène ce soir-là :

— Quelle honte d'aller s'amuser un jour pareil !

Comme si je m'étais amusé. Comme si j'avais eu le choix. Ah, les porcs ! Jusqu'à cette ex, répudiée pour bassesse récurrente, qui m'a téléphoné ivre de vin et de haine :

— Dommage ! J'aurai préféré que ce soit toi. Mais je me contenterai de savoir que tu souffres un maximum.

Et puis la presse bien sûr. Oui, je sais, encore. Mais je n'invente rien. Je rapporte. Accorde-moi au moins la reconnaissance d'un certain courage. Vu que c'est par elle que passera la promotion de ce livre, j'aiguise le couperet pour me faire décapiter. Mais je suis certain que les journalistes les plus intègres, les vrais, sauront faire la part des choses. J'en mettrais ma tête à couper !

— C'est bien fait pour ta gueule, fallait pas nous chercher !

Ça, ce sont les mots du rédacteur en chef d'un grand quotidien, le 17 juillet 1990, deux jours après la mort du petit. Je te résume l'histoire et je te réécrirais ces mots après. Juste pour que tu prennes bien la mesure hideuse de cette phrase un peu grossière, mais en l'état plutôt anodine. Je vais faire court. Précis. Sans effet de style. Pour ne pas m'attarder, tant, vingt-quatre ans après, cette ignominie me file encore la nausée. Je l'ai déjà vomie dans un autre livre, mais, quitte à y laisser la tête, une saloperie pareille mérite bien une double lame.

Mars 1990 : un sketch dans « Sébastien, c'est fou » où je brocarde ce quotidien. Le rédacteur m'appelle pour m'informer que désormais je serai boycotté. Normal. Je l'ai cherché. 15 juillet 1990, l'accident. 16 juillet, un article qui me cloue un peu plus : « Et si la mort du fils de Patrick Sébastien n'était pas naturelle ? Pas de traces de frein. Pas d'autopsie. Notre journaliste a enquêté. La gendarmerie du Grau-du-Roi a confirmé ces doutes. » Je suis sous le choc. J'appelle le rédacteur pour me mettre en rapport avec le journaliste enquêteur.

— Pas question.

— Mais je voudrais juste qu'il me dise de vive voix ce qu'il sait. Comprenez que ça me travaille.

— Non. Ce journaliste a fait son métier. Ça ne regarde que nous.

J'appelle la gendarmerie du Grau-du-Roi. Ils tombent des nues.

— Nous n'avons vu aucun journaliste et cette version est totalement délirante. Pourquoi une autopsie ? Malheureusement, et pardonnez le mot, ce n'est qu'un banal accident.

Je rappelle le rédacteur.

— C'est quoi cette arnaque ? Vous avez tout inventé. C'est quoi le but ? Putain, mais c'est la mort de mon gosse ! On n'a pas le droit de jouer avec ça.

— C'est bien fait pour ta gueule, fallait pas nous chercher !

Et tu voudrais que j'oublie ça ? Et tu voudrais que je prenne des précautions de marketing ? Flinguez ce livre si vous voulez, ça ne changera rien au dégoût !

— Ah, oui, mais c'est une brebis galeuse. Vous ne pouvez pas condamner tout le troupeau.

C'est exact. Mais mon cœur en brûle encore aujourd'hui. Alors il fallait bien que je hurle :

— Montrez-vous ! Sortez de vos cages, bandes de rats ! Vous voyez pas que je souffre ? Vous voyez pas que j'ai mal ?

Les cris que j'ai écrits pour le téléfilm.

Tu t'es peut-être trompé, Jacques. Ce n'était pas Max. C'était bien Patrick Sébastien.

Toutes les créations des artistes sont des résurgences. C'est notre chance de pouvoir hurler face aux projecteurs. Leurs lumières attirent tous nos papillons noirs.

Alors, puisque l'ambition cachée de ce livre est surtout d'aller de moi à toi en planche de salut, écoute bien : même si tu n'es pas artiste professionnel, ne laisse pas nécroser tes détresses. Expulse-les. Fais-les jaillir hors de toi. Écris-les, chante-les, joue-les, peints-les, filme-les. Même si personne ne les lit, ne les contemple ni ne les applaudit. Parle, raconte, confie-toi. Hurle dans la montagne s'il le faut, mais ne laisse rien pourrir en toi. C'est une question de survie.

Et je survivrai, comme dit la chanson. Et je survis encore aujourd'hui. Le mot mérite d'être décomposé : « Survivre ». Vivre sur. Au-dessus. C'est ce que je fais depuis. J'ai pris la distance qu'il fallait pour voir tout ça de haut. Bon, il y a bien quelques trous d'air, mais c'est normal. On redresse le manche, et ça repart.

Mon trou d'air le plus important arrivera en avril 1991. Neuf mois après le drame. Comme une grossesse à l'envers. Normal pour la mort d'un enfant. On appelle aussi ça un contrecoup. Un boomerang qui vient vous fracasser derrière la tête. Sonné. Hagard. Plus envie de rien. Et surtout pas de continuer à faire le clown. Le soir du naufrage de mon *Titanic*, comme pour le vrai, l'orchestre jouait. Je suis monté sur scène. À chaud. Sur l'élan. Mais là, à froid, le cœur courbaturé, je n'ai plus envie de musique. Plus envie de rire. Plus envie de faire rire. Alors tchao !

— Patrick Sébastien dit qu'il arrête la télé. Encore un caprice de star pour faire parler de lui !

Je n'en attendais pas moins. Ni plus. Mais à ce moment-là, je m'en fous. Il faut que je parte. Il me faut ma maison, ma terre, mon seul. Et Maman bien sûr. Même les nouvelles naissances n'ont rien cicatrisé. Celle de Marie, la fille posthume de Sébastien. Celle de Benjamin, un autre fils. Je n'avais pas besoin de me pencher sur leur berceau, j'étais déjà voûté. Ça me remplissait le cœur, bien sûr, mais plié en avant, c'était un poids supplémentaire. Une charge émotionnelle merveilleuse, mais qui m'alourdissait à désespérer de pouvoir un jour lever à nouveau les yeux au ciel pour en voir le bleu.

— Et comment je me redresse, maintenant, moi ?

— Comme tu l'as toujours fait, m'a dit Maman. Avec la volonté que je t'ai enseignée.

— En attendant, j'aimerais bien avoir une canne.

— Il y a peut-être celle dont tu m'as parlé.

— Nathalie ?

— Pourquoi pas. Je t'ai toujours dit qu'il fallait se marier dans sa rue.

— Le mariage ?... Déjà !

— C'est une image. Ah, non ! Surtout pas le mariage. Mais d'après ce que tu m'as dit, elle est du Sud-Ouest, c'est une fille simple, solide. Le vrai chêne, c'est quand même mieux que l'Isorel !

— Tu sais, c'est pas parce qu'une fille a des faux seins qu'elle vaut moins qu'une autre.

— C'est pas les faux seins qui me dérangent, c'est les vraies salopes !

— Et après on va dire que c'est moi qui suis vulgaire !

— Je ne suis pas vulgaire, je suis jalouse. Non, mais dis donc ! Je t'ai fait toute seule, je ne vais pas te laisser défaire par une autre !

Une vraie mère juive, je vous dis !

Et Dieu créa ma femme ! Enfin, celle qui allait le devenir et qui l'est restée jusqu'à aujourd'hui. Le jour où j'ai happé Nana à sa vie de province, je n'ai rien promis. Elle était au bout du téléphone à deux cents kilomètres :

— Tu peux venir ?

— D'accord, mais j'ai mon commerce. Tu veux que j'arrive quand ?

— Tout de suite. Tu largues tout.

— ...

— Je te préviens, je ne sais pas si c'est pour deux jours, une semaine, un mois...

Trois heures plus tard, elle était là. Et elle est là depuis vingt-trois ans. Un conte pour adulte. La belle et la bête. Et la bête avait prévenu :

— Je suis inconstant, fou, imprévisible. Tout sauf un prince charmant. Je n'en ai ni la gueule ni les manières. Ça ne sera pas de tout repos, mais je te jure que ça sera passionnant. Je te préviens, c'est un autre monde. Ça brille comme une rangée de réverbères au loin. Mais quand tu t'approches, il y a des graffitis, des déjections de chien sur la ferraille. Moi, malgré les paillettes apparentes, je suis la façade d'une maison qui est en train de tomber en ruine. Il faudra réparer les lézardes, repeindre mes murs, mettre des rideaux aux fenêtres. Ça tombe bien, tu adores la déco... Et puis douze ans nous séparent. Je partirai sûrement avant toi. Alors, si tu veux bien m'accompagner et m'aider à me sortir de ça, je ne suis pas sûr de t'aimer toute ta vie, mais je t'aimerai toute la mienne.

Allez, quelques lignes de réelle intimité. Ce que je n'ai jamais avoué de l'estime profonde que j'ai pour celle qui partage ma vie. Histoire de ne surtout pas écorner cette image de macho lourdingue qu'on me prête souvent. Il manquerait plus que j'étale mes loyautés ! Je ne serais plus le seul à connaître les délicatesses dont je suis capable. Ah, non ! Surtout que les cons me conservent leur dédain. C'est mon « non-étalon ».

Il faut bien que je garde un repère de ce qu'il ne faut jamais que je devienne.

Alors, j'en dis un peu, mais pas tout. Il y a les femmes de « mes » vies. Celle-là restera, avec Maman, celle de « ma » vie. En tandem. Quels qu'aient été mes errances maladives et ses détours instinctifs. Au-delà de mes incompétences et de ses incohérences. Qu'elle nous va bien, « La complainte des vieux amants », de Brel ! Bien sûr nous eûmes des orages. Des tempêtes, même. Il lui est arrivé de prendre ses bagages, moi mon envol. Et puis, au bout de dix-sept ans de funambules, la petite Lily est venue nous équilibrer enfin. Même (parce qu'on ne peut jurer de rien) s'il y avait d'autres bagages et d'autres envols, ce que nous avons dessiné est indélébile. Ce n'est pas faire injure au futur, quel qu'il soit, d'idéaliser le passé et le présent. Ce qui est fait est fait et, sans elle, je n'aurais pas fait mieux. Ni professionnellement ni intimement.

L'amour de couple est imbécile. L'appartenance à l'autre est une vaste fumisterie. Nana et moi, nous avons chacun tous les droits et le seul devoir d'assistance. Accrochés aux mêmes racines, nous nous sommes abondamment nourris l'un de l'autre. Moi l'arbre, elle en rosier tout autour. Ses épines en barbelés pour quiconque s'aviserait de m'attaquer l'écorce, mes branches larges pour protéger ses fleurs de la pluie et de la grêle. En prévenance mutuelle. Depuis toutes ces années, nous avons poussé ensemble dans une forêt hostile. Les grands débroussailleurs ont tenté des manœuvres sournoises, des attaques d'envergure, mais nous avons résisté à tout. Alors, quarante ans de carrière, dont plus de la moitié de fusion passée auprès d'elle, ça vaut bien une reconnaissance éternelle, non ?

Je n'ai pas la définition exacte de ce qui nous lie. C'est un mot qui n'est pas au dictionnaire. Toi qui cherches à tout prix la clé de la communauté idyllique, écoute bien ça. Il faut parfois se détester un peu pour s'attacher un peu plus. Se contredire pour mieux s'accepter. Se compléter ne suffit pas, se ressembler non plus. L'adage dit que s'aimer, ce n'est pas se regarder l'un l'autre mais regarder ensemble dans la même direction. Désolé, mais regarder ensemble dans la même direction, c'est pas l'amour, c'est la levrette ! Petite parenthèse grossière. Exprès. Une « blaguounette » indélicate pour alléger le sérieux de mes conseils à suivre. Et puis surtout un contrepoids à la pudeur (mais oui) qui m'empêche de dire à quel point cette femme a compté et compte encore dans ma vie.

La seule façon de réussir en couple, c'est de durer. À tout prix. Et ce prix c'est une multitude de concessions, d'arrangements, de dénis, de silences, de hurlements, de vérités, de mensonges. Une jungle qu'on n'évoque jamais au premier jour, mais qu'on est si fiers d'avoir traversée au dernier. Réussir en couple, c'est comprendre qu'on aurait pu aussi réussir seul, mais que ça aurait été tellement triste de ne le devoir à personne. Et, Nana et moi, nous nous devons beaucoup. Malgré nos imperfections. Ce sont les défauts acceptés de chacun qui font la qualité de l'assemblage. Et puis tant de valeurs qui, si elles sont partagées, sont un rempart contre les ennemis de l'extérieur. Parce que n'oublie jamais que c'est toujours du dehors que viennent les tourments qui délitent même l'union la plus solide.

Tu la connais, la question :

— Qu'est-ce qui est arrivé entre nous ?

Même si on ne l'évoque que rarement, la véritable réponse est toujours la même :

— Les autres.

Les étrangers dans la maison. Ceux qui poussent au sursaut, à la remise en question à la moindre faute. Bien souvent pour se dédouaner de leurs propres erreurs. Je pourrais te donner le trousseau, mais, pour que ton couple perdure au-delà des fautes mutuelles, je ne te donne qu'un mot-clé : « Indulgence. » Alors, prends cette clé, enferme-toi à double tour à l'abri du jugement des autres et ne laisse entrer personne !

Ma femme a les qualités que je n'ai pas et des défauts dont je suis en partie responsable. À mon crédit, j'ai tout fait pour qu'elle devienne quelqu'un en dehors de moi. J'ai tout mis en œuvre pour qu'être mon ombre ne la prive jamais de sa lumière. Macho, moi ? L'exact contraire. Je n'espionne pas, je ne contrains pas, je n'avilis pas, je soutiens, j'admire et, si elle perdait une main, je couperais la mienne pour elle... Bon, je vais m'arrêter là. Parce que si elle me quitte demain, je vais être obligé de rayer ce que je viens d'écrire. Je plaisante bien sûr. De toute façon, même si je le rayais du papier, je ne pourrais pas l'effacer de ma mémoire. C'est dit, c'est dit !

— Bon, si on parlait d'autre chose, ça commence à faire long, me glisse Maman, agacée.

— Ça ne t'a pas plu, mon petit couplet intime.

— Si, mais tu aurais pu t'en passer. Toi qui détestes que les petites phrases de tes bouquins soient reprises sournoisement dans les journaux, là, tu leur as donné de quoi se régaler.

— Tant pis pour moi. Tu veux que j'enchaîne sur quoi ?

— « Le Grand Bluff », c'était en 1992, non ?

— Oui. Et en plus tu étais dedans... Ah, je comprends. La mère juive ! J'ai trop parlé de ma femme, tu veux que je parle autant de toi.

— Un peu plus même, ce serait juste. Je te rappelle que tu n'es son mari que depuis quinze ans et que tu es mon fils depuis toujours !

Je confirme : une mère juive !

Le 26 décembre 1998, « Le Grand Bluff » réalisera un record d'audience. Dix-sept millions et demi de téléspectateurs. Une farce à deux balles, diront les sceptiques, une géniale usurpation d'identité, clameront les autres. Quoi qu'il en soit, un triomphe totalement inattendu. Au moment où tout le petit monde médiatique m'avait enterré, hop ! une renaissance de plus. Et quelle renaissance !

À l'arrêt de « Sébastien, c'est fou », personne n'aurait misé un centime sur le retour du trublion mal fringué. Même pas mes plus proches. J'étais parti faire mon deuil loin de la télé. Aux oubliettes. Il est là, le double fond de l'écran magique : quand tu y es resté longtemps et que tu en disparais, on pense que tu n'existes plus. Même si je parcourais encore les routes avec mon spectacle d'imitations, l'écho n'était plus le même. Fini le Sébastien ! *Has been !* Hors du coup ! Et j'en entendais certains se délecter tellement de cette disparition que mon orgueil a mis finalement assez peu de temps à taper au carreau. Enfin, mon orgueil, ou peut-être une voix d'outre-tombe :

— Oh, papa, tu vas te secouer ! Alors comme ça, tu vas baisser les bras ? Tu crois que je serais fier de ça si j'étais encore là ? De toute façon, rien ne me fera revenir. Alors bouge-toi. Arrête de t'enterrer. Y a pas de place pour deux dans mon cercueil !

Alors le hasard. Ou Dieu. Ou le diable bienveillant. Appelle-le comme tu veux. Lumineux au bord de la route. De l'autoroute exactement, entre Toulouse et Narbonne. Une station-service la nuit. L'idée de « Sébastien, c'est fou » était née, tu te souviens, d'une errance nocturne au paradis des invertis. Celle du « Grand Bluff » naîtra tout aussi soudainement, la nuit également. Mais de mon enfer le plus obsédant. Cependant, avant d'entrer dans le détail, il faut que tu saches que c'est au volant que j'invente le plus. Mon cerveau déroule des centaines d'idées créatrices au rythme des bandes blanches. J'en jette la plupart. Je sais que pour une bonne, il faut en défiler cent. C'est l'indispensable force de l'inutile. Ce que les générations nouvelles, dans tous les domaines, ont beaucoup de mal à assimiler.

J'en croise tous les jours, des minots pressés qui veulent tout, tout de suite. Sans apprendre. Sans effort. Moi, j'ai passé ma vie à faire l'« éponge ». Réfléchir, imaginer, tordre mon esprit dans tous les sens. M'imbiber de phrases, de concepts, d'observations pour recracher ne serait-ce qu'une goutte le moment venu. Me relever la nuit pour noter un air de musique, un aphorisme, un projet d'émission, de pièce de théâtre. Et ça fait quarante ans que ça dure parce que j'ai toujours eu des longueurs d'avance. Au cas où. J'ai encore en stock une multitude de projets enfouis. C'est d'ailleurs ce qui me terrifie le plus dans ma course vers le chenu, le grabataire, la fin.

Un jour j'ai croisé Devos. Fatigué, le regard usé. Il venait de perdre son épouse. J'ai compati :

— Tu dois être bien triste.

— Ce n'est pas ce qui m'attriste le plus. Ce qui me hante, c'est le nombre de choses formidables que j'ai dans ma besace et que le peu qu'il me reste ne me permettra pas de les concrétiser. On dit qu'il faut laisser le temps au temps. Mais comment on fait quand il n'y a plus de temps ?

Juillet 1992. Une station donc. Je ne rajoute pas « service » parce qu'il y a bien longtemps qu'il n'y en a plus. Ça aussi, ça ira mieux hier. Putain de rentabilité qui nous a éradiqué les laveurs de pare-brise souriants et les pompistes bavards ! La pause parole dans un long trajet silencieux. L'humain à la casse, encore une fois. Pour quelques pétrodollars de plus. « Vous ne viendrez pas chez nous par hasard ! » Ça, c'est sûr. Juste par nécessité. Et en plus, maintenant, la plupart du temps, il faut payer avant. Comme les putes. Le proxénétisme pétrolier a de beaux jours devant lui. Mais que fait la police ?

Il s'est arrêté à la pompe voisine. Il était grand, élancé. La combinaison et le casque noirs. Il est descendu lentement de sa moto et a décroché le pistolet sans soulever la visière de son intégral. Alors, bien sûr, j'ai eu le même frisson que chaque fois. C'est plus fort que moi. Et même encore aujourd'hui.

Je sais que c'est stupide, impossible, mais à chaque casqué de noir sur un deux-roues je ne peux pas m'empêcher de me dire, un peu honteux de ce mirage :

— Et si c'était lui ?... Mon petit.

Bien sûr que ce n'est pas lui. Même que ça s'peut pas ! Encore une fois. Mais l'espace d'un instant, j'y crois. C'est une sensation effroyable. Augmentée du fait que je n'ai pas voulu voir son corps à la morgue. Alors, pourquoi pas ? Au début, il suffisait que le motard ait son allure jeune et sportive pour que mon cœur s'emballe. Aujourd'hui, vingt-quatre ans plus tard, même le bedonnant m'interpelle. Et je sais que ça ne passera jamais.

Cette nuit-là, le motard avait la même carrure, la même démarche, la même façon d'agiter ses mains. Tout le temps du remplissage de son réservoir, je n'ai pu le quitter des yeux. Et puis, après avoir raccroché le pistolet, il a ouvert sa combinaison pour y attraper un portefeuille et il a lentement dégrafé son casque. Les cheveux longs sont tombés en cascade sur ses épaules. Une moustache de « biker » lui bouffait le bas du visage. Un nez camard. Rien de ressemblant. Mais les yeux. Putain, les yeux ! Quand il les a posés sur moi, ils m'ont brûlé. Le même regard. La même intensité qu'à la dernière étreinte, quand je l'avais serré avant qu'il n'enfourche. Sans doute une lumière particulière aux anges de la route. L'étincelle du besoin de liberté.

Et là, le délire absolu. Sans ouvrir la bouche, je lui ai ordonné des yeux :

— Allez, retire cette perruque ! Vire ton faux nez, ta moustache ! Je t'ai reconnu. Ah, on peut dire que tu m'as fait une drôle de blague !

Quand il s'est dirigé vers moi, mon cœur a failli exploser. Il m'a fait un sourire attendri et m'a dit, avec un accent du Nord :

— Salut Sébastien. J'ai appris pour ton gamin. Ça m'a remué. C'est normal, entre routards. Je suis désolé.

— Pas tant que moi, mon gars, pas tant que moi.

Tellement désolé qu'il ne soit pas lui. Tellement désolé d'avoir eu l'espace d'un instant une pensée aussi délirante. Tellement désolé de me dire que j'étais peut-être en train de devenir fou. Alors je suis rentré dans la station. Aux toilettes, je me suis aspergé le visage d'eau, et je suis resté longtemps face à moi dans la glace.

— Arrête ça, Patrick ! T'as pas le droit de devenir fou. Pour toi. Pour ceux qui restent. Ne te laisse pas entraîner dans ce tourbillon. Allez, fais-toi un sourire. Rebondis tout de suite. Réagis. Efface ça. Tiens, repars dans ta recherche d'idées. Comme avant que tu t'arrêtes pour faire le plein. Rappelle-toi, tu divaguais sur une nouvelle émission de télé. Tu te disais qu'il fallait trouver l'idée qui tue. Paradoxalement, celle qui te ressusciterait. Cherche, Patrick, cherche !

Il y a eu un flash dans le miroir des toilettes. Un néon qui a lâché. Il a claqué exactement au moment où l'« IDÉE » éclatait. Bon Dieu, mais c'est ça ! Je vais me déguiser. Comme le motard dans mon imaginaire. Fausse moustache, faux cheveux, méconnaissable. Et je vais aller piéger mes plus proches. Maman par exemple.

Et puis, tiens, encore mieux, tous mes collègues de télé qui me croient, moi aussi, mort et enterré. Je vais m'inscrire à leurs jeux, participer à leurs émissions, les aiguillonner et, au dernier moment : « Coucou, c'est moi ! »

À peine remonté dans la voiture, mon premier coup de téléphone a été pour Nana. Enthousiaste. Déchaîné.

— J'ai trouvé une idée en béton. Si on y arrive, je suis certain que ça fera un carton.

Elle était rompue à mes trouvailles impromptues. Combien de fois l'avais-je réveillée pour lui soumettre la petite dernière ? C'est le lot des compagnons de route de tous les artistes créatifs. Des bouts de nuits massacrées par des « idées de génie ». Elle m'a accrédité d'un timide :

— Ah oui, pas mal. Ça peut marcher.

Et puis, elle a ajouté en bâillant :

— Là, je dormais. Tu ne veux pas qu'on en reparle demain ?

On en a reparlé le lendemain. Et on a tout mis en place. Elle m'a accompagné dans le projet de toute sa ferveur. C'était la première émission de télé dans laquelle elle s'investissait. Tu parles d'un coup d'essai ! « Le Grand Bluff » a relancé une fois de plus ma carrière au moment où elle était appelée à s'arrêter là. Uniquement battue en audience par la Coupe du monde de football de 1998, cette fantaisie cathodique reste encore mon arc de triomphe. Et à son pied, la flamme du motard inconnu. Avec une question qui n'a toujours pas quitté ma mémoire et ne la quittera jamais. Lorsque le moustachu aux cheveux longs s'est éloigné sur la piste de la station, je n'ai pu m'empêcher de me demander ce que je me demanderais toujours :

— Et si c'était vraiment lui ?

Parce que je suis certain que le diable bienveillant prend l'apparence qu'il veut. Pour notre survie ou notre enlisement. Selon ce que nous méritons. C'est irréaliste, mystique, mais j'y crois dur comme fer. Et je crois aussi à la loi des compensations. Un drame est toujours dédommagé. À la hauteur du préjudice. Une saloperie aussi. C'est pour cela qu'un succès, si grand soit-il, ne m'explosera jamais l'ego. Pas plus qu'un revers ne me désarçonnera. Je n'y suis pour rien. C'est le diable bienveillant qui décide. Au moment où j'écris, tout va bien. Dehors le soleil, Lily au jardin, le téléfilm en cours, les audiences télé au beau fixe, les chansons sur toutes les lèvres, la santé correcte. Ça sent le croche-pied. Mais bon, si je tombe, je sais que je me relèverai.

Je me suis tellement relevé.

Je sais ce que tu te dis. Toi, là-bas, au bout de ces lignes, empêtré dans le tourmenté, le douloureux, voire le misérable et peut-être victime de coups du sort bien plus dramatiques que les miens :

— Et ma compensation à moi, alors ? C'est pour quand ?

Elle viendra. À moins que tu ne l'aies pas méritée. C'est ce que je m'applique à seriner à tous les blessés de la vie que je croise. Beaucoup sont aigris, noyés dans la rancune. Et je les comprends. Mais rien ne pousse dans un désert de pierres. Au départ du petit, au lieu de maudire pêle-mêle le sort, celui qui lui avait débridé sa moto, et les marchands de mort en 1 300 cm^3, je me suis appliqué au pardon. J'ai même pardonné au rédacteur en chef inique. Je n'ai pas oublié, mais j'ai effacé la dette. Et je me suis aussi appliqué à consoler les plus malheureux que moi. Je ne porte ce deuil en étendard pour aucune guerre. Juste pour tenter d'entraîner dans mon armée pacifiste les gens de bonne volonté. Pour en faire des alchimistes de la douleur. Transformer le vinaigre en miel.

La compensation finit toujours par venir. C'est écrit. Aujourd'hui, au-delà du succès cathodique que m'a remboursé le diable bienveillant, il y a une jeune fille de vingt-quatre ans. Mon plus beau dédommagement. Quand le petit s'est envolé en juillet, sa compagne était enceinte de trois mois. Marie, ma petite-fille, est née le 24 janvier 1991. Je ne l'ai pas vue beaucoup grandir. Elle est née une seconde fois il y a trois ans. Elle m'a rejoint au plus près. Elle m'accompagne dans tout. L'ado tourmentée a laissé la place à une femme courageuse, posée, et magnifiquement lumineuse. Une « Super Nana ». D'abord parce que c'est vrai, et ensuite, parce que ça me fait le lien idéal avec la suite. C'est fou comme la vie a le sens des enchaînements. Comme dit Lelouch, le grand Claude, elle reste quand même le meilleur des scénaristes.

— Super Nana ? demande Étienne.

— Oui. Un concours pour élire une femme rare.

— Très jolie, je suppose ?

Il a eu un petit sourire en coin, Mougeotte. Lelay aussi. Les tauliers de TF1 du moment. Pensez donc, Patrick Sébastien qui veut mettre à l'honneur des femmes, ça sent le porte-jarretelles !

— Pas du tout. Je veux montrer des femmes dont la valeur est à l'intérieur. La plus sincère, la plus vraie. À l'envers des concours traditionnels.

— Mais c'est quoi l'intérêt ?

— Le contre-pouvoir au superficiel, au jetable. Montrer les valeurs de la famille, du travail, du dévouement, du cœur. Aller à contre-courant des bimbos de papier glacé sans âme.

Encore une fois, j'avais puisé l'idée dans ma réserve personnelle. Mon vécu le plus intime. J'étais fatigué des mannequins et autres poupées gonflantes qui venaient de jalonner ma route pendant les années de croisière. « Super Nana », c'était ma Nana. Miss Synthol. Celle qui faisait du bien là où ça fait mal. Alors, jolie bien sûr, la « Super Nana » (et pour elle c'était le cas), mais pas forcément. Belle dedans surtout.

— Il y aura un jury, mais c'est surtout le téléspectateur qui décidera.

De la télé-réalité avant l'heure. Eh oui ! Moi qui aujourd'hui vomis tant l'indécence de cette foire aux bestiaux, j'en ai été le pionnier sans le savoir. À une grosse différence près. Le propos était d'exalter le profond, le beau. Pas de sacraliser la connerie à l'état brut, le voyeurisme, et la vulgarité la plus insupportable. Et puis l'exemplarité, surtout. Entre la femme libérée responsable, naturelle, volontaire, digne, et les semi-putes arrivistes, illettrées, siliconées de partout, y compris de l'âme, y a de la marge, non ?

Mougeotte et Lelay ont eu la même moue dubitative. J'ai lu dans leurs pensées. Et j'ai transposé, à la Audiard :

— Voilà que le pantin grassouillet veut faire dans le divertissement à message ! Manquerait plus qu'il nous impose une émission littéraire en *prime time* ! Il va pas nous virer sélect ? Ce serait gâché. C'est son « plouc » qui fait sa force. Faudrait peut-être qu'on lui rappelle que notre boulot, c'est de vendre de la pub à des moutons assez débiles pour trouver indispensables des produits dont ils pourraient se passer. Il faudrait pas, non plus, qu'il nous les rende trop lucides. Les valeurs, l'honnêteté, la droiture, c'est bien joli, mais ils dépensent surtout pour leurs vices. L'envie de ce que possède l'autre, la jalousie, la luxure, la gourmandise, c'est ça, les piliers de la vente. Mettre en valeur le meilleur de nous, non, mais on rêve ! Et pourquoi pas les initier à l'altruisme pendant qu'il y est, ce con ? S'il nous les détourne du « toujours plus que le voisin », comment qu'on les fourgue après la lessive qui lave plus blanc et le rasoir qui coupe quatre fois le poil ?

Il y a eu une légère hésitation. Mais bon, on ne peut rien refuser à quelqu'un qui vient de faire soixante-dix-huit pour cent de parts de marché. La loi du plus fort. C'est la ménagère de moins de cinquante ans qui décide si tu es un génie ou une sombre merde. La grossièreté n'est pas déplacée. J'en ai entendu certains se faire traiter exactement de ça, et même pire, au-dessous de la norme d'audience établie. Le bureau du quatorzième de TF1 a toujours été un encensoir ou un crachoir selon les performances affichées. C'est ainsi. Pas de sentiments. Il manquerait plus que ça ! Béton, béton, béton. T'as déjà construit des maisons en guimauve, toi ?

Un bémol toutefois à ce portrait à l'acide des pharaons de TF1 de l'époque. J'ai pour Étienne Mougeotte et Patrick Lelay l'estime qu'on doit aux vrais guerriers. Même si, à mon humble avis, ils se foutent complètement de ce que je peux penser d'eux. Leur compétence était indiscutable et leur cynisme de circonstance. Obligatoire. On ne peut pas classer définitivement un homme sur son intransigeance professionnelle. Et Dieu sait si cette violence commerciale a rabaissé des interlocuteurs au plus bas. Mais des humiliés ou de leurs maîtres du quatorzième, qui était vraiment coupable de bassesse ?

Chaque fois que je suis entré dans leur bureau, j'ai repensé à une scène du film, *Le Jouet*. Michel Bouquet y incarne un patron sans foi ni loi qui demande à Jacques François, son employé, un sacrifice, après qu'il a proposé une idée soi-disant fédératrice illustrée par la nudité.

— Déshabillez-vous, puisque ça vous amuse !

Jacques commence à s'exécuter. Quand il a le pantalon sur les chevilles, Bouquet le stoppe en lui demandant :

— Qui de nous deux est le monstre ? Moi qui vous demande de vous déshabiller ou vous qui acceptez de montrer votre derrière ?

C'est aussi « La chèvre de M. Seguin ». On ne peut pas incriminer le loup quand on a tout fait pour se jeter dans sa gueule. Cette fois-là, les carnassiers ne me dévoreront pas. Au contraire. Je repartirai avec la promesse ferme de deux émissions : « Super Nana » et « Garçon, la suite ». Une manne pour le nouveau producteur indépendant que j'allais devenir. La bourrasque du « Grand Bluff » avait dégagé mon ciel. J'avais retrouvé mes ailes. J'allais pouvoir voler haut à nouveau. La fin de la chrysalide. Nous étions en janvier 1993, et la métamorphose prenait corps. Il y aura une fenêtre béante jusqu'en mai par laquelle le papillon que je suis aujourd'hui pourra s'envoler. Multicolore. Multifonction.

D'abord, j'ai mis fin à mon association avec Jacques Marouani pour voler de mes propres ailes, donc, et monter ma boîte de production. Pendant seize ans, il avait été un géniteur de substitution. Le créateur et le tuteur de Patrick Sébastien. Comme si le destin, après avoir tué mon fils, m'imposait de tuer le père. Pour n'être que moi. Seul contre tout. Pendant les belles années d'ascension, l'imprésario de Sousse m'avait enseigné, entre autres, le malin, le roublard en affaires :

— Celui qui parle le premier a toujours perdu.

Et il m'avait offert bien plus. Une amitié sincère loin de notre différence de caste. Jacques Marouani était le plus jeune de la tribu dont Brel disait qu'il les comptait pour s'endormir. Un « Neuilly boy » aux habitudes luxueuses. Encore un coup de fusil aux idées reçues. Ce n'est pas la soie qui fait l'homme. Bien sûr, dans son monde, il était d'une distance élégante, mais dans le mien il retrouvait son vrai. Il m'a soutenu, aiguillé, compris. Et surtout, à l'envers de ces nouveaux mentors qui veulent façonner leur poulain, il m'a laissé la bride sur le cou. Des années de complicité, de solidarité, de rires, de protection, et une séparation à l'amiable. Il est resté mon ami indéfectible. Chacun sa route, chacun son chemin. Pas la peine d'entrer dans le détail, c'est encore une histoire d'hommes, de vrais.

Juste, avant de digresser une fois de plus, un résumé de la situation début 1993. De chrysalide, je deviens donc papillon aux ailes chamarrées. Une couleur pour chaque activité nouvelle. Et elles se sont multipliées. Un premier vrai livre : *Au bonheur des âmes*. Le début de ma psychanalyse de papier. Une première production d'artiste : Albert Dupontel, le génie. Une première chanson festive idiote : « Le Gambadou ». Multiprise donc, comme je serais sans relâche à partir de cette éclosion. Pour que la toupie tourne, tourne. Le vertige salvateur. Le besoin d'être partout et nulle part, inclassable. Libre, ou presque. J'afficherai ma nouvelle étiquette qui sera de ne pas en avoir. Improbable dans un pays où on ne doit pas s'évader de la case qu'on vous attribue, sous peine de reniement médiatique. Et pourtant, ça dure encore. Comme quoi !

De janvier à mai, cinq petits mois d'éclaircie. Les retombées du « Grand Bluff », l'installation de ma boîte « Magic TV », la préparation des nouvelles émissions pour septembre, le triomphe d'Albert, et une tournée avec des transformistes. Certainement celle qui m'enchantera le plus. Voilà pour le résumé. La digression maintenant. L'aventure humaine. L'essentiel. L'enrichissant. Le superflu à l'œil, le nécessaire pour le cœur : des travelos et des femmes ! Voilà une belle plongée dans les abysses de l'âme. De la tournée en paillettes au casting de « Super Nana », c'est sans doute la période de ma vie où j'en apprendrais le plus sur ce qui ne se dit pas.

— À cinq ans, j'ai été tripotée par un cousin de trente ans...

— Je comprends. Ça a dû être traumatisant ?

— Pas du tout... Parce que j'ai aimé ça.

Bien sûr que ça ne se dit pas ! Et d'ailleurs, je ne devrais même pas le dire là. Ils sont capables de dire que je cautionne. Donc, je précise : je rapporte seulement. Je rapporte la confession d'une femme ordinaire. Au bout du casting filmé pour « Super Nana », on a continué la conversation en privé. Et elle m'a lâché son plus secret. Comme souvent. Je dois avoir ce talent caché. Une propension à la maïeutique.

Chaque jour, dans toutes les régions de France, je testais moi-même les candidates potentielles au titre de « Super Nana ». Et je suis allé bien au-delà d'un simple entretien de sélection. En ethnologue, en confesseur, en ami. Dieu que j'en ai appris des secrets, des solitudes, des abandons ! Et j'ai encore conforté mon humanisme. Cette reconnaissance de l'autre qui étalonne nos propres malheurs à ses désespoirs, ses enthousiasmes et ses rêves enfouis. Et j'en ai tiré cette synthèse à suivre qui n'engage que moi. À toi d'être d'accord ou pas. À l'envers des donneurs de leçons, le but n'est pas que j'aie raison. Il est que tu te fasses ta propre idée à partir de ce que j'expose.

Finalement, ça pleure moins qu'un homme, une femme. C'est plus fort, plus intraitable, plus retenu.

Si, Si. Pas Sissi, comme on les imagine tant. Princesse éthérée en quête du prince d'opérette. Non, non. On ne comprendra vraiment les femmes que lorsqu'on aura cessé de confondre un jupon avec un abat-jour. Elles sont bien plus lumineuses que leurs breloques en faux diam's. Ça, c'est pour une minorité. La caricature qui est censée conduire mal, qui fait les magasins de fringues, et qui somatise en vergetures l'angoisse de la beauté qui s'en va. Non, la majorité vaut bien plus que cette mascarade pour journaux féminins. Tu sais, les magazines qui titrent : « Nous ne sommes pas des potiches. » Deux pages de rébellion féministe enfermées entre quatorze pages de pub pour justement sculpter cette potiche honnie, de mascara en crème amincissante. La belle hypocrisie ! Mais il faut bien vivre, ma brave dame !

Pendant le casting de « Super Nana », j'ai rencontré tant de belles âmes fortes qu'à la fin de chaque casting, je me posais toujours la même question :

— Pourquoi Dieu a-t-il donné les couilles aux hommes ?

Parce que j'en ai croisé, de la glorieuse, de la vraie courageuse, de la digne en toute occasion. Bien sûr, il y a eu de la quelconque, de la juste charmante, de la sournoise, mais très peu. Je veux dire qu'en comparaison de la foule d'indélicats, de lâches et de fourbes que j'ai rencontrés dans la gent masculine, y a pas photo ! Dieu a créé la femme quelques jours après l'homme. Normal, un vrai pro. Il fallait rectifier les premières erreurs, les approximations. Et dans chaque femme que j'ai croisée dans ces entretiens, je l'ai bien ressentie, la finition. Tu me diras :

— Normal, c'était filmé et il fallait être sélectionnée. Alors autant montrer le meilleur.

Mais il y a eu les « after ». Sans caméra. Les yeux dans les yeux. Parce que j'étais venu aussi pour ça. Je viens toujours pour ça. Au-delà de chacun de mes actes professionnels, c'est l'humain d'abord que je viens pêcher. Et là, je suis parti la bourriche pleine à ras bord. Les doutes, les certitudes, les trahisons, les erreurs, la mort, les joies, les peines. La vie quoi ! Les femmes. L'ex-taularde qui avait tué son mari à bout de sévices. La donneuse de sang. La donneuse de vie. La séropositive qui n'en voulait même pas à celui qui l'avait contaminée. La mère aux six adoptés, Teresa de province, le cœur à genoux. La rieuse qui, même l'œil poché par l'alcoolique de service, regardait la vie de l'autre, amusée. La fidèle. La maîtresse. La soumise. La battante. L'abattue. La junkie repentie. La peintre d'anges multipliant à la gouache les enfants qu'elle ne pourrait jamais avoir. La cancéreuse amputée de la poitrine et son humour dévastateur :

— De toute façon, c'est pas grave ! Comme tu l'as dit souvent, Patrick, la grosseur n'a pas d'importance, il n'y a que les bouts qui font du bien !

Merci pour la citation ! Merci pour tout, les filles.

Les castings de « Super Nana » laisseront bien plus de traces dans ma mémoire que l'émission elle-même. Comme la tournée avec les transformistes qui m'enrichira bien plus en coulisses que sur la scène.

J'avais choisi la troupe des « Aristocrates » pour virevolter autour de mes imitations. Pour qu'Adjani vienne caresser mon Depardieu. Que ma Signoret règle enfin ses comptes avec Marilyn. Je les emmènerais même à l'Olympia. Un trône pour une catégorie strapontin. Je suis tant fier de ça. Comme aujourd'hui, à la fin de mes spectacles, quand le public me rejoint sur scène. J'attrape par le cou le trisomique, le différent, je l'embrasse, je le mets devant. Moi j'ai une scène, toi tu as la rue. Avoir peur de l'autre, c'est avoir peur de soi. Si tu n'acceptes pas le « pas pareil », c'est que tu ne t'acceptes pas toi-même.

Et dans ce cas, c'est toi le handicapé.

« Je suis un homme, oh, comme ils disent. » Aznavour a débroussaillé, mais il reste encore du boulot. Fiotte ! Tapette ! Pédale ! Tantouze ! L'homophobie a encore la peau dure. Je ne suis pas dans la bien-pensance bobo qui sanctifie cette différence. Ni portée aux nues ni foulée aux pieds, pour moi, il appartient à chacun de faire ce qu'il veut de son cœur et de ses fesses. Mais j'aurai toujours la rage quand j'en verrai un rentrer au petit jour tabassé, cabossé, en sang, pour n'avoir commis que le « crime » d'être lui.

— Qu'est-ce qui t'est arrivé ?

— Rien... j'ai l'habitude. Ils m'ont cassé la gueule. L'intelligence a des limites, la connerie n'en a pas.

— Tu pourras faire le spectacle quand même ?

— Bien sûr.

— T'as mal ?

— Oui... Mais je vais me défoncer quand même. Qu'est-ce que tu crois, je suis pas un pédé !

Et le soir, en Vartan, il a chanté que l'amour, c'est comme une cigarette. Des brûlures dans tout le corps. Raccord. Tu comprends pourquoi je préfère les femmes. Je n'ai jamais vu une femelle hétéro casser la gueule à une lesbienne, comme ça, pour le plaisir. Le mâle a bien trop souvent la dernière voyelle en trop. L'adage dit que l'homme est un loup pour l'homme. C'est pas sympa pour les loups !

Pendant ces mois de vadrouille dans la France très profonde, de femmes de pierre en hommes de mousse, j'ai un peu plus rempli mon âme de force, d'indulgence. J'ai appris à relativiser encore et encore mes propres tourments. À les étalonner à du plus injuste, du plus cruel. Parce qu'il est toujours bon de tutoyer le vrai courage. De faire le plein d'exemples. Au cas où. Et malheureusement « au cas où » ne tardera pas. Le 19 mai 1993. En plein butinage de papillon. Regarde la séquence. Caméra subjective :

21 heures. Zoom avant sur une scène de music-hall. Le pantin dégingandé fait s'esclaffer le public du festival du rire de Rochefort en Belgique. Des coulisses, j'observe, émerveillé, le comique débutant. Je le happe à sa sortie sous les bravos.

— Formidable. T'as un producteur ?

— Pas vraiment.

— Je viens d'aider Dupontel à exploser et vous êtes de la même race. T'aimerais que je m'occupe de toi ?

— Ah oui.

— Tu t'appelles comment déjà ?

— Dany Boon.

— T'as d'autres sketches costauds comme « L'haltérophile » que je viens de voir ?

— Je pense. J'ai un truc sur la déprime : « Je vais bien, tout va bien ! »

C'est ça. Je vais bien, tout va bien... Pour quelques heures seulement.

Fondu au noir.

Six heures du matin. La chambre de l'hôtel s'éclaire brusquement. Je râle :

— Putain, laissez-moi dormir !

Dans l'entrebâillement de la porte, je devine Jean-Pierre, mon copain, abattu, les yeux pleins de larmes. Il ose à peine s'avancer. Je lance :

— Qu'est-ce qui se passe ?

Un long moment de silence et :

— Olivier s'est tué dans un accident de voiture. Marie était avec lui. On ne sait pas dans quel état elle est.

La déflagration. Énorme. Irréelle. Tout explose. Dans ma tête, mon cœur. Olivier, mon deuxième fils. Marie, ma petite-fille. Mais c'est quoi, ce bordel ? Qu'est-ce que je t'ai fait, toi là-haut ? Stop ! C'est trop ! C'est inhumain. Pendant trente secondes, tout est flou. La lame du poignard en plein ventre. Et puis, un infime sursaut de lucidité :

— Mais qu'est-ce qu'Olivier foutait avec Marie ?

C'est vrai, ça. Ils se voient rarement. Et puis, elle a deux ans, lui treize seulement. Quelle voiture ?

— Tu sais bien, ils allaient à l'anniversaire, sanglote Jean-Pierre.

— L'anniversaire ? Quel anniversaire ?

Encore quelques secondes de flottement, les sourcils froncés, l'âme en miettes, et soudain, l'éclair. Mais oui, bien sûr, c'est ça ! La sale méprise. L'horrible malentendu. Jean-Pierre ne me parle pas de mon fils et de ma petite-fille, mais d'Olivier, mon secrétaire, et de sa fille Marie. Putain d'erreur qui me soulage atrocement ! La double lame. Ce n'est pas le pire du pire, c'est seulement le pire. Pendant trente secondes, l'absolument ignoble et, en fait, juste l'abominable. Olivier, mon double, mon frère, mon essentiel. J'apprendrai par la suite que Marie, sa fille, s'en sortira avec quelques égratignures.

S'il y a un moment de vie qui par la suite me donnera la force de résister à tout, ce sont ces trente secondes-là. Trente secondes crucifié, les clous plantés aux pieds et aux mains. Et puis le cadeau divin. La ristourne. Le petit geste commercial.

— Finalement, on va te crucifier, mais sans les clous. On t'attache les mains et les pieds seulement. Mais on te laisse quand même crever sur ta croix !

Pour tout le restant de mon existence, cette torture *light* sera la marque de ma résignation gaie. Il y aura toujours derrière une douleur l'idée de ce qu'aurait pu être une douleur encore plus forte. Alors, punition ou cadeau ? Seul le diable bienveillant le sait. Et toujours le mal dans lequel on puise la résistance à venir. Comme pour les blessures d'avant. Comme depuis toujours. Comme depuis mon premier cri de bébé bâtard.

— Merci la vie ! T'es une salope de monture qui trépigne, qui rue, qui se cabre. Mais je ne lâcherai pas les rênes. Ah non ! Certainement pas. J'en ai trop bavé jusque-là pour rester en selle ! Et je ne serai vraiment apaisé que quand je te ramènerai au paddock, domptée, calme... Au pas.

Clap de fin.

Et encore une femme ! Une madone de secours. Elle s'appelle Marie-Louise. C'était l'épouse d'Olivier. Il l'avait connue secrétaire de Jacques Marouani dans un bureau minuscule. Elle deviendra sa geisha dans un amour majuscule. Elle abandonnera tout pour ne se consacrer qu'à lui et à leurs enfants. Quelques heures après l'accident, je l'appellerai pour un sauvetage mutuel. Encore la survie. Elle prendra sa place. Pour la gérance de la boîte de production et pour tout mon intime. En confiance totale, comme lui. Et je l'aime autant que lui.

Alors, bien sûr, pour les quarante ans qu'on s'était promis de fêter ensemble, Olivier et moi, je resterai seul avec mon manque. Essoufflé. Sans suffisamment d'air dans les poumons pour souffler les bougies. Je reporterai la fête d'un an. Le 14 novembre 1994. Le départ d'un autre *Titanic*. Je devrais l'orthographier *Titanique*. Pour la rime avec politique, et puis, plus trivialement, pour « nique » à la fin. Tant, sur ce coup, je me suis fait baiser en profondeur.

— Je t'avais dit pourtant de ne pas te mêler de politique, me glisse Maman.

— Mais tout est politique. Et quand on a la parole, et qui plus est quand on est clown populaire, mettre les pieds dans le plat est un devoir de citoyen. Une mission presque. Pour que le miroir de nos fatuités ne nous renvoie pas, toute lâcheté consommée, qu'un ersatz de conscience.

Maman me coupe, sèche et réaliste :

— Ce sont de bien grands mots pour une belle connerie !

Elle a raison. Le 14 novembre 1994, au hasard d'une poignée de main amicale, je mettrai le doigt dans un engrenage qui me broiera. Et pourtant, c'était une soirée de rêve. Chez Guy Savoy, mon pote étoilé. Que du beau linge, comme on dit. De la star, le staff de TF1, du politique, du sportif. Bref, mon aréopage clinquant, costumé, parfumé, venu célébrer mes quarante et une piges en intimité débordante.

Maman était fière. Son bâtard au pinacle. Reconnu, pour une fois. Et d'autant plus fière quand le « Grand » s'est encadré dans la porte d'entrée. Son idole. Son Chirac. Et pourtant, l'aigle corrézien battait de l'aile. À sept mois des présidentielles, ses plus fidèles venaient de le lâcher. Les sondages le pointaient à douze pour cent. Les fossoyeurs l'avaient déjà mis dans le sapin. Sans compter les trahisons. Il avait fait Sarkozy, et Sarkozy l'avait refait. Parti épauler sans états d'âme un Balladur sans carrure. Bernadette m'avait confié :

— Jacques est comme un mari trompé. Je ne pardonnerai jamais.

Et pourtant, aujourd'hui, le plus grand soutien de Sarkozy, c'est Mme Chodron de Courcel épouse Chirac. Les miracles de la politique. L'ennemi d'hier devient l'ami d'aujourd'hui. Les promesses qu'on ne tient pas. Les rancunes qui se transforment en adoubement. Banal ! Tellement ordinaire ! Tes infos télé débordent de ses revirements multiples. Le yo-yo des vanités. Les contraintes de l'orgueil. Les sortilèges du pouvoir. La politique quoi !

Lâché, étrillé, nettoyé, au plus bas donc, le maire de Paris en ce mois de novembre. Et pourtant, au joli mai d'après, élu président. Ça doit être une constante limousine, la résurrection ! C'est peut-être cela qui nous a toujours rapprochés, le « Grand » et moi : la capacité de rebond. Plus le mépris mondain que tous les « bien élevés » ont pour ces grands cons sympathiques que nous ne sommes pas vraiment mais que nous mettons tant de soin à paraître. Un vieux truc de maquignon : se faire sous-estimer pour mieux emporter le marché. On ne dira jamais à quel point il est important d'avoir touché le cul des vaches. Demande à Hollande !

— Écoute, Patrick, la semaine prochaine, je fais un meeting chez nous, en Haute-Corrèze. Viens avec moi.

— Avec plaisir, Jacques.

Et on s'est serré la main. Les yeux dans les yeux. Son non-dit hurlait :

— On va leur montrer que le peuple, c'est nous ! Qu'on est des vrais, des généreux. Loin de la boutique de luxe de M. Ed. Le Balladur, il serre les pognes du bout des doigts. Nous, on va sortir nos plus belles accolades, nos sourires les plus francs, les plus sincères. Parce que même englué dans le fastueux, on l'aime vraiment le tout-venant.

Ça, c'est ce qu'il ne m'a pas dit. Mais, la semaine d'après, le soir du meeting, en tête à tête dans la pénombre, il a tout lâché. Sincère. Impressionnant de certitudes.

— Tu vois, ils me disent au fond du trou, mais je sais que je vais gagner. Parce que je le veux plus que les autres. Parce que c'est mon destin et qu'il ne peut pas être autre chose.

— Tu pars quand même de très loin, ai-je avancé timidement.

— Ah, le lièvre et la tortue ! Est-ce que j'ai une gueule de tortue ? L'autre oui. Ni lièvre ni tortue.

On n'est pas dans une fable, on est dans la réalité. Et dans ma réalité, le prochain président, ce sera moi.

Et ce sera lui. Au grand désespoir des lâcheurs de tout bord. Et leur rancune sera terrible. Assassine. J'en serai une des principales victimes. Je ne vais pas entrer dans les détails, ce serait trop long, trop sale. Et je ne veux surtout pas alimenter les échotiers. Je garde pour moi les méandres infâmes d'une vengeance annoncée. Je veux juste dire que l'affaire « Osons », qui me laminera quelques mois plus tard, est le boomerang de mon soutien à Chirac. Cela n'a rien à voir avec un quelconque dérapage d'humoriste. L'hallali avait été programmé, organisé, par des politiques contrits et des journalistes complices. L'« affaire » pourrait tenir en trois tomes. Je la résumerai en quelques phrases seulement. Parce que la manipulation fut abjecte, et que je préfère ne m'en tenir qu'aux seules conséquences. Étaler ma nausée pourrait être contagieux. Et j'écris surtout pour te donner le sourire, pas pour t'infliger des grimaces. L'important n'est pas, encore une fois, comment je suis tombé, mais comment je me suis relevé. Parce que si on le veut vraiment, on se relève toujours. Alors, les faits, juste les faits, sans commentaires superflus. Et je te jure sur la vie de ma Lily que c'est la seule vérité.

Dans l'émission « Osons », j'ai fait un sketch où j'imitais Jean-Marie Le Pen qui chantait « Casser du Noir ». La presse s'est déchaînée, me faisant endosser à moi les propos de ma marionnette. J'ai été condamné en justice pour « incitation à la haine raciale », et dans le même temps, par le même tribunal, pour « injures à Jean-

Marie Le Pen ». Les motifs de ma condamnation sont, noir sur blanc (si je peux me permettre sans risquer un nouveau procès) : « Patrick Sébastien n'est pas raciste. Il n'a pas eu l'intention de l'être. Mais les Français ne comprennent pas le deuxième degré. » Éloquent, non ?

J'avais fait précédemment des dizaines de sketches sur le même thème, tout aussi virulents. Aucun n'avait suscité la moindre réserve. Là, le rédacteur en chef d'un grand quotidien a fait une page blanche le jour de l'émission pour alerter : « Attention racisme ! » Il avouera plus tard n'avoir jamais vu la séquence incriminée avant son passage à la télé le soir. Sa mise en garde aura l'effet escompté. Conditionnés au dérapage annoncé, ses collègues sonneront l'hallali. Puis ils lanceront la chasse à l'homme et décideront la mise à mort.

Dans ce traquenard, j'ai été sali, calomnié, exterminé par une armée invisible. Des hommes de réseau. Des tireurs de ficelle indéboulonnables qui attachent, manipulent ou pendent au gré de leurs convenances et de leurs intérêts. Les mêmes qui, aujourd'hui encore, de bureaux de médias en couloirs d'Assemblée, s'autoprotègent à chaque détournement de fonds publics. De trafics d'influence en abus de confiance, ils sont le cancer et la gangrène du pays à la fois.

— Y a-t-il un docteur dans la salle ?

— Bien sûr ! Vous payez combien ?

Je ne reconnais aucun crime. Je ne cautionnais pas le racisme, je le dénonçais. Cette condamnation est une saloperie programmée. Une simple vengeance médiatico-politique. Et, franchement, quand je vois les gueules des responsables de ce règlement de comptes sordide parader encore à la télé, je casserais bien du Blanc !

Et puisqu'on est en plein dans le sujet, je ne peux pas résister au plaisir de digresser une fois de plus. De me lâcher une bonne fois pour toutes sur cette pensée unique qui infiltre nos âmes en permanence. Qui fait de nous les otages de quelques-uns au détriment de la majorité. En étant parfaitement conscient que les lignes à suivre sont des poignards que je me plante moi-même. Je sais qu'elles seront disséquées, sorties de leur contexte, détournées pour leur faire dire autre chose que ce qu'elles ont exprimé. C'est la règle, je m'y plie. À mes risques et périls. À vos plumes, les chroniqueurs ! À vos blogs, les cloportes ! Première lame :

— T'as déjà vu un Belge le soir de la victoire de son équipe de foot arracher le drapeau français et foutre le feu à des voitures ?

C'est la remarque récurrente qui monte des bistrots les lendemains de victoire du foot algérien. Racistes ? Sûrement pas. Énervés surtout. Excédés par cette minorité de voyous qui déshonore son propre peuple et au passage sa religion. Un essaim de petits cons planqués derrière leur différence ethnique pour se permettre le pire. Mais ce n'est pas à eux qu'il faut en vouloir le plus. Ils ne font que profiter de la lâcheté institutionnalisée qui les épargne par précaution politique. L'antiracisme en étendard, les bonnes consciences vomissent leur indulgence coupable. Et le bon peuple répond :

— Il ne s'agit pas de racisme, il s'agit d'arrêter de nous casser les couilles !

Ça, c'est le cri du cœur du « beauf ». Ou supposé tel, parce que « là-haut », ils ont décidé que c'était ainsi. Et voilà Ubu roi des cons. La victime vilipendée, le coupable anobli. Parce qu'il est interdit de s'insurger si on ne le fait pas dans les normes de ce qui est usuel. Et de colères rentrées en injustices communes, doucement, le peuple vire, hélas ! à droite de la droite. Et évidemment, on le conspue d'autant plus. Mais qui sont les véritables coupables ? Les désespérés ou les désespérants ? Ces faux aveugles qui ne veulent pas voir. Englués dans une bienveillance mentie, ils cautionnent la violence ordinaire au nom d'une tolérance de façade. Pour moi, les vrais coupables, ce sont eux.

Attends, avant de me traiter de communautariste sectaire et xénophobe. Je suis un véritable humaniste. Je n'aime ni les frontières entre les pays ni les frontières entre les hommes. La seule démarcation que je respecte est celle qui partage le bien du mal. Je n'accepterai jamais que le mal fait soit exonéré au nom de je ne sais quelle convenance dogmatique. Un barbare est un barbare. Qu'il soit algérien, canadien, chinois, américain, breton, que sais-je ? Comprendre, prévenir, anticiper, éduquer, d'accord à mille pour cent. Mais oublier de punir un coupable, c'est condamner la victime à une double peine. Deux pour le prix d'une. Et ça, ce n'est pas la justice, c'est Afflelou ! Il faut bien en rire un peu, on en pleure tellement.

Deuxième lame :

— Je n'y arrive plus. À peine de quoi vivre. J'en appelle au gouvernement.

Et je vois au journal de treize heures l'interview du désespéré. Posé dans une cuisine confortable, l'ordinateur et le mobile à portée de main. La télé *high tech* en déco de fond. Si, si, je te jure que je l'ai vu ! Et ça geint, ça pleure une existence que les aides d'État aident à peine à survivre avec 1 500 euros. Si les images passent sur TV5, ça va sûrement l'émouvoir, la moitié des pays du monde où quand ils touchent 100 euros, c'est Noël. Et si ce pauvre-là était un bel enfoiré ? Et si ce pauvre-là ne s'était jamais donné la peine de mériter autre chose que ce qu'il a ? Et si ce pauvre-là était un escroc pitoyable ?

— Quel culot ! C'est facile pour toi l'animateur payé grassement par le service public. Quelle honte d'insulter ainsi les gens qui souffrent ! Fumier ! Ordure !

Tu vois, ça « blogue » déjà ! Ça crache, ça vomit chaque fois qu'on ose la moindre déviance au consensus de bon aloi. Le pauvre qui use de la compassion avec indécence, c'était un exemple au hasard. Mais il y en a mille. Critiquer l'orphelin, le handicapé, le déficient mental, c'est interdit. Et pourtant, récemment, un orphelin, handicapé et déficient mental a massacré deux enfants sans raison.

À force de trouver des excuses à tout le monde, on finira par n'en trouver à personne. La pensée unique, le jugement de bon ton sont des entraves au bien-vivre ensemble. Ils ne viennent pas que des élites, hélas ! Le peuple en a sa part. Et elle est tout aussi nuisible. De comptoir de bar en machine à café, on fait et on défait les réputations. Nous sommes influençables, péremptoires et si souvent ridicules. Je te rassure, je me mets dans le lot. Moi aussi, je l'ai proférée, la connerie à la mode, la flatterie exagérée ou la critique impitoyable. Juste parce que j'avais l'impression d'édicter ma propre vérité, alors que c'était le mensonge de tous. Moi aussi, j'ai jugé selon l'air du temps, l'article dans *Paris Match* ou la mine de Claire Chazal. Quand on pense qu'il suffirait que les uns arrêtent d'accuser les autres de ce qu'ils sont eux-mêmes pour améliorer la vie de chacun. Y a de quoi se faire refaire, non ?

— Maman, reviens et refabrique moi tout neuf, tout propre !

Je suis aussi un idéaliste. J'ai mal au beau. Ce monde est tellement moche. Et le pire, c'est que je contribue à sa laideur.

— Tout compte fait, ne me refais pas, Maman. Une fois, ça suffit. Je ne mérite vraiment pas une deuxième chance.

Allez, avant de changer de chapitre et d'aborder les conséquences de mon plus grand naufrage professionnel, une dernière escale. Une dernière île avant le cyclone. Pour le bilan à mi-parcours. Au bout de vingt ans.

En rentrant du repas d'anniversaire chez Guy Savoy, le 14 novembre, je suis longtemps resté seul face au miroir. J'y ai vu une île justement. Le reflet de la lumière bleue en guise de mer, la plante sur le lavabo en guise de cocotiers, je ne sais pas. Mais c'était une île. Avec une plage de sable fin où se prélassaient mes belles de passage que l'ado boutonneux de mes quinze ans n'aurait même pas imaginées dans son onanisme le plus farouche. Un bilan finalement plus que positif en cet automne 1994. Le calme, la sérénité presque retrouvée, hors cicatrices. Le soleil des projecteurs au zénith. Et, dans ma malle au trésor de pirate, des pièces d'or, des bravos, des stars, un président ami, des rires, des succès, des records.

Il était si loin, le boulevard de l'Hôpital. Bien sûr, j'y avais laissé dans les tiroirs de la morgue mon petit et mon meilleur ami, mais l'adjectif qui résonnait à mes oreilles, c'était « comblé ». C'est ça, « comblé », bien au-delà de ce que le petit gars du quai de la gare d'Austerlitz pouvait imaginer. Avec toujours cette sensation de compensation dispensée par le diable bienveillant. Le malheur à la hauteur du bonheur. La routine donc. Et à quoi bon tenter d'y échapper puisque c'est le Destin qui l'a écrit. J'ai souri.

Même que ça s'peut pas !

Le miroir m'a renvoyé mon sourire. Et deux larmes aussi. Une à chaque œil. *In memoriam.* Le petit, Olivier, Coluche, Le Luron, Gainsbourg. Et puis les chagrins d'amour, les insultes, les accidents, les trahisons. Je les ai essuyés d'un revers de main. Et, salle de bains oblige sûrement, je me suis fait la réflexion que les larmes étaient comme les poils de barbe. Ça repousse toujours plus dru. Certainement le pressentiment des prochaines.

Au moment où j'écris, il y en a une qui glisse doucement sur ma joue. Parce que tout va bien, que Lily grandit belle et bien et que mon métier m'apporte toutes les satisfactions. Encore une île provisoire. Donc, ça sent la tempête. Ça va, j'y suis prêt. Pourquoi ne pas se contenter des îles alors ? Arrêter la course, la provocation. Ne plus repartir en mer. À soixante ans, il serait temps, et ce serait mérité. Certainement... Mais non. J'aime trop les déferlantes. La dernière était l'interpellation du président de la République, il y a deux jours, à la fête de la musique, au sujet des intermittents. Ça m'a valu des flots d'insultes et des vagues de compliments. Comme toujours. Alors, rester sur l'île ? Je m'y ennuierais à mourir. Et je n'aime pas mourir.

— Monsieur Sébastien, qu'emporteriez-vous sur une île déserte ? me demande le journaliste.

— Un bateau avec le plein !

1994-1999

SOUS LE PLUS GRAND CHAPITEAU DU MONDE

Le doigt sur la détente, je tremble.

De colère, de désespoir. De peur surtout. Ce n'est pas si facile d'appuyer. Même à bout de tout. Assis sur le caveau familial, moi aussi je suis glacé, raide. Comme si, en osmose avec la pierre, je m'étais déjà fondu en elle. Le peu qui reste du clown qui est en moi me souffle à l'oreille :

— Au moins, pas de frais de déplacement. T'es déjà sur place pour l'enterrement !

Cette nuit fraîche d'avril 1996, je resterai longtemps en équilibre entre la survie et le définitif. Je tirerai deux balles dans le vide. Comme ça. Pour anticiper le bruit que peut faire la mort. Et puis je me traiterai de lâche, de moins-que-rien, au moment de remonter dans ma voiture. Épuisé, exténué. Un dernier regard au rétroviseur pour voir disparaître les murs d'enceinte de l'enclos aux mémoires. Et je me maudirai un peu plus de n'avoir pas eu le courage de rejoindre mon petit comme je me l'étais promis.

Assis à la table de famille, une heure plus tard, j'ai tout raconté à Maman, la tête basse, le regard perdu. Sa gifle a été sèche, violente, sans retenue. Je ne me suis même pas redressé. Le bruit a résonné dans ma tête un long moment. Et elle a rompu le silence d'une voix sombre, posée. Paternelle presque.

— Tu n'as pas le droit de faire ça. Il n'y a qu'une personne qui peut décider de ta mort. C'est celle qui t'a donné la vie. Moi. Si un jour tu as trop mal, je m'en donne le droit. À charge de revanche d'ailleurs. S'il arrivait qu'il n'y ait plus d'espoir pour moi, j'espère que tu me délivreras de mes souffrances.

— Je ne pense pas en avoir la force. Mais, bon ! On n'y est pas encore. Pour l'instant, c'est moi qui souffre. Et j'en peux plus.

— Ça, mon petit, il va falloir faire avec ! Et je te rassure, tu ne souffres pas autant que tu crois.

— Tu plaisantes ? Tout a explosé. Mon boulot, ma vie privée. On m'a lynché et...

— Et quoi ?... Tu te prends pour qui ? Un martyr ? Les vraies douleurs, ce n'est pas ça. Et tu en es loin. Les vraies douleurs, c'est crever de faim, de froid, d'une guerre qu'on n'a pas voulue, d'une maladie. Les blessures d'orgueil et d'amour, c'est de la souffrance de luxe.

— N'empêche. C'est insupportable !

— C'est toi qui es insupportable. Tu t'es pris pour un donneur de leçons alors que tu n'es qu'un rigolo.

— Un rigolo ? Tu crois que j'ai envie de rigoler ?

— Tu devrais. Parce que c'est ce que tu sais faire de mieux. Tant que tu tirais les sonnettes et que tu balançais des tartes à la crème, ça me faisait rire. Mais tes trucs politiques, excuse-moi d'être vulgaire, c'est des pièges à cons ! Crois-moi, j'ai fait des campagnes pour l'UDR. Quand tu vois ce qu'ils peuvent faire comme saloperies pour un petit siège de conseiller municipal, imagine là-haut !

Imparable. Primaire, manichéen, mais imparable. Et tellement vrai. Elle a enchaîné :

— Moi je l'ai vu arriver d'en bas, le retour du bâton. Ton « Osons », ça ne m'a jamais plu. Je te l'ai dit d'ailleurs.

— Oui.

— Tu aurais dû m'écouter. Mais monsieur a fait son important. Son professionnel. Tu sais, mon petit, je ne connais pas grand-chose à la télévision, mais je connais la vie. L'œuf est toujours plus gros que le cul de la poule.

— Ça veut dire quoi ?

— Qu'on n'imagine jamais à quel point les salauds sont capables du pire. Et quand on n'en est pas un, il ne faut pas aller jouer dans leur basse-cour !

J'ai baissé la tête encore plus bas. Elle m'a caressé les cheveux sans un mot. Puis elle s'est levée et s'est dirigée vers sa chambre. Sans se retourner, elle a dit :

— Quant à celle qui t'a laissé tomber dans la foulée, c'est pas la première et ce sera pas la dernière.

— Cette fois, c'est ma faute. J'étais invivable.

— Sûrement, mais c'est peut-être pas une excuse. En tout cas, ça va te permettre de comprendre que tu peux faire tous les cadeaux que tu veux à une femme qui s'ennuie, mais il y a une chose qu'il ne faut jamais lui donner.

— Quoi ?

— Un prétexte.

— Et je fais quoi maintenant ?

— Comme d'habitude. Comme toujours. Tu serres les dents et tu attends que ça passe.

Et puis elle ajouté cette phrase que depuis je martèle à tous les blessés, tous les désespérés. C'est peut-être la plus belle qu'elle m'ait jamais dite. En tout cas la plus utile.

— Ne t'en fais pas... Ce n'est pas la fin de quelque chose, c'est le début d'autre chose.

Maman ne m'a jamais giflé enfant. Adulte, elle m'en a retourné quelques-unes d'une violence rare. Sans que je lui en tienne une seule fois rigueur. Si tu savais comme aujourd'hui elles me manquent, ces traces de doigts. Ces traces de toi. Ces traces d'amour.

— T'es toujours là Maman ?

— Oui.

— Tu pleures ?

— Oui.

— Moi aussi, mais ça va passer.

— Ça finit toujours par passer, question de temps. Pas celui qu'il reste, celui qu'il fait. C'est pour ça que Dieu a inventé l'arc-en-ciel.

Il viendra. L'orage avait éclaté le lendemain du sketch maudit en septembre 1995. Sept mois plus tard, il grondait encore. Et de plus en plus fort. Laminé par l'hallali médiatique, j'avais rendu les armes en janvier. L'arrêt total de la télé. À la fois par dégoût et sous la contrainte. La « horde » avait lancé une campagne pour interdire aux publicitaires d'investir dans les espaces au sein de mes shows cathodiques. Tu penses bien qu'au quatorzième, ça fulminait méchant ! C'est moi qui prendrai la décision de tout stopper au bout de trois numéros d'« Osons ». Exonérant ainsi mes patrons de TF1 d'un licenciement discutable. Eh oui ! Parce qu'autant l'« affaire » avait déchaîné le tout-médiatique, autant le bon peuple s'était tenu bien loin de l'acharnement.

— C'est quoi ce bordel ? Nous on s'en fout, du moment que tu nous fais Bourvil !

Mais comment voulais-tu que j'aie le cœur à faire Bourvil ? Ma boîte de production au bord du dépôt de bilan. La plupart de mes collaborateurs éparpillés à contre-cœur. Le « télaphone ». Néologisme de circonstance que j'offre à tous ceux dont la ligne devient soudain muette. Et surtout, surtout, les regards des gens du métier, muets eux aussi, mais qui hurlaient tant :

— T'es fini, mon gars. Eh oui ! T'as voulu jouer au con, t'as gagné !

Infréquentable évidemment. Parce que même les « amis » du show-biz ne pouvaient s'afficher près de moi sans prendre le risque d'un retour de flamme. Pensez donc ! Un album à promotionner, un film à défendre. Ne surtout pas s'exposer à un amalgame de mauvais aloi qui aurait pu braquer la presse contre eux. Bien sûr, ils me confirmaient leur « amitié », mais...

— Ne m'en veux pas, Patrick. Je sais que tu n'es pas raciste. On le sait tous. Mais ils l'ont tellement gueulé fort que si je te soutiens, ils vont m'accuser moi aussi. Tu comprends ?

Bien sûr que je comprenais. Et d'ailleurs, je ne leur en veux pas. Qui sait ce que j'aurais fait dans un cas pareil ? Et qui sait si je ne l'ai pas fait dans d'autres circonstances ? Par sauvegarde. Parce que le rouleau compresseur de cette vindicte-là est impitoyable. Et c'est tellement facile de se dire résistant quand la guerre est finie. Si j'étais né en 17 à Leidenstadt ?... Toujours la même chanson, hélas !

Alors, pour tenter de survivre, je suis allé faire Bourvil et les autres. J'ai repris la route dans une tournée vengeresse où je réglais mes comptes sur scène. Je hurlais à l'injustice entre deux déguisements de circonstance. Inutile et surtout pitoyable. Nini ma chance, ma Cordy, au détour d'un spectacle, sera la seule à m'ouvrir vraiment les yeux. À la fin du show, elle est entrée dans ma loge, le visage fermé.

— Tu n'as pas aimé ?

— Non. Tu sais, mon Patrick, ils ne sont pas là pour écouter nos malheurs, ils viennent pour oublier les leurs.

Ça c'est de l'amitié. De la vraie. Celle qui ne ment jamais. Ce jour-là, j'ai compris qu'il fallait attendre que ça passe. À supposer que ça passe. Que je ne devais me soucier que du bonheur du public, pas de mes rancœurs. Alors, j'ai espacé mes prestations, le temps de me régénérer. Je me suis privé de ma sève, de mon ADN, pour cause de remise en question.

J'étais de plus en plus fatigué, tendu, irritable. Et, forcément, ma vie privée a imprimé le manque. Je me suis retrouvé déclassé aussi de l'intime, pour cause de comportements irrespirables, de verbe étouffant, acide. De bouillant, je suis devenu volcanique. En éruption permanente. Alors, à bout de soufre, Nana s'est échappée. Libre d'abord. Et puis, un oiseau de secours l'a envolée pour un répit aux Maldives. Un bol d'air iodé. Elle m'avouera plus tard n'avoir jamais autant trouvé le sable triste. Il ne suffit pas de coller une peau sur une peau pour faire rustine.

En avril 1996 donc, plus de boulot, plus de compagne, et des blessures ouvertes. Purulentes. Maintenues à vif par l'injustice d'une manipulation de haut vol et ma fatuité imbécile. J'étais une sous-merde, pour appeler enfin les choses par leur nom, histoire de rester au moins fidèle à ma trivialité de sauvegarde. Mon image de marque. Garder au moins ça, on ne sait jamais ! Si un autre cyclone se déchaîne, je pourrais toujours me recycler marchand de gros mots à la sauvette !

Sale temps ! Très sale temps !

Et puis, parce que Maman a toujours raison, l'arc-en-ciel commencera à se dessiner au-dessus d'un stade en folie. Juste avant qu'éclate l'« affaire Osons », j'avais entamé un autre combat bien loin des strates gluantes du petit monde cathodique. Après une lutte au couteau, au printemps 1995, j'étais devenu président du club de rugby de Brive. Pas un détour. Un retour. À mes sources encore une fois. Et encore une fois, la même question : n'était-ce pas le diable bienveillant qui, en acompte de la tornade à venir, m'avait orienté vers cet abri de fortune ? Pour tenir le coup, un an plus tard, le temps que le tonnerre s'éloigne. Il ne manquait plus que (encore sa satanée loi des compensations), manant enlisé dans une basse-cour de fientes, je me retrouve seigneur lumineux au Parc des Princes. Pour y vivre mon rêve absolu de gosse en crampons : la finale du championnat de France de rugby. Et c'est ce qui arrivera.

Merci, mon diable !

Fin mai 1996, je suis entré triomphant à la tête de mes hommes sur le stade en délire. On a perdu. Mais on l'a vécu. Et c'était ça l'essentiel. Bien sûr que j'aurais explosé de joie si j'avais brandi ce bouclier de guerriers d'un autre temps. Mais quand je vois aujourd'hui le « trophée des entrepreneurs » qu'il est devenu, finalement, je ne le regrette pas tant que ça. Mon Graal absolu a perdu son éclat au contact de l'argent roi qui en a fait un simple lot de vente aux enchères. Et puis, ce soir d'été chaud de 1996, il y avait bien autre chose qu'un combat d'hommes pour un bout de bois. Il y avait le vrai début de la énième renaissance. Parce qu'encore une fois, tout arrive. Et c'est encore meilleur quand non seulement ça arrive, mais quand ça revient.

Au loin, dans la tribune, au moment où le président Chirac passait en revue les joueurs que je lui présentais, j'ai aperçu un éclat lumineux. Le regard de Nana. Elle m'avait prévenu la veille :

— Je serais au huitième rang, juste à droite de la tribune officielle.

— Avec l'autre ?

— Non, avec toi.

Le Grand, qui savait tout, a compris tout de suite au clin d'œil que je lui ai fait. Il m'a glissé deux mots à l'oreille. À la télé, ils ont dû croire qu'il disait :

— Bonne chance.

Il a juste murmuré, à la fois cynique et compassé :

— La Pomponnette !

La première marche. Le début de la remontée. Je venais de dégringoler un escalier avec perte et fracas. Brinqueballé, contusionné, sonné. Le retour de Nana me soulevait du paillasson. La main sur la rampe, la tête étourdie, c'est là que j'ai commencé à regarder à nouveau vers le haut. Avec une seule idée. Remonter sur la terrasse, là-haut, palier par palier. Et pendant que je consolais dans mes bras mes joueurs déçus, en larmes, au milieu d'un Parc des Princes où les vainqueurs du soir exultaient, c'est à eux et à moi que je parlais en même temps :

— T'inquiète pas. On y reviendra un jour.

L'un d'eux m'a serré dans ses bras à son tour en me chuchotant :

— Nana est là, je suis content pour toi.

— Oui, mais le bouclier, lui, il est parti.

— C'est pas grave, il y en aura un autre ! Alors qu'une comme elle, pas sûr que tu en trouves une autre un jour.

Mes hommes. Mes mômes. Mes faux adultes en short. Tous ces survitaminés à l'âme fragile. Capables de combats homériques et de fragilité de midinettes. Ouvreurs d'arcades, briseurs de côtes. Et puis au détour d'une défaite, petits pierrots tout tristes, larmoyants sur l'épaule sanguinolente de leurs frères de sang. Des loyaux. Des joyaux. Pendant l'« affaire Osons », pas un ne m'avait jugé. Pas un ne s'était permis le moindre regard fuyant. Une solidarité indéfectible. Il faut dire qu'en replongeant dans le rugby qui avait ciselé mon caractère, adolescent, j'étais surtout venu pour ça. Bien plus que pour la victoire. Pour l'honneur, la droiture, le courage, le vrai. Pour me laver d'un monde d'artifices. J'ai été gâté au-delà de ce que je pouvais imaginer. Dans tous les sens du terme. Parce que ça se gâtera sérieusement. Mais beaucoup plus tard. Pas à cause du rugby. À cause de ceux qui s'y égarent par vanité opportuniste. Toujours les mêmes. Ils sont partout. On y reviendra.

L'été qui suivra sera le plus « réverbère » de ma carrière. Tu sais, comme je te disais plus haut, quand ça brille de loin et que, de près, c'est recouvert d'immondices et de graffitis. D'abord, j'accepterai que la une des magazines people flashe le retour de la « Pomponnette ». Il faut bien faire rêver. « Le bonheur retrouvé. » En pause soleil dans le luxe de Saint-Tropez. Duo d'oiseaux en cage de papier glacé. Elle, jolie comme une tourterelle rentrée au nid, et moi, con comme un paon. Cet animal si présomptueux qu'on ne prononce même pas son nom comme il s'écrit. Sourire de façade. Faux-semblant. Du miel pour les mouches. Compromission médiatique. Pour faire semblant que. Pour du beurre, comme disent les gosses.

J'avais pardonné. Mais tous les pardons ont de la mémoire. Et la mienne, olfactive surtout, avait du mal à s'accommoder du parfum de la sueur d'un autre sur sa peau. Bien sûr, pendant son absence, je n'étais pas resté le cœur et le ventre dans les mêmes sabots. Mais tu sais bien comme c'est con un homme. Con et orgueilleux. Et injuste aussi. Alors, détendu dehors et bouillant dedans. Rouge vif. À en impressionner la pellicule. Vraiment. Si tu retrouves le magazine, tu verras ! Mais bon, on n'a qu'à dire que c'était un coup de soleil !

Ce sera certainement la seule période de ma vie où je serai tant à l'envers de moi. Parce que cet été-là, outre mes sourires fardés à la une qui masquaient mal mes cicatrices, j'ai plongé sans bouée dans le grand bain du tout-frime. Et je m'y suis noyé sans retenue. C'est ainsi que, chaque nuit, je paradais, passant allègrement d'un casino à la mode à une soirée blanche chez Barclay comme un poisson dans l'eau. Souriant. Fanfaronnant. Je ne sais toujours pas pourquoi. Pourquoi, au lieu de me ressourcer comme d'habitude dans mon vrai, ma terre, mon village, mes pierres, j'ai préféré le stuc et les strass ? Je t'ai avoué tant de forces que je ne pouvais pas passer sous silence cette faiblesse-là. Cet égarement « Happy Night » qui me ressemblait si peu. « Tintin au pays des sunlights ! » Alors que je n'aime que le clapotis des étangs au matin calme et le silence de mes champs du Lot. Une côte d'amour perdue, une Côte d'Azur trouvée. Tu parles d'un troc de nase !

C'est peut-être la seule fois de ma vie où je me suis trahi vraiment. Où je me suis menti. Mais demande-t-on à un animal blessé de choisir son vétérinaire ? Il faut guérir. Juste guérir. J'opterai donc pour une convalescence plaquée or. Professionnellement aussi. Déclassé, avec un enthousiasme menti, de TF1, première chaîne d'Europe, à Radio Saint-Tropez, mini-média pour saisonniers, je ferais l'animateur joyeux en CDD. Pour me coller encore à un micro de sauvegarde, comme ils le font tous, les blackboulés. Les dégradés, renvoyés dans l'antichambre. Éteints. Suffoquant, la bouche à fleur d'eau, comme un plongeur cherche l'air après une apnée trop longue.

Aujourd'hui, j'en croise tant, des ex-gloires de notre métier, claironnant au micro d'une fête au boudin blanc ou d'une radio locale que personne n'écoute :

— Je me sens tellement mieux, ici !

Je compatis et je me souviens. Parce que moi aussi, je me suis assis sur ma fierté pour rester suspendu au mur d'escalade où tant ont dévissé. Du bout des doigts. Ce putain de métier est une addiction terrible. Cet été-là, pour cause de vanité, je me suis entêté à rester Patrick Sébastien quoi qu'en pense Patrick Boutot. À faire plus que semblant. Sans qu'aucun orgueil rebelle m'incite à l'ermitage comme les autres fois. J'aurais dû rester tapi. Attendre que ça passe. Ne pas me galvauder, en ersatz, juste pour la fatuité. Éviter les flashes, les fans et leurs demandes d'autographes assassines :

— Alors, vous revenez quand à la télé ?

Mais non ! Ce que j'avais été, il fallait que je le sois encore. À n'importe quel prix. Même le plus bas. Être ou paraître, voilà la question. Accro à ce que je paraissais, j'ai oublié ce que j'étais. Je suis devenu un fumeur qui ramassait les mégots. Mendiant de luxe d'un peu de reconnaissance. Je luisais de crème à bronzer, mais je souffrais chaque nuit en regardant le ciel. Mon étoile n'y brillait plus. Alors, con comme la lune qui me regardait, j'allumais mon briquet pour m'y faire croire encore.

Non, mais tu le vois, le crétin déchu ! Lamentable. Pleurnichant sa gloriole envolée sur la terrasse d'un palace. Indécent. Minable. Tellement loin de la petite maison dans la prairie. C'est à ce moment-là que j'aurais dû tout changer. Tout quitter. Recommencer une autre vie. Fuir définitivement. Ne plus jamais remettre les pieds où je n'aurais jamais dû mettre le cœur, comme disait Thierry. Elle était là la belle occasion de sortir définitivement du piège. Je me demande toujours pourquoi je l'ai laissée passer. *Fatum*, certainement. Aujourd'hui, je serais certainement moins comblé. Mais peut-être heureux seulement.

Il s'en est fallu d'un cil. Enfin de plusieurs, suspendus à des paupières tombantes. Et dessous, un regard en larmes même quand il riait. Et encore en dessous, le corps en lambeaux d'un homme fêlé, écorché, à vif. C'est l'être le plus brillant, le plus attachant et le plus désespéré que j'aie jamais rencontré. Il s'appelait Philippe Léotard. Alors, d'accord, c'était encore certainement le diable bienveillant. Parce que si je n'avais pas été à Saint-Tropez ce soir-là, nous n'aurions pas eu cette conversation dans ce cadre-là. Et nous ne nous serions certainement pas dit les mêmes vérités. Surtout les siennes. Celles qui me gifleront comme il le fallait exactement à ce moment-là. Celles qui me réveilleront. Avec des mots d'ivrogne qui par moments me feront sincèrement regretter d'avoir arrêté de me brûler au quarante-troisième degré. Celui du Johnny Walker. J'ai résisté. Je n'ai bu que ses paroles. Alors, encore une fois merci, mon diable ! Pour une fois, buriné, suintant, bafouillant et lumineux, tu avais la gueule de l'emploi.

Même que ça s'peut pas !

Ça a commencé par une diatribe incendiaire contre tout ce qui nous entourait. Le faux tout. Fausses blondes, faux riches, faux génies. C'est une constante de VIP de honnir le milieu dans lequel il patauge. Vomir ce que les autres sont pour éviter de s'avouer qu'on est pareil. Comme le haro des provinciaux sur les « parigots têtes de veaux », dont les plus nombreux sont des importés de chez eux. On a donc débiné de bon cœur les outrances de chacun de nos voisins et voisines. Et puis, on s'est isolés pour une heure de philo de comptoir. Un moment suspendu. Mes yeux dans les poches sous les siens.

Il a attaqué :

— C'est pas ton truc, la quincaille qui brille, hein ?

— Non. Je ne sais même pas pourquoi je suis là.

— Parce qu'il faut bien être quelque part. Surtout quand on dérouille.

— Ça se voit à ce point ?

— Ça crève les yeux. T'es en manque grave. Comme moi, tu sais bien.

Je savais. Il s'était vidé, une nuit de naufrage, quelques années plus tôt, quand je buvais encore avec lui dans un bar à Paris. Johnny lui avait piqué sa Nathalie. Sa Baye dont il était raide dingue encore. Et surtout, il ne comprenait pas comment sa princesse avait pu échanger sa brillance intellectuelle contre une lueur prétendument aussi faible (ce qui est faux, d'ailleurs). C'est pour ça qu'il était en suicide. De came en alcool, il se flinguait. Et il en était parfaitement conscient.

— Allez, à moi tu peux le dire. Elle te manque, ta putain de télé. Comme ma putain à moi.

— Pourquoi tu l'insultes ?

— Parce que ça soulage. Allez, dis-moi, t'en crèves, non ?

— Oui.

— Alors relance tout. Va chercher.

— Ah, non. J'ai fait une émission d'adieu, il y a trois mois. T'imagines le reniement si je quémande. Et puis non seulement ma honte, mais ils vont me fusiller encore plus. J'ai claironné que j'arrêtais tout définitivement. Si je reviens la gueule enfarinée, ils vont me démâter ! Déjà qu'ils m'ont flingué pour rien, là, ils vont s'en donner à cœur joie. Et, franchement, cette fois, je ne pourrais pas hurler au scandale.

— Moi, si j'avais une seule chance que ma déesse revienne, je serais prêt à tout. À genoux. À plat ventre. Vaut mieux vivre avec la conscience ébréchée qu'avec le cœur brisé. La fierté, c'est pour les militaires. Et y a pas plus con qu'un soldat mort !

Et puis, cet homme dépecé, qui avait été le plus jeune prof de philo de France, a embrayé sur une leçon de vie exemplaire. Profonde. Un cours magistral, dont chaque démonstration serait trop complexe à expliquer ici. Sa conclusion a été qu'il était urgent de ne pas résister à l'appel de la sérénité. Comme pour le cordonnier le plus mal chaussé, tout ce que lui-même ne pouvait plus s'appliquer à être. Pour lui, c'était plié. Trop tard. Trop plein. De douleurs et de drogues. Mais pour moi, déjà guéri de l'addiction de l'alcool, renoncer à l'orgueil imbécile pour me refaire une place au soleil, c'était une nécessité de survie. Il m'a lu, bousculé, rassuré. Et, en m'embrassant comme un frère, m'a souhaité bonne chance.

— Moi, je suis déjà mort. Toi, t'es juste dans le coma. Réveille-toi.

Le lendemain, j'ai laissé un message à Jean-Pierre Cottet, un des tauliers de France 2. L'orgueil en berne, j'ai sollicité une nouvelle chance. Hélas, je n'ai eu aucune réponse. Ce n'est qu'au bout de quinze jours que le « télaphone » a redonné de la voix.

— Excuse-moi Patrick. Je viens juste de comprendre que c'était toi. Ma secrétaire t'a confondu avec Patrick Sabatier. Et lui, il ne fait pas partie de nos priorités. Toi oui.

Je n'ai jamais su quelles dents il avait contre l'autre Patrick, mon ami. Trop blanches ou trop longues ? Toujours est-il qu'il m'a ressuscité.

— Bien sûr que tu as encore plein de choses à montrer à la télé. Je sais très bien que tu n'es pas ce qu'on a dit. Alors on va redémarrer ensemble dès la rentrée.

— Merci.

— Mais, bon. C'est le service public. Pas d'écart. Tu me comprends.

— Évidemment.

— Promis ?

— C'est mon dernier mot, Jean-Pierre.

Oh, ce n'était pas pour gagner des millions. Pour exister seulement. Toute honte bue. Pour remettre ma boîte à flot. Et redevenir la grenouille en 3D. Bête de foire aux vanités. Tous ceux qui ont étincelé sur le petit écran, et qui, privés de lumière, affirment que ça ne leur fait rien sont des menteurs. Ce putain de prisme en pixels est un hypnotisant redoutable. Encore une fois une drogue dure en substitution de laquelle rien ne peut faire méthadone. Parole de junkie ! Si un jour, par miracle, je m'en sors, je te promets qu'il n'y aura pas de télévision dans ma petite maison dans la prairie.

Ce passage aux oubliettes dont je n'aurai jamais dû remonter m'a enseigné bien plus de choses que les autres déchéances. D'abord mon inutilité. Je ne suis indispensable en rien. Disparaître ne créerait un vide que pour moi. Les aficionados qui m'admirent se passeront aussi bien de moi après qu'ils s'en sont passés avant. Et puis, célèbre, malgré les heures passées à trimer, ce n'est pas une fonction. C'est juste une étiquette. Dérisoire. Qui peut s'envoler au moindre coup de vent. Depuis cet épisode de ma vie, j'ai gagné en humilité, en lucidité. Aujourd'hui, je sais que je ne suis qu'une illusion. Magique, brillante certes, pour certains, mais juste un leurre. À double fond. L'homme coupé en morceaux. *Show must go on !*

J'ai refait de la télé en septembre 1996. Et, à ma grande surprise, il n'y a pas eu une seule réserve de la presse sur mon retour. Peut-être parce qu'ils avaient fini par prendre conscience que le lynchage avait été excessif. Plus probablement parce qu'ils n'en avaient rien à foutre. Que l'accident n'avait été grave que pour moi. Encore un signe de l'inutilité dont je te parlais avant. C'est là que j'apprendrai aussi à moins me voir avec les yeux des autres. Ce constat-là est encore aussi pour toi. C'est ton propre regard, et lui seul, qui doit éclairer ton chemin. Quand la route est dangereuse, il ne faut pas laisser le volant à n'importe qui !

J'ai recommencé avec un show dédié à Brassens sur la place du marché de Brive-la-Gaillarde. Un hommage à l'irrespectueux correct. Une demi-mesure. Un peu de provoc, quelques gros mots, mais la poésie en bouclier. Pouvoir claironner : « Quand je pense à Fernande, je bande » sans que les censeurs y trouvent à redire, quel délice ! De retour à ma place, c'était le premier palier de ma remontée. J'avais retrouvé mon envie, mon public, ma méthode et surtout mes grognards.

Pendant mon « île d'Elbe », mes principaux collaborateurs avaient émigré dans d'autres boîtes pour la survie. Ils étaient tous revenus.

Plus tard, je te parlerai de JP, mon frère de terroir. Mais c'est le moment de parler d'(elle). Une femme de plus. (Elle) est cachée derrière ces lignes, discrète, depuis le deuxième chapitre. Depuis le deuxième « Carnaval » en mai 1984. J'écris (elle) entre parenthèses parce qu'(elle) seule les mérite. Tellement à part de toutes les autres. Un bras droit, une main sur l'épaule, une conscience, un garde-fou, enfin tout ce qu'il faut à un dingue comme moi pour survivre. Ma meilleur ami. Sans « e ». Exprès. Ma pote à qui je parlais comme à un homme. Aussi franchement et parfois aussi violemment. Et (elle) me répondait de la même manière. Sans précaution.

— Tu m'emmerdes, casse-toi !

— T'as raison. Je reviendrais quand ta tronche aura dégonflé, connard !

Et à peine deux minutes après, on faisait la paix. Qu'importe que l'un des deux ait eu raison. L'essentiel était d'avancer. (Elle) a passé sa vie à guider mes choix, à les organiser, à les aider à prendre corps. Et ses certitudes me dirigent encore :

— On ne fait pas la même télé que les autres, Patrick. On se fout de la rentabilité. Si tu veux durer, fait toujours comme si cette émission était la dernière. De toute façon, tu n'es pas comme les autres, tu es un artiste, un vrai. Tu es le seul à savoir faire certaines choses. Alors ne fais jamais ce que les autres pourraient faire à ta place. Et n'oublie pas que c'est de la télé, et que ta force est de faire des émissions qui ne peuvent pas passer à la radio.

La clé de tous mes succès télévisés. Parce qu'(elle) m'a toujours dévié du facile, du pratique, du rentable à n'importe quel prix. En me surveillant en permanence pour que je reste moi-même. Pour que je n'aille surtout pas me cloner à l'animateur en vogue du moment. (Elle) veillait en coulisses, malgré les critiques, à ce que surtout je ne me défasse pas de mes défauts : mes coiffures douteuses, mon parler cru, et mon enthousiasme systématique. Parce qu'en parfaite professionnelle, (elle) avait compris que la télévision est une loupe et que le manque de sincérité y est suicidaire.

— Si tu te contrains à être à la mode, tu passeras avec la mode.

Je n'ai jamais été à la mode. Et je suis toujours là. Vieillissant, critiqué, répétitif, mais là. (Elle) avait raison. (Elle) n'avait qu'un but. Une promesse qu'(elle) m'avait faite au premier jour :

— Je suis là pour t'aider à durer le plus longtemps possible.

Et ça dure.

Merci.

Ça, c'est pour le professionnel. En dehors, (elle) a été le témoin de tous mes bonheurs, de toutes mes folies secrètes, mais aussi de chacune de mes errances, de chacun de mes accidents de parcours. Chaque fois que j'ai trébuché, (elle) m'a aidé à me relever et soutenu au plus près. Toujours. Sans faille. Amoureuse ? Certainement. Hantée par cette passion de femme qui sait bien qu'elle sera toujours « l'autre ». Pas une maîtresse, surtout pas, mais bien plus. (Elle) m'a vu sauter de femme en femme. Les épouser, les « désépouser ». (Elle) a consolé les partantes, encouragé les arrivantes. Même à contrecœur. Dévouée jusqu'à l'oubli d'elle-même. (Elle) savait que son tour ne viendrait jamais parce que ce qui nous liait était bien au-dessus. Et qu'en faire une compagne aurait cessé d'en faire mon compagnon.

Toutes mes légitimes ont été jalouses de ce lien platonique si fort que rien ne pouvait briser. Seule la mort en est venue à bout, il y a quatre ans. (Elle) s'appelait Brigitte Quideau, dite Kido, dite Kiki. (Elle) a été à mes côtés, l'âme jumelle de « Carnaval », « Farandole » « Sebastien, c'est fou », « De l'autre côté du miroir », « Intime conviction » « Super Nana », « Le Plus Grand Cabaret du monde » pour le principal. Sans (elle), je n'aurais pas tenté tout ça. C'est aussi pour ça que depuis qu'(elle) n'est plus là, je ne tente plus rien... (Elle) me manquait même quand (elle) était encore là. Alors, tu imagines, aujourd'hui qu'(elle) n'y est plus !

1997 sera une année de transition. Le temps de reprendre mon souffle après avoir atteint le premier palier. L'image de marque à peu près restaurée. Le couple rafistolé. Et une émission récurrente : « Étonnant et drôle ». Un melting-pot de tout ce qui avait fait mon succès jusque-là. De la bonne humeur, des déguisements. Sans risque inutile, service public oblige. De fauve en liberté, j'étais devenu chat de salon. Un ronronnement prudent en attendant l'occasion de me lâcher à nouveau. Parce que je savais bien qu'il faudrait trouver autre chose sous peine d'endormissement et de sommeil définitif. Une carrière n'est faite que de ça. C'est quand tout va bien, surtout quand tout va bien, qu'il faut anticiper le cran au-dessus. Dans nos métiers, se contenter, c'est s'éteindre.

Le réveil sonnera le 26 décembre 1998. Et le chemin qui m'emmènera à nouveau sur la terrasse, là-haut, sera parsemé, encore une fois, de fleurs d'âmes. Des histoires d'hommes violentes, acharnées, rassurantes, émouvantes. Des rencontres salvatrices. Une alchimie d'authenticité et de naïveté qui redessinera les contours de mon meilleur allié : l'enfant qui est en moi.

Délire onirique :

Le grand Patrick vient s'asseoir aux côtés du petit Patrick sur la place du village de Juillac, devant la boutique du marchand de télé.

— Qu'est-ce que tu veux faire plus tard ?

— Habiter dans mon rêve.

— Et c'est quoi ton rêve ?

— La « Piste aux étoiles ». Comme l'émission à la télé, là, dans la vitrine. Les clowns, les magiciens, les acrobates.

— Alors d'accord. Ça s'appellera « Le Plus Grand Cabaret du monde ».

— C'est quoi ça ?

— Une émission de télévision rien qu'à toi où tu présenteras les plus beaux numéros venus du monde entier.

— Même que ça s'peut pas !

— Bien sûr que ça s'peut.

Et le grand Patrick prend le petit sur ses épaules pour l'emmener habiter dans son rêve. Ils quittent Juillac pour monter à Paris. Directement ? Non. En chemin, ils s'arrêtent à Brive.

— Pour quoi faire ?

— Un autre rêve.

Il fait nuit. Ils entrent dans une enceinte sombre. Ils grimpent à tâtons une volée de marches pour se retrouver sur un toit.

— On n'y voit rien.

— Claque des doigts. Les projecteurs vont s'allumer.

L'enfant claque des doigts et la pelouse s'illumine. Autour, dans les tribunes bondées, un public en transe. Il scande le prénom de l'enfant. Un gigantesque tourbillon d'acclamations, de larmes de joie, de chants. Au milieu du terrain, une coupe, scintillante. L'enfant sur le toit du stade de rugby, sa ville sur le toit de l'Europe.

— Même que ça s'peut pas !

— Bien sûr que ça s'peut !

Brive champion d'Europe de rugby ! Une tragicomédie, une fois de plus. Avec tout. Les rires, les larmes, le sang, les coups bas, les trahisons, les secrets de famille, les triomphes. En trois actes.

Premier acte : l'ascension. Au début de l'histoire : un triumvirat indéboulonnable. Jean-Jacques Madrias, le gestionnaire, Laurent Seigne, le technicien, et moi en fer de lance. Impossible de glisser un doigt dans la triplette. Ce qu'on faisait à l'un, on le faisait à l'autre. Collés. Scellés. Amis surtout. Un attelage de caractériels. Donc, forcément, les ennemis de l'établi, du « comme il faut ».

— Alors, votre projet ? demande le journaliste de *Midi Olympique*, le sourire en coin.

— Je vais faire marcher mon équipe à l'amour.

— Ben voyons !

Et il repart, goguenard, avec la certitude de l'échec programmé. Et la moquerie en plus. Pensez donc ! Ce clown de la télé au pays des hommes forts, ça ne peut être qu'un élan de « com' ». Histoire de se faire mousser en cas de faiblesse professionnelle.

— Et puis, qu'est-ce qu'il y connaît ?

Le problème, enfin pour lui, pas pour moi, c'est que justement je m'y connais sur le bout des doigts. Sportivement. Techniquement. Je sais les carences, les talents. Tous les méandres de ce sport de voyou pratiqué par des gentlemen, je les ai disséqués, analysés, compris. Au premier impact d'une mêlée, je sais qui va la gagner. Et je connais aussi la primauté de l'axe 2-8-9-10-15. Pour toi de l'hébreu, pour moi ma langue natale. Et en prime, sixième sens propre à mon humanisme, je sens les hommes, leurs failles, leurs forces. Je sais deviner la commande qu'il faut actionner pour faire d'un simple robot un héros.

L'ascension sera fulgurante. À force de savoir-faire, de travail et de compensations affectives, on fabriquera un groupe inoxydable. Nous atteindrons la finale de la coupe d'Europe de rugby sans perdre un seul match. Avec des hommes ordinaires que la complicité, l'abnégation et ma folie douce rendront extraordinaires. Le matin de la finale, personne ne donnait cher de notre peau. L'équipe de Leicester, constellée d'étoiles, devait nous manger tout cru. Et pourtant...

Deuxième acte : le triomphe. Au milieu de la ville explosée, ils étaient des milliers à hurler leur fierté et leur joie sur la place de la Guierle. Les vieux qui croyaient ne jamais voir ça et les jeunes en folie. Et puis, dans la foulée, reçus à l'Élysée par Jacques le Corrézien. Pour moi, un rêve éveillé de plus. La coupe, elle, dormira une semaine au pied de mon lit. Qui aurait pu préjuger à ce moment-là qu'un peu plus d'un an plus tard, les mêmes qui nous portaient au pinacle nous déboulonneraient de nos socles sans aucun état d'âme ? Bernard Tapie peut-être. Il m'a appelé le lendemain de la victoire :

— Chapeau, mon gars ! Mais gaffe. C'est maintenant que les emmerdements commencent.

Il avait raison.

Troisième acte : l'outrage. La saison suivante, nous sommes revenus en finale. Perdue 18 à 19 contre Bath. Passés à un point du triomphe absolu : la première équipe française de sport collectif à faire le doublé du titre européen. Et à peine nos larmes séchées, la lapidation. La mise en doute, le pilori, sans aucune indulgence de mémoire. La vengeance surtout des contrits, des vexés du succès géant de l'année d'avant que leurs esprits minuscules ne leur auraient jamais permis d'atteindre. Parce qu'on ne fait rien de grand avec des bassesses. Alors je traînerai encore pendant de longs mois ma passion blessée dans les odeurs d'huile camphrée du vestiaire et, à bout d'inimitié, je rendrai les armes.

Ça c'est pour la forme. Les chiffres, les statistiques. Quatre ans de présidence. Quatre finales. Deux perdues et deux gagnées pour un club qui jusque-là ne pouvait s'honorer d'aucun titre majeur. Brive, devenu le club de rugby le plus aimé de France. Une résonance au-delà des frontières. Et malgré ce qu'en a dit la rumeur, un bilan financier à mon départ aussi équilibré qu'à mon arrivée.

L'envers du décor maintenant. Le discours du démissionnaire :

— J'avais fui le show-biz et ses ornières pour une pelouse en parfait état. Unie, régulière, propre. Et voilà qu'il y pousse des fondrières. Moi qui étais venu pour me nettoyer, je repars sali. Alors tchao ! Je reprends mon chemin. Je trouverais bien une station de lavage sur la route !

Au volant de ma voiture, je quitte la ville le cœur lourd. Dans le rétroviseur, ombres et lumières. Le secret de famille d'abord. De Polichinelle pour toute la ville. Si j'osais la trivialité, j'ajouterais : dans le tiroir. Dans l'organigramme des acteurs de la belle aventure, staff compris, il y avait mon demi-frère présumé. Un fils, reconnu celui-là, de mon géniteur clandestin. Le diable bienveillant, à défaut de nous faire frères de sang officiels, nous avait jumelés frères de passion. Même au plus fort de nos émotions, nous n'aborderons jamais le sujet. Mais il y aura des non-dits, des regards voilés qui au moment de livrer le combat seront primordiaux. Cela donnera encore plus de force et d'émotion à la joie partagée.

Tu imagines, à l'heure du sacre, devant sa télé, le semeur de mioches naturels contemplant sa progéniture officielle et celle qu'il a reniée unies dans la même accolade. L'image existe. Chaque fois que je la revois, elle va bien au-delà de l'orgasme sportif. Elle me renvoie à celui que Maman m'a avoué ne pas avoir eu. La tête ailleurs. Les illusions guillotinées. Ensemencée à la va-vite pour un plaisir de bête. Et on s'étonne que, parfois, j'aie des comportements d'animal. Un scénario à la Pagnol. La gloire de mon père. L'échafaud de ma mère.

Alors, côté ombre, ça, bien sûr, mais surtout, les rumeurs. Sournoises. Monstrueuses. Ces hydres à langues multiples qui colportent, accusent sans l'ombre d'une preuve. Agrémentées du célèbre : « Y a pas de fumée sans feu ! » Comme me disait un bref de comptoir :

— Y a pas de fumée sans feu ? Et le saumon alors ? Tiens, passe-m'en une tranche que j'allume ma clope !

La déferlante de ragots infondés fut exceptionnelle d'imagination. Une bousculade d'hôtesse et un saccage d'avion au retour du triomphe. Faux. Une faillite financière. Faux. Un appointement de faveur pour moi. Faux. Bien pire, bénévole jusqu'à la connerie, j'ai délié ma bouse privée. On m'en doit encore. Et le pire du pire : ma mise en examen certifiée pour des comportements sexuels contre nature. Archi-faux et dégueulasse à l'extrême. T'as raison, Maman, l'œuf est toujours plus gros que le cul de la poule. Là, c'était carrément de l'autruche !

Et comme tout ce venin n'a pas d'antidote, des soupçons nouveaux viennent mettre sur le gâteau, encore aujourd'hui, une cerise pourrie presque vingt ans plus tard. J'ai lu récemment les accusations d'un ex-rugbyman, en mal d'existence post-sportive sans doute.

— Les joueurs du Brive 1997 étaient dopés. La preuve, il y a aujourd'hui cinq cas de leucémie avérés.

Faux. Médicalement et abominablement faux. Par bonheur, tous les acteurs de l'épopée se portent parfaitement bien. Si c'était le cas contraire, ça se saurait. Et puisqu'on parle de leucémie imaginaire, c'est l'occasion de conclure cette parenthèse tragi-comique par un cas de leucémie, avéré celui-là. Sans doute la photo la plus bouleversante que je garde en mémoire de la « belle aventure ». Il s'appelle Jean-Marie Soubira. En 1993, bien avant que j'arrive au club, il avait été foudroyé par ce mal sournois. Et pas question de conséquences d'une quelconque surdose de produits musclant, il a toujours été épais comme une galette des Rois chez Sodexo.

Au pied de l'avion qui nous avait ramenés chez nous, triomphants, c'est à lui que les joueurs ont offert le trophée en premier. Le crâne nu, coiffé du bonnet des « chimios », il rayonnait. Je ne veux garder que ce sourire-là en souvenir de ce traquenard glorieux. Il efface à lui seul tous les coups bas, les ingratitudes et les fourberies d'une poignée d'importants. Les mêmes, encore les mêmes. Des notables. Si, par étymologie, on rapproche l'appellation de « notation », je leur mets zéro.

— Quand j'allais faire le ménage chez eux, ils me passaient la main aux fesses, disait Maman.

Et elle ajoutait :

— Les gitans et les voyous ne m'ont jamais mis la main aux fesses.

La guitare autour de mon cou n'est pas une décoration, c'est un devoir de mémoire.

Quoi qu'il en fût, j'aime toujours profondément ma ville et plus que tout mon club. J'applaudis sans retenue à ses nouveaux exploits. Mais j'espère de tout cœur qu'au jour de mon décès, Alzheimer-la-Gaillarde aura la délicatesse de m'éviter la minute de silence dans un stade muet. Non seulement je l'espère, mais je le demande. « Les Sardines », je veux bien, mais l'ange qui passe, non ! Parce que je n'en suis pas un, et que c'est tellement mieux, un stade qui chante !

— Merci, mon diable, pour la compensation ! La brûlure « Osons » soignée à la Biaphine « Coupe d'Europe », joli geste !

— C'est pas fini. Y a un petit supplément.

— Là, c'est trop.

— Non, c'est juste. Mais ne t'enthousiasme pas trop, j'ai encore beaucoup de fractures en réserve.

— Je me doute... Alors c'est quoi le petit plus ?

— Un nouveau père de substitution.

— Il s'appelle comment ?

— René Coll, un chef d'orchestre.

— Je le connais déjà.

— Je sais. Mais attends l'été 1998 et tu vas le connaître mieux. Et c'est sûrement lui qui t'apprendra le mieux à te connaître, toi.

« Et samedi prochain on ira faire la fiesta, la fiesta ! » Mon premier tube. Un hymne à la joie en ce juillet 1998, dans une France en extase après le triomphe des bleus en Coupe du monde. Même pas prémédité. Un accident de parcours. Pour le plaisir encore une fois. Une chanson rapportée d'Amérique du Sud par mon JP en vacances. Et comme ça, histoire de se taper un kif de musiciens, j'en ai fait une adaptation pour fêtards. Je ne préjugeais pas une seule seconde que cette petite parenthèse festive serait le premier point de colle de mon étiquette AOC : « Chanteur pour noces et banquets ».

Si ça se trouve, la seule chose qui restera de moi. C'était bien la peine de faire l'Olympia douze fois en imitateur reconnu. De me grimer, d'inventer des concepts d'émissions, d'écrire des pages et des pages de livres, de scénarios, de pièces pour qu'on ne retienne que des serviettes qui tournent un soir d'anniversaire. Mais bon, j'accepte la compensation du diable bienveillant. Bonne nouvelle : il y a des discothèques en enfer. Le contrepied commercial aux harpes languissantes du paradis, sans doute. Et c'est en discothèque, justement, que je trimballerai ma carcasse pendant cet été 1998. Déjà vieux à quarante-quatre ans dans une galaxie de minots déchaînés. Voyage au pays des d'jeun's. Trois heures du mat. Sono à donf. Les mains au-dessus de la tête, envoyez le « waï » ! Décidément, j'aurai tout fait. Qu'est-ce qu'il me manquera à la fin ? DJ Camomille à l'« hospice des pinsons du matin ». Rien n'est perdu. On ne sait jamais !

Pourquoi chanteur populaire ? Encore et toujours, le retour aux sources. À l'enfance. Au rêve de gosse. Enfin, un peu plus. « L'enfadolescence », comme dit mon pote Lama. Quinze, seize ans, la libido à fleur de paume de la main. En fin d'acné. Con comme un demi-grand. Mais libre, joyeux et insouciant. Heureux, quoi ! C'est fou, ça ! Si ça se trouve, dans nos provinces de la fin des années soixante et du début des années soixante-dix, on était peut-être malheureux et on ne le savait pas ! Parce qu'il n'y avait pas le triste du vingt heures pour venir nous le répéter à longueur de journal. On ne le savait pas, nous, qu'il y avait la guerre partout, que la planète allait mourir, qu'il n'y avait plus de boulot, de la violence à chaque coin de rue, de la précarité, des drames, des attentats. On savait juste qu'il y avait bal, samedi, avec Sentimental Trompette et ses choristes. Je caricature bien entendu. Tant que ça ?

Allez, je te kidnappe et je t'emmène au dancing. Pour que tu comprennes bien tout. Bien sûr, si tu fais dans l'excellence musicale, ne viens pas. Tes oreilles vont être écorchées par les fausses notes. Tes yeux aussi par le look improbable des musiciens de l'orchestre. Cheveux longs, chemises flashies, pantalons pattes d'ef. Un cauchemar pour Cordula, l'esthète de la fringue de concours à la télé. Le parquet rose et vert. Les banquettes de bois. La sono, pareil. En bois ou presque. Histoire de ne pas y repérer le dièse de trop ou le bémol malvenu. Le tampon d'encre sur le poignet en certificat de sortie. Pour pouvoir entrer à nouveau après le culbutage express de la coiffeuse à l'arrière de la 4L. Voilà pour le décor. Pleins feux sur les héros, maintenant. Enfin, les zéros plutôt.

— Pourquoi tu me regardes, toi ?

— Mais je ne te regarde pas.

— Ah bon ! Alors pourquoi tu me regardes pas.

Le beau prétexte !

Et allez, la valse des taloches ! Le tango du bourre-pif. On était cons comme des rugbymen en nouba. Ce qu'on était. Sillonnant les fêtes de petits bourgs à l'affût d'une baston providentielle. Sans couteau, sans batte de base-ball. Des bagarres à l'ancienne, comme disent les vieux. Propres. Comme si se tabasser sans raison avec son prochain avait quelque chose d'immaculé. Et puis, encore moins immaculé, on se soûlait par tradition. Avec les papys imprégnés en juges, consternants de sentences primaires et stupides :

— Celui-là, c'est pas un homme, il tient pas la bouteille !

Parfois, en fin de parcours, on se retrouvait à escalader une consentante sans autre précaution qu'une éjaculation retenue et aspergée dehors au dernier moment. Pour se prévenir d'un mioche malvenu de plus. C'est pas du romantisme, ça ! Te dire que j'en ai honte aujourd'hui ? Oui. Mais pas tant que ça. C'étaient des égarements d'ado bien moins dangereux que les overdoses de maintenant, les règlements de comptes au cutter et les tournantes en fond de cave. À chaque époque son pire. Je préférais mon pire à moi, voilà tout. Et tous ceux et celles de ce temps que je croise aujourd'hui m'approuvent, évidemment. On n'a même plus les uns contre les autres les dents qu'on s'est cassées. Et on pleurniche ce que les futurs vieux d'aujourd'hui pleurnicheront sûrement dans cinquante ans :

— C'était le bon temps !

Parce que, d'accord, des outrances de blaireaux, mais une joie de vivre à toute épreuve. Des flirts fleur bleue. Des slows interminables. Une tendresse émue pour les petites vieilles en sentinelles surveillant leur descendance. Va mettre une ancienne en tapisserie au VIP Night Room d'aujourd'hui ! Incendiée, vilipendée par le geek arrogant. Il serait même capable de lui voler sa poudre de riz pour s'en faire des lignes. Et la musique, dis, la musique ? Consternante parfois, mais si délicieusement kitsch. Le guitariste en tongs, le batteur en sueur, le pianiste aveugle, les choristes éraillées, et le chanteur en col pelle à tarte. Il hurlait « Capri, c'est fini » comme si Hervé Vilard venait de le mordre. Alors oui, pour les tympans, on aurait bien aimé que ça finisse. Mais aujourd'hui, j'aimerais tellement que ça recommence.

On a les nostalgies qu'on peut. De mon lit d'enfant privé de veille trop tardive, les soirs de fête au village, j'entendais, au loin, l'accordéon poussif et les chorales d'éméchés. Une ambiance, des claquements de mains, des refrains faciles, comme dans mes chansons d'aujourd'hui. Une madeleine que le temps a émiettée dans le sac de toile du marchand de sable. Je m'endors encore souvent au son du bal populaire. Ma petite musique de nuit quand les ennuis du jour m'ont volé les étoiles. Dans ma tête. Juste dans ma tête. Alors, chanteur populaire, oh que oui ! Sans remords. Un ultime bout de cordon ombilical. Celui qui me relie encore au vrai bonheur. Celui des tout débuts. Du paradis. Quand le diable bienveillant, au tempo d'une valse lente, faisait virevolter une robe vichy au-dessus des bas couture d'une belle brune qui riait, riait, riait. Chanteur populaire par devoir de mémoire aussi. Ce que tu peux me manquer, Maman !

Le tampon du bal a encré ma mémoire à jamais. Le son distordu de l'orchestre aussi. C'est pour cela qu'en juillet 1998, quand j'ai croisé René Coll par hasard, mon cœur a bondi. René, c'était l'orchestre de province. Le vrai. Gambadant de salle des fêtes en place de village depuis des lustres. Et, miracle, malgré la concurrence économique des discomobiles, toujours en campagne. Un des derniers des Mohicans. Mes yeux se sont illuminés.

— Qu'est-ce que j'aimerais faire le chanteur de bal avec toi. Rien que le temps d'une chanson, ça me régalerait.

— Toi ? Mais t'es une star. Tu cartonnes à la télé, t'as fait des Olympia énormes. Qu'est-ce que tu veux foutre sur la place d'un village paumé ? Tu déconnes ?

Je n'ai même pas répondu. On s'est parlé des yeux. Trente secondes, pas plus. Il a tout compris et il s'est fendu de son plus beau sourire.

— OK, dans une semaine si tu veux, tu nous rejoins. On est sur une place dans l'Ariège. Je te préviens, c'est nature. Platane, saucisson, populace, buvette, loge dans les chiottes du gymnase. Il faut quand même que tu saches où tu vas.

— Évidemment. Qu'est-ce que tu crois ? Bien sûr que je sais où je vais puisque j'en viens.

Un renouveau de plus. Le début d'une fusion magique. Essentielle. Le contrepoids parfait à ma vie de Paris.

Si loin des jeux d'artifices, des flatteries, des crocs-en-jambe. Au début, ce sera une chanson seulement. Et puis deux. Et puis tout un tour de chant accompagné par les vingt musiciens du big-band. Sans autre écho médiatique que la gazette locale. Et pourtant. Des triomphes sur des places bondées, des stades, des bords de mer. L'autre France. Celle qui n'a d'intérêt pour les journaux télévisés que bloquée dans les encombrements de juillet, ou lorsqu'un orage a dévasté sa caravane.

Les directeurs de pensée du monde médiatique ont la conscience artistique très sélective. Le trio de violoncelle dans la chapelle semi-déserte, du grand art ! L'exposition de peinture rupestre à l'abbaye cistercienne pour dix-huit touristes paléontologiques eux-mêmes, un sommet ! Le castrat en concert privé au profit de l'association des organisateurs de concert privé, à ne manquer sous aucun prétexte ! Chaque été, les magazines et les journaux d'infos débordent de ces incitations au loisir qualitatif. La fête de la violette avec la Compagnie Créole devant vingt mille pékins qui zoukent jusqu'au matin, vous n'y pensez pas ? Le méchoui géant, la fête au rosé nouveau, ça va pas non ?

— Que le peuple se gave de plaisirs primaires, soit. Mais permettez-nous de ne pas l'y encourager. Rien que la vue de ces bacchanales de bas étage est une insulte à notre supériorité naturelle. La populace en foule est grossière, commune et désespérante. Soutenons de toutes nos forces les distractions élitistes, même ennuyeuses à mourir. Et au diable les amusements de gueux ! La France est déjà assez sale comme ça. N'y ajoutons pas la sueur malodorante des fêtards en transe.

Je me souviens d'avoir proposé un jour à mes patrons cathodiques une émission festive : « Miss camping ». Je les ai choqués autant que si j'avais proposé « Miss cancer ».

— Ah non ! Ou alors on change l'intitulé. Le camping, c'est vulgaire !

La fracture irréparable entre eux et moi. Entre leur convenable et mon indispensable. La vraie vie. Et c'est cette vraie vie qui me remettra définitivement sur les rails. Vus de la scène, les gens entassés aux barrières, les grandes tablées, les buvettes en plein air, les tonnelles, les salles des fêtes, les parcs d'attractions. Et les ripailles, les festins de rois au vin rouge de manant, les chants joyeux, paillards, sans honte, sans retenue. Les mariages, les anniversaires, les baptêmes. Les fêtes de braves gens. Le carnaval des oubliés. Parce qu'il faut bien colorier le gris d'un quotidien à bout de souffle. Une poignée de confettis, c'est déjà ça. En attendant l'arc-en-ciel.

Et puis, derrière nos estrades, en coulisses, la bonne humeur pagnolesque de René. La chaleur de son clan. Musiciens et famille mêlés. La simplicité, l'authenticité. Les barbecues sauvages. Les chansons populaires en chorale désaccordée. Les éclats de rire tonitruants aux blagues les plus outrées. Sans le pincement de lèvres des offusqués « d'en haut ». Les vrais gens rient toujours large. Fort. Comme ils pleurent d'ailleurs. Sans fausse retenue.

Et bien sûr, en cas de malheur, les solidarités permanentes. Pour réconforter les blessés d'amour, de maladie, de deuil précoce. Au plus près. Sans pudeur surjouée. Les yeux dans les larmes. Des conversations sans fard, sans concession. La vérité. Tout au long de mes voyages au plus que profond de la France profonde, combien en ai-je enveloppé dans mes bras, des veufs inconsolables, des enfants malades, des exclus de tout ? Parfois laids, mal fringués, puant la sueur, le vin, le parfum bon marché. Et alors ? J'ai passé mon temps à serrer contre mon cœur des gens à qui la plupart de mes collègues d'en haut n'oseraient même pas serrer la main.

Je suis tout juste satisfait de ma célébrité, mais je suis diablement fier de ce que j'en ai fait. Et malgré tous les outrages qu'elle m'aura imposés, je sais déjà la récompense de ma dernière heure : je partirai la conscience tranquille.

Je l'aurai bien mérité, mon enfer bienveillant !

Tout ça pour arriver à nouveau sur la terrasse. Après trois ans de paliers, marche à marche. Du paillasson d'« Osons » au dernier étage, une lente escalade et l'été 1998 en ultime grimpette. Sculpté à nouveau dans ma terre, mon vrai, c'était obligatoire qu'elle arrive, « l'Idée ». Le concept de survie. Et elle arrivera. Multicolore, lumineuse et, cerise sur le gâteau, internationale. Je n'imaginais quand même pas que, partie du plus profond de ma province, elle ferait à ce point le tour du monde. Grâce à TV5, aujourd'hui, « Le Plus Grand Cabaret du monde » est la référence pour tous les numéros visuels de la planète. Ma « Piste aux étoiles » à moi.

Seize ans après son lancement, il est encore là, mon chapiteau du samedi soir. Solide. Rituel. Il est né à la sortie d'un bal de campagne, sur le coin de la nappe en papier d'une table de bodega. Autour d'une tournée de carthagène, l'alcool de joie local. L'Idée a jailli entre deux plaisanteries de mon pote Norbert, le taulier de l'endroit, à Carcassonne. Il me faisait l'historique du lieu :

— Au début, ici, j'avais monté un dîner-spectacle. Ça s'appelait « Le Cirque ». C'est ma passion. Les magiciens, les acrobates. Mais dans une petite ville, c'était risqué. J'ai plongé. Mais qu'est-ce que je regrette que ça n'ait pas marché.

— Et si je le remontais, ton « cirque » ?

— Ici ?

— Non. Partout. Pour des millions de clients. À la télé.

Et voilà. Tout est parti du cathare. À l'oreille, ça sonne pareil, mais le Qatar, pour une fois, n'y est pour rien. Au contraire. Ce n'est pas l'argent roi qui m'a porté. C'est la passion, le rêve, l'amitié, l'enfance. Et ça a marché au-delà de mes espérances. Comme quoi, la compromission n'est pas obligatoire. Me laisser mener par le bout du chèque est une facilité que je n'accepterai jamais. Seules mes envies ont la permission de me diriger.

C'est encore un conseil aux artistes en herbe, à tous ceux qui rêvent de gloire. Ne te laisse guider que par ta sincérité, ta vérité. Pour être sûr de séduire les autres, il faut d'abord se plaire à soi-même. Et puis la fierté bien placée est un investissement à long terme. Valeur de cœur contre valeur en Bourse. Du Pagnol dans le texte qu'aimait tant me répéter mon René qui me manque tant :

— L'honneur, c'est comme les allumettes, ça ne sert qu'une fois.

Fin 1998, je suis revenu sur la terrasse. Avec l'honneur. Et son bras, bien entendu, que je ferai au passage à tous ceux qui encore une fois m'avaient enterré avant l'heure. Un bras d'honneur donc à mes fossoyeurs. Et un deuxième dans la foulée à tous ceux dont j'évoquais plus haut la ségrégation artistique. Tu sais, les apôtres du qualitatif chiant. Soit dit en passant, la plupart du temps financé par les deniers publics. C'est-à-dire l'argent du méprisable, du blaireau. Ah, qu'il doit être fier, le festif des férias de Bayonne, de savoir que ses impôts financent le Festival d'Avignon !

— Et une retenue sur le cachet de cinquante mille euros du metteur en scène de *Hamlet nu au pays des escargots lyriques* pour payer la sangria à la buvette des festaïres, vous croyez que c'est possible ?

— Vous plaisantez, au prix où sont les costumes !

— D'Hamlet, ça m'étonnerait.

— Non, des escargots.

Bon, allez, je me calme. C'était juste pour le plaisir du délire. Du n'importe quoi. Pile dans le sujet. Parce que mon retour au pays des vivants en 1998 a accouché non seulement d'une émission mythique aujourd'hui, mais de plein d'autres petits. Joyeux, rieurs, insolents. Mes chansons festives. Sur la lancée de nos spectacles pour fiestas bariolées, on s'est dit :

— Et si, en plus de balancer les chansons des autres, on faisait les nôtres ?

— Oui, mais que du léger alors, m'a imposé René.

— Mais j'écris aussi de très belles choses, tu sais.

— Alors continue à les écrire, tes belles choses. Mais pour toi. Tu connais le proverbe des artistes ratés ?

— Non.

— Quand on se branle, on ne fait pas jouir les autres !

— Bien vu.

— Eh ben, les autres, ils veulent se lâcher, s'amuser. Ils ont la vie triste, tu sais. Tu crois que c'est si honteux que ça de vouloir la leur embellir un peu ? Bien sûr, on ne fera pas dans le contrepoint ni le bécarre inattendu. Trois accords, des cuivres en fanfare, une mélodie qui te prend la tête, des paroles faciles et roulez !

— Tu sais bien que le plus simple, c'est le plus compliqué.

— Je sais. Mais toi, t'as le sens de ça. Le petit air qui reste dans la tête, c'est ton truc. Et nous, on est de vrais musiciens. Sans nous vanter, des pointures. Trente ans de bals, crois-moi, ça forme. Y a pas meilleure école. On craint dégun ! Et puis franchement, tu préfères trois lignes de cirage de pompes dans *Musique hebdo* ou cinq mille mecs qui sautent sur tes chansons à la féria de Béziers ?

— Y a pas photo ! Mais on va quand même passer pour les blaireaux de service. Même toi, qui es fondu de jazz, on va te prendre de haut.

— Et alors ? L'important, c'est le bonheur de ceux qui nous écoutent. Les cigales, c'est que du bruit, mais avec le soleil et le pastis, ça devient de la musique.

— C'est de Pagnol ?

— Non, de moi… À la tienne !

Même que ça s'peut pas !

Je terminerai donc le quinquennat 1994-1999 par mer calme. Avec dans la soute de mon paquebot de croisière mon « Plus Grand Cabaret du monde » triomphant, un « Petit Bonhomme en mousse » m'installant définitivement chanteur populaire. Plus la sérénité affective retrouvée. Donc, si tu as tout bien suivi depuis le début, la perspective d'un nouveau *Titanic* paraissait inéluctable. La loi des compensations du diable bienveillant. Eh bien, non. En tout cas pas tout de suite. Le quinquennat suivant, et même au-delà jusqu'en 2008, sera aussi placé sous la protection d'un anticyclone relatif. C'est te dire si la tempête sera forte le moment venu.

Il y aura bien quelques coups de houle dans le chapitre qui va suivre, mais, même forts, ils seront bien dérisoires en regard de la lame de fond qui me naufragera plus tard une fois de plus. Elle aura pour seul avantage de ne pas être professionnelle, mais intime. Abominablement intime. Si tu n'aimes me voir que désarticulé, tu peux sauter le chapitre suivant. Pour aller te repaître des déchirures de celui d'après. On ne sait jamais. Ils sont tant à ralentir sur l'autoroute pour tenter d'apercevoir un bras sanguinolent ou, mieux, un cadavre dans l'accident sur la voie d'en face. La nature humaine. Voyeuse et impitoyable. Ces gens-là ont leurs failles, même si ce ne sont pas les miennes. J'en ai d'autres. Ils ont aussi des qualités que je n'ai pas, et il leur en manque certaines que je possède. Je sais que je ne vaux pas mieux qu'eux. Je sais aussi que je ne vaux pas moins.

C'est ça, l'humanisme, le vrai.

1999-2004
THE ARTIST

Je suis mort.

Si, si. Pour de vrai. Le 3 juillet 2014. Officiellement. La nouvelle a fait le tour du monde *via* le Net. Dans le temps, à Juillac, quand un vieillard cassait sa pipe, il fallait parfois deux jours pour que la nouvelle atteigne les fermes des alentours les plus éloignées. Là, en dix secondes, l'autre bout de la planète était déjà au courant. J'ai dû être un des derniers informés. J'ai été alerté par des messages téléphoniques d'amis effondrés et un coup de téléphone en direct d'un vieux pote en larmes.

Alors, moi qui ne vais que très rarement sur la « poubelle », j'y ai mis le nez. En le pinçant bien sûr, tant l'odeur qui se dégage de ce nouveau média qui nous a phagocytés est nauséabonde. Bien sûr, comme tout le monde, je m'y égare de temps en temps pour récolter quelques infos pratiques. Mais en prenant bien soin de déblayer auparavant les immondices qui sont la matière première de la plupart des sites et surtout de leurs blogs assassins. Le mot est bien choisi, puisque, en l'occurrence, ce jour-là, c'est moi qu'ils ont tué. J'ai même pu lire ma nécrologie. Heureusement qu'au moment où je refermais le couvercle ma Lily m'a enlacé en me murmurant :

— Je t'aime papa !

Et puis elle a fait au « revenant » un baiser au Nutella et elle a replongé dans la piscine. Par bonheur, elle ne sait pas lire encore suffisamment bien. Mais je l'ai imaginée avec effroi, un jour de gala lointain, surfant sur la machine infernale et tombant sur la fausse annonce de la mort de son père. À vomir. Mais tellement courant que ça ne me donne même plus la nausée. Juste une colère froide de quelques heures que l'impossibilité d'agir éteint. À quoi bon rêver de châtiment légal puisque aucun recours n'est possible ?

— Qu'est-ce qu'on peut faire ?

— Rien. Le site qui a balancé ça est étranger, m'a dit mon avocat, désolé.

Alors, on ne fera rien. Comme d'habitude. On attendra patiemment la prochaine fausse nouvelle, la prochaine calomnie, la prochaine insulte, la prochaine menace. Sans recours non plus. Parce que, dans la « poubelle », tous les déchets sont permis. Et les faiseurs de lois ont autre chose à faire que de traquer les éboueurs de luxe. L'urgence est au racket, crise oblige. Alors autant légiférer dans le rentable : l'automobiliste vache à lait ou le commerçant réfractaire aux normes de sécurité superflues. La dignité de l'homme est un concept trop flou. Et fermer d'autorité les sites orduriers ne rapporterait rien. Si ce n'est un tollé vengeur des hyènes anonymes pour entrave à la liberté d'expression.

Pendant l'année qui vient de s'écouler, j'ai servi, comme la plupart de mes collègues célèbres, de décharge publique permanente. Les étiquettes d'abord : voleur, ordure, gros porc, fumier, sale Juif, sale pédé, voyou, pourri de droite, salaud de gauche, artiste de merde. Et puis l'intérieur du paquet : je me suis converti à l'islam, je maltraite mes collaborateurs, j'ai abandonné ma femme, je possède trois châteaux. J'en oublie, bien sûr. D'ailleurs, si les cloportes manquent d'imagination, je peux leur suggérer quelques scoops, totalement authentifiés bien entendu : j'ai violé un hamster après l'avoir entouré de scotch pour pas qu'il éclate, j'ai des chiottes en or, je prends mon petit déjeuner en robe du soir, je suis le fils caché de Guy Béart, et j'ai un arsenal à la maison pour quiconque viendrait vérifier de près toutes les saloperies qu'on invente de loin.

Ça, c'est vrai. Parce que le réel danger est là. Nous, les « célèbres », vivons chaque jour dans l'angoisse qu'un illuminé prenne pour argent comptant tous ces faux crédits qu'on nous accorde. Et qu'il décide de se décréter bras vengeur. Ça m'est déjà arrivé. Par bonheur, sans dommage. Mais si tu apprends un jour que j'ai dézingué un poltron fanatique, ne sois pas surpris. Il m'arrive parfois de le souhaiter tant les menaces sont précises. J'ai eu, sur la « poubelle », des dizaines de promesses de représailles, de sévices et bien entendu de mort violente. En toute impunité. Si j'en fracasse un, l'état de légitime défense permanent dans lequel je me trouve ne pèsera sans doute pas lourd dans la balance de la justice, mais je n'aurai pas d'états d'âme. À bon entendeur, salauds !

— Mais c'est ignoble ce vous écrivez ! On ne peut pas inciter ainsi à l'autodéfense sauvage. Le danger, c'est vous.

Tiens, ça faisait longtemps. Les revoilà les faux justes, les moralistes à deux balles. Les véritables coupables d'un laxisme complice. À l'occasion de la promotion d'un autre livre, j'ai eu l'outrecuidance et surtout la bêtise de me lâcher sur ce sujet dans une émission à la radio. La chroniqueuse qui me faisait face a retourné le couteau dans ma plaie en m'accusant de tous les maux. Elle était si énervée que je ne pouvais plus placer un mot au milieu de sa logorrhée agressive. Je n'ai eu de solution que la fuite prudente en lui lançant à bout de patience :

— Va te faire enculer !

Ma façon à moi de présenter mes hommages de départ. Mais bon, tu me connais. La date de mon jour de naissance est le seul point commun que j'ai avec Stéphane Bern et sa politesse ampoulée en toute occasion. Et là, évidemment : le serpent qui se mord la queue. Déferlement sur le Net. Ma grossièreté. Mon impulsivité. Ma stupidité surtout. Et là, ce n'est pas eux qui le supposent, c'est moi qui l'affirme. Parce que le système est le plus sournois qui soit. Se défendre, c'est l'alimenter. Donc, j'ai clos la polémique par un communiqué laconique le lendemain :

— Je retire le conseil que j'ai donné à cette dame. Mais j'espère quand même qu'elle y est allée et que ça lui a fait du bien !

Une pirouette triviale en guise de clap de fin. Mon insolence aimable a eu encore quelques échos, et puis on est passé à autre chose. Même si, en secret, ça me démangeait de développer. De raconter la suite de l'incident bien plus révélatrice que l'incident lui-même. Mais à quoi ça aurait servi que je m'étende sur l'abject ? À nourrir et nourrir encore l'hydre à mille têtes vénéneuses ? Surtout pas. Il est là, le piège. Pour ne pas alimenter le feu de la rumeur, on doit en accepter les braises. Tenter de les éteindre, c'est les ranimer. Et pourtant, ce soir-là, j'en crevais de raconter le « off » d'après.

Allez, je te le dis rien qu'à toi. Parce qu'on est entre nous, et que si aujourd'hui ça part encore dans la « poubelle », je trouverai bien le moyen de refermer le couvercle à temps, une fois de plus. À la suite de mon conseil sodomite, j'ai quitté le studio. Mais « l'offensée » n'a pas lâché le morceau. Normal, mes propos étaient insultants, il était logique qu'elle y réponde. Elle m'a poursuivi dans le couloir et agoni d'injures. Toujours normal. Et puis, ça, c'est bien moins normal, elle m'a craché dessus en me hurlant :

— Vas-y, tape-moi, t'en meurs d'envie !

La sale provoc ! Tellement facile. Tellement dégueulasse. Elle n'attendait que ça pour pouvoir hurler au monde entier la violence infâme du macho avéré. Évidemment, je n'ai pas fait le moindre geste. Même pas celui d'essuyer le crachat sur ma joue. Elle m'a bousculé une dernière fois, à tout hasard. Dieu que les femmes sont laides quand l'excuse de leur sexe dit faible les autorise à ces provocations-là ! Ce n'est pas la première que j'ai croisée armée de cette bassesse. La coupable dont l'unique sauvegarde est de devenir victime. Je me souviens d'un spectacle où Sardou s'était fait gifler par une femme qui portait son enfant dans les bras. Comme ça. Pour le plaisir du mal fait sans aucune chance de représailles. Aragon avait raison : « La femme est l'avenir de l'homme. » En y ajoutant son bémol, Maman aussi avait raison : « La femme est aussi, parfois, la honte de la femme. »

En rentrant chez moi ce soir-là, je suis allé serrer ma Lily dans mes bras en priant de toutes mes forces pour qu'elle ne devienne jamais une de celles-là. Qu'elle grandisse délurée, fantasque, rebelle si elle le souhaite. Mais qu'elle s'applique à ne jamais être indigne de ses rêves de princesse. Que les deux lettres de son chromosome « XX » ne terminent pas les mots « honteux » et « pernicieux ». Mais plutôt « respectueux » et « lumineux ». Que la diablesse bienveillante lui garantisse une féminité éblouissante ! Qu'elle emmène le plus longtemps possible avec elle l'âme des peluches éparpillées autour de son lit. La douceur de l'ours, la fierté du tigre, la fidélité du chien. Il n'y a pas de crapauds en fourrure sur les oreillers des petites filles.

Et puis, qu'elle n'oublie jamais qu'être femme n'est pas un état, c'est une mission : être la plus exemplaire possible. Faire des enfants ne suffit pas à être mère. Pas plus que maquiller ses lèvres et ses yeux suffit à être femme. Être femme, c'est être un dieu. Mais en mieux. En beaucoup mieux.

Ce soir-là, j'ai fini ma nuit sur la terrasse de ma grande maison de Boulogne. Encore brûlant de l'altercation du jour, il me fallait de l'air frais. J'ai ruminé un peu, et, lentement, la boule au ventre s'est estompée. J'ai allumé la dernière cigarette et mes yeux ont détaillé le cadre luxueux. Spacieux. Si loin de la soupente de la rue Laugier de mes débuts. Fier bien sûr du chemin parcouru. Rassuré. Mais...

— Ça vaut combien ? m'a demandé un jour un ami.

— Ce que ça me coûte, ai-je répondu.

Le prix des crachats, des colères rentrées, des humiliations. Tout ça pour ça. La moquette au prix du gravier qui me raye le cœur. Le confort matériel au tarif du foutoir intérieur. De particulier à particulier. Finalement, je les ai bien mérités, mes mètres carrés de parvenu. Je les ai achetés bien au-dessus du cours. Le travail acharné en cash et les délations à crédit. À payer jusqu'à ma mort. Ça c'est du viager !

Et, en 2000, j'aurai encore du lourd sur mon compte courant. Si ce n'est que l'aventure ne me paiera même pas de quoi m'acheter un canapé. Je me contenterai de m'allonger sur l'ancien, les mains derrière la tête, le sourire aux lèvres, satisfait du travail accompli. Parce qu'au-delà des mille tourments qu'il a engendrés, je suis particulièrement fier d'avoir mené jusqu'au bout ce projet perdu d'avance. Le film s'appelait *T'aime*. Une folie douce. Pas le film lui-même, mais l'entreprise dans un monde hostile et dédaigneux.

— Pour qui il se prend, celui-là ? On ne passe pas impunément des paillettes télévisées et des chansons de basse qualité au septième art. Le grand écran est noble, le petit porte bien son qualificatif. Fuyez, manant, vous n'avez rien à faire à la table des rois !

Je connais tellement le refrain. La consolation fut que je savais à quoi je m'attendais. Donc la pluie de hallebardes ne m'a pas surpris. Et puis je n'ai pas fait un chef-d'œuvre. Même pas du cinéma, juste un film. Et qui plus est, je l'ai écrit, réalisé, joué et produit. Au rabais, bien entendu. Avec, comme d'habitude, la perspective du combat plus que de la victoire. Heureusement, parce que ce fut une défaite cinglante. Et pourtant, même si ce fut un « échec commercial », comme on dit, certains le trouvent magnifique, ce film. Si, si. Vraiment. Albert, le grand Dupontel, m'a confié un soir d'amitié :

— Le même film signé par un autre, ils auraient crié au génie. Il te manquait l'écharpe autour du cou, l'anonymat, un beau-frère aux *Cahiers du cinéma*, Jean-Pierre Léaud dans la distribution et deux ou trois séquences muettes où on comprend que l'anti-héros n'est pas sûr d'être ce qu'il est tant qu'il ne mérite pas d'être ce qu'il sera.

J'ai éclaté de rire et il a enchaîné :

— Bon, il te manquait aussi du professionnalisme. L'histoire est belle. Ça fait un joli cadeau, mais tu as été un peu léger sur l'emballage.

— Tu as raison. Ce n'est pas mon métier. C'était juste une parenthèse. C'est pour ça que je pense que ça méritait certainement des critiques, mais pas des insultes. Je te rassure, j'ai retenu la leçon. Un film, j'en aurai fait deux fois : la première et la dernière. Mais l'essentiel, c'est que je suis allé au bout et que j'ai vécu des moments formidables.

Formidables, oui. Chaque fois que je voyais sur l'écran mon imaginaire devenir réalité, mes personnages inventés prendre vie. Formidable, le jeu d'acteur des établis : Jean-François Balmer, Michel Duchaussoy, Myriam Boyer. Formidable aussi celui des deux mômes qui assuraient les premiers rôles : Marie Denarnaud et Samuel Dupuy. Au passage, ils auraient pu au moins me reconnaître ça, les vautours. Deux inconnus en tête d'affiche pour un premier film, c'est pas courant. Formidable de tourner ce que je voulais, où je voulais, sans la moindre contrainte. En totale autogestion. Formidable et parfois si bouleversant. C'est pendant ce tournage qu'Annie Girardot prendra conscience de sa maladie. Au détour d'une phrase anodine :

— Là-haut, sur le rocher près de la Vierge noire... Excuse-moi, Patrick, je ne me souviens plus, je reprends...

— Pas de problème, Annie.

— Là-haut, près du rocher noir... Non, merde, c'est pas ça... Près de la Vierge qui... Pardon, je recommence.

— Bien sûr. Ne t'inquiète pas, c'est normal, il fait chaud et ta robe est très épaisse.

Il faisait chaud, bien sûr, mais ce n'était pas la raison de son blocage. C'était le froid qui commençait à envahir sa mémoire. On a fait encore une dizaine de tentatives sans que la phrase sorte correctement. J'ai demandé une pause.

— Allez tous boire un verre ! Il fait trop chaud. On reprend dans un quart d'heure.

La vieille dame est restée un instant le regard dans le vague. Et puis elle a attrapé ma main, l'a serrée en y plantant ses ongles, et elle a murmuré, des sanglots dans la voix :

— Tu vois bien que j'y arrive plus !

Elle y est quand même arrivée. Jusqu'au bout du film. Mais ces quelques mots de résignation sont inscrits dans ma mémoire à jamais. Avec leur corollaire obligatoire. Le même que pour Chirac. Nos gloires ne sont que des acomptes du diable bienveillant. La note à payer est à la hauteur du crédit. Annie fut certainement une des plus grandes actrices du siècle passé. La fin du film de sa vie fut aussi pathétique que le scénario était étincelant. *Fatum* encore et toujours. Paix à ses larmes.

Aujourd'hui je ne regrette pas une seule seconde cette aventure cinématographique mi-délices, mi-torture. Les quolibets des spécialistes à sa sortie, son échec en salle, le dédain, le mépris sont largement compensés par les messages de satisfaction quand il passe à la télévision, succès d'audience et d'estime à la clé. Et puis il a été surtout l'occasion de recevoir mon plus beau cadeau d'anniversaire, le jour de mes cinquante ans. Balmer est arrivé les mains vides. Il a planté ses yeux dans les miens, et m'a balancé d'une traite, le sourire en coin :

— J'ai rencontré cette semaine le critique cinéma de France Inter qui avait démoli ton film avec virulence. Je lui ai demandé s'il l'avait vu. Il m'a répondu : « Non... » Bon anniversaire, Patrick !

Avant de refermer cette parenthèse cinématographique, un dernier détour. Sans doute la péripétie la plus inattendue de l'aventure. Un boomerang que le diable bienveillant avait lancé une nuit de novembre 1975 et qui me percutera vingt-cinq ans plus tard. Encore un œuf plus gros que le cul de la poule. Mais comment aurais-je pu imaginer en sortant du lit de la jouvencelle qu'elle se transformerait en sorcière pour me jeter un mauvais sort ? En mettant le plus possible de bâtons dans les roues de mon carrosse. Ça m'apprendra à jouer les princes charmants !

Encore une fois, fidèle à mes principes de bandit d'honneur, je ne citerai pas de nom. Je l'appellerai « X ». Elle avait dix-huit ans à l'époque, « X ». Enfin d'après ce qu'elle m'en a dit le jour de nos retrouvailles hasardeuses. Mes souvenirs sont flous. Mais, en cherchant bien, je me suis rappelé effectivement cette blondinette que j'avais raccompagnée pour une nuit d'amour après un passage dans un cabaret de Versailles à mes débuts.

Pour elle, apparemment, le « Roi-Soleil », pour moi le souvenir d'un gentil rayon, sans plus. Une fois le plaisir consommé, on avait parlé de tout et de rien. Surtout de rien en ce qui la concernait puisque ce n'est que vingt-cinq ans plus tard qu'elle m'avouera que notre accouplement était le premier pour elle. Moi j'avais évoqué, les yeux luisants, mes rêves de débutant. Et quand j'avais abordé l'Olympia, elle avait avancé les relations de son père, un homme influent dans le cinéma, ami de Bruno Coquatrix, le patron du « temple ». Et on s'était quittés avec une promesse incertaine de nous revoir qui tomba aux oubliettes. Voilà pour le lancer du boomerang.

Vingt-cinq ans plus tard, en cherchant un distributeur pour mon film, je suis tombé par hasard sur elle. Son chemin de vie avait mis tout ce temps-là à croiser le mien. Elle se souvenait de tout, moi de rien. Elle m'a signifié d'emblée une rancune que je ne comprenais pas.

Mon premier Olympia, elle s'en disait responsable par l'entremise de son influent de père. Ce qui était faux, je te l'ai raconté. Je le devais, même en oubliant mon talent éventuel, à un copain de cabaret et à une standardiste auvergnate, tu te souviens ? Toujours est-il que, forte de cette certitude erronée, elle tenait sa vengeance nourrie du fait qu'à l'époque je ne l'avais jamais revue. Pour elle, c'était clair : je ne l'avais séduite que dans le but d'un coup de pouce.

Je vais être trivial jusqu'au bout, mais je te jure bien que ce n'était que pour un coup de queue... de billard, bien entendu. En l'occurrence à trois bandes. Puisque de rebondissement en rebondissement, je subirai l'embargo du père vingt-cinq ans après. Le « très influent » dans le monde du cinéma l'était encore plus en 2000 qu'en 1975. Il avait cru sa fille sur parole. À sa décharge, quel père ne le ferait pas ? Et c'est sur ses ordres que je serai privé d'une distribution de mon film dans un nombre de salles suffisant. À Paris, je ne sortirai que dans quatre seulement. Vengeance tardive mais efficace.

Voilà.

Clap de fin.

Le film s'appelait *T'aime* et n'était pas pire qu'un autre. Il n'a rien ajouté ni enlevé à ma carrière. Juste un accroc de plus au tissu de ma mémoire. J'ai repris ma route de chanteur festif et d'animateur du samedi comme si de rien n'était. Même pas blessé. À peine égratigné. Je l'avoue : je pense que je ne suis pas fait pour le cinéma, et, bien plus probablement, que le cinéma n'est pas fait pour moi. Sans rancune, parce que j'adore le cinéma. Je suis peut-être un acteur. Les mois qui viendront en décideront. Si jamais il s'avérait qu'on me trouve ce talent-là, et que le septième art fasse soudain appel à moi, imagine ma jouissance !

— Je sais Maman, revanche, pas vengeance.

— Moi, je l'aimais beaucoup ton film.

— Moi aussi. Alors, ça suffit à mon bonheur.

Un moment d'égarement donc, et retour à la case attribuée : joyeux de service. Avec une récompense en prime. Un 7 d'or, le deuxième. Dont je me foutais éperdument. Si ce ne sont les applaudissements nourris, je déteste les récompenses. Les flagorneries en statuettes, médailles et autres décorations. Je suis profondément allergique à la reconnaissance officielle. Et les discours emphatiques qui vont avec me hérissent. Surtout depuis l'attribution du premier 7 d'or à l'automne 1990, quelques mois après la mort du petit.

Tu parles d'un dédommagement ! Parce que c'était ça, hélas ! De la compassion officielle. Et la *standing ovation* qui va avec. Et je contemplais ces « professionnels de la profession » en mission obligatoire d'apitoiement. Comme si leur reconnaissance de circonstance pouvait me consoler de quoi que ce soit. Il y en a même un qui a osé me l'avouer en face :

— Ce n'est pas grand-chose ce 7 d'or. Tu n'en as pas besoin puisque tu as la récompense du public. Mais on s'est dit que là, ça t'aiderait peut-être à surmonter cette terrible épreuve.

Que peut-il se passer dans la conscience atrophiée de ces gens-là pour imaginer une seule seconde que leur statuette épineuse pouvait être d'un quelconque secours ? Il est toujours planté dans mon bureau, leur certificat de détresse. Bien en vue. En face de la photo de mon fils disparu. Pas pour la fierté. Juste pour me rappeler chaque jour les vanités imbéciles de ce monde-là. L'hypocrisie reine. Les coussins hérissés de piques des trônes sur lesquels on nous installe.

— Et le gagnant est : Patrick Sébastien pour son émission : « Le Plus Grand Chagrin du monde ! »

Putain de télé !

Et puis tiens, tant qu'on y est, on y reste. Le 11 septembre 2001, l'attaque terroriste. Elle va percuter de plein fouet les tours jumelles de TF1, M6 et France Télévision : « Loana Superstar ». La série TV du siècle nouveau. « Les Envahisseurs ». Et David Vincent sait bien qu'il lui faudra convaincre un monde incrédule que le cauchemar a déjà commencé !

Il avait débuté quelques mois plus tôt, en début d'été, le cauchemar « Loft Story ». Le séisme médiatique. Enfin du bankable, du rentable, de la part de marché à coup sûr. Tout ça parce que John Démol, le pape du nouveau monde cathodique, avait tout compris. À partir d'un concept évident. L'œuf de Christophe Colomb. Pourri l'œuf, mais redoutablement efficace : en faisant un spectacle de ce que l'être humain a de plus ordinaire, voire de plus bas, on conforte la supériorité du téléspectateur. Les producteurs d'avant prenaient le problème à l'envers. Être spectateur du talent des autres, ça émerveille bien sûr, mais ça froisse l'ego. Pourquoi lui et pas moi ? Alors que là, c'était :

— T'as vu ces nases ! Je vaux quand même bien plus que ça.

C'est la clé de la télé-réalité. Et c'est pour cela que les organisateurs en sont à peine blâmables. Ce sont nos orgueils, nos suffisances qui alimentent la source. Personne ne nous contraint au spectacle de la médiocrité. Mais elle est si rassurante. Elle nous étalonne à l'étage supérieur. Une vieille recette que les politiques ont comprise depuis longtemps. Éradiquer les clodos, leur donner les conditions indispensables à leur dignité, ça ne coûterait même pas le prix d'un sous-marin nucléaire. Mais pour calmer la classe moyenne, bien plus nombreuse, il faut bien entretenir une sous-classe. Et le mouton énervé calme ses velléités de grand soir avec la philosophie des désespérés :

— On ne va pas se plaindre. Y a pire !

Ça, c'est la première idée de génie. Et la deuxième, commercialement imparable :

— Les gens de talent, ça coûte un bras parce que c'est rare et que c'est du travail. Les ordinaires à qui on ne demandera que d'être eux-mêmes, il n'y aura qu'à lancer une épuisette pour en pêcher cent. Et ils seront ravis en plus de se donner l'illusion d'exister sans aucun autre salaire qu'une célébrité provisoire.

— Mais les dommages collatéraux, monsieur, quand on va les relâcher dans le flot de la vie ordinaire ? Les moqueries, le soleil éteint, comme ça, d'un coup. Il y aura du désespoir, des suicides peut-être.

— Et alors ? On n'est pas des caritatifs, on est des commerciaux. Faut savoir ce qu'on veut. Une vie d'Abbé Pierre, le béret sur le côté, la soutane mitée et la bite en berne, ou le yacht, la coke et les gonzesses ?

Alors, à partir de 2001, les stars de la télé-réalité balaieront tout sur leur passage. Ils squatteront la une des magazines, les conversations de bistrot, les discussions dans les repas de famille. Ils renverront les besogneux du petit écran à leurs chères études. En instillant sournoisement dans l'esprit de nos gosses l'inutilité des études, justement.

Pourquoi s'emmerder avec les sciences, les maths, l'histoire et la géo puisque l'inculture est un gage de succès et d'enrichissement bien plus rapide ? Et encore plus pernicieux, pourquoi s'appliquer à la dignité et au respect de chacun ? Puisque l'agressivité grossière, la vulgarité hurlée sont les garanties d'un « buzz » assuré. En se faisant enfiler dans une piscine, Loana est devenue plus célèbre qu'Archimède. Hydrostatique contre hydro-extatique. Les ch'tis à Syracuse. Putain de télé encore une fois !

Je persifle et je signe ! Comme ça, les archanges siliconées pourront continuer à en faire des caisses. Tu sais, ces nouvelles bimbos GGPC. Grande gueule, petit cerveau. Me traiter de dégueulasse, souhaiter que je « clamse » bientôt (si, si, l'une d'entre elles l'a dit). Tout ça parce que j'ai osé dire que la télé-réalité était une branche voisine de la prostitution. J'ai bien précisé « voisine ». Une exposition en vitrine, faux seins en étendard comme seul argument artistique. Une indécence à étaler la fortune amassée sur l'unique mérite d'une intelligence en berne. Ajoute à ça la lascivité obligatoire pour faire bander le tout-venant, ce n'est pas du racolage, ça ?

Au lieu de s'en offusquer, elles feraient mieux de l'assumer, les poupées gonflantes. Comme nous tous, les célèbres, moi compris. Parce que nous vendons tous plus ou moins nos charmes pour appâter le client. Et il ne paye que s'il jouit. La différence n'est que sur les moyens de la retape. Nous, on se le fait à la sueur de notre travail, notre tapin, pas à la paresse, à la laque, au gloss et au silicone. Finalement, je retire ce que j'ai dit. Prétendre que la télé-réalité est une branche voisine de la prostitution, c'est pas sympa pour les putes !

— Là, tu exagères, s'emporte Maman. Il est où ton humanisme ? Si ça trouve, sûrement même, elles sont très gentilles, ces gamines.

— Il manquerait plus qu'elles mordent !

— Alors excuse-toi.

— Pardon ?

— Excuse-toi auprès des gens qui t'aiment d'avoir consacré autant de lignes à quelque chose qui n'en méritait aucune.

— D'accord... Excusez-moi... Et je demande pardon à ces jeunes filles si je les ai blessées. Sincèrement.

— Tiens donc ! Et pourquoi ce revirement soudain ?

— Parce que c'est ma nature. J'aime aussi être exaucé du mal que j'ai fait sans le vouloir. Parce que si ça se trouve, en disant ça, j'en blesse certaines. Ces mômes ne m'ont rien fait et mon but n'est pas de leur faire de la peine. On m'a rapporté que certaines s'estimaient bafouées d'être assimilées à une branche, même voisine, du plus vieux métier du monde. Alors, encore une fois, pardon !

— C'est bien, mon petit, mais ça m'étonnerait qu'elles l'acceptent, ce pardon.

— Tant pis pour elles. Moi, ça va mieux.

Demander pardon n'a jamais rien de déshonorant. C'est une garantie de sérénité. Je n'ai développé tout ce que tu viens de lire que dans le but de te convaincre de ça. Je me fous de ces gamines de foire et encore plus de leurs commentaires injurieux. Quelque part, c'est aussi une façon de payer ma dette envers elles. Puisque m'y attarder, c'est apporter de l'eau au moulin de leur célébrité qui ne tient que sur le fait qu'on parle d'elles. En fait, je voulais juste te donner une arme de plus pour enjoliver ton quotidien. La démonstration par l'exemple. Tu as vilipendé un ami, un voisin, un parent. À tort ou à raison, ça n'a pas d'importance. Mais si tu apprends que tu l'as blessé, demande-lui pardon. Même si ta fierté te retient, force-toi à faire le premier pas. C'est le plus difficile, mais c'est la garantie de poursuivre ton chemin de vie sans trébucher. On ne s'abaisse jamais à demander sincèrement le pardon, on s'élève. C'est celui qui refuse de l'accorder qui se dévalue.

« The Artist » donc, en titre de chapitre. Le film oscarisé. Jusque-là, tu dois te demander pourquoi. Pour plusieurs raisons. La symbolique de tout ce qui précède, d'abord. Pile dans le sujet. Les similitudes du scénario, toutes proportions gardées, bien entendu. Parce que l'arrivée de la télé-réalité dans le paysage audiovisuel a créé pratiquement le même séisme que l'arrivée du parlant dans le cinéma. La mise au rancard des valeurs en noir et blanc. Le déboulonnage des quelques statues de commandeurs au profit d'une multitude de nouveaux monuments en stuc. Et la parole donnée à tous, bien entendu.

Nous sommes passés brutalement d'une époque à l'autre. Du doux au brutal. Des petits chatons sur le calendrier des PTT à la meute de pitt-bulls sur jeux vidéo. De la petite maison dans la prairie au grand loft dans la banlieue. De Steve McQueen dans *La Grande Évasion*, qui ne pense qu'à partir du stalag pour être libre, à Steevy Drag Queen qui va tout faire pour rester prisonnier à La-Plaine-Saint-Denis. Un marqueur sociétal de plus. La liberté barrée du fronton des mairies. Et vu l'acharnement à démolir l'autre pour sortir gagnant de ces jeux de cons, l'égalité et la fraternité suivront. Le dénigrement des valeurs par l'exemple.

Ça, c'est pour l'image. La façade. La vitrine du magasin. Mais dans l'arrière-boutique aussi, on a changé de braquet. On a bondi du petit commerce à la grande industrie. Et dans ce cas-là, malheur à ceux qui restaient accrochés à leur petite échoppe ! Ils ont été peu nombreux. Très peu. J'ai été de ceux-là et je le suis encore. Oh, je ne me plains de rien ! Ma petite entreprise suffit à mon bonheur. Même si, rétrospectivement, je peux mesurer à quel point j'aurais pu mettre à l'abri de tout besoin matériel ma descendance pour trois générations si j'avais suivi la mode. Si j'avais moi aussi tâté du jetable, du formaté, du moderne trash, quoi ! En quelques mois, elles ont poussé comme des champignons en novembre, les émissions tièdes. À peu de frais et à peu de show. Le quotidien au plus près, au plus intime, au plus indécent. La rentabilité extraordinaire de ces formats *low cost* a fait tomber la grande majorité des petites boîtes de production dans l'escarcelle de quelques grands groupes internationaux. Et il m'a fallu une conscience en béton pour résister à leurs sirènes. Et surtout à leurs chèques.

Par un bel après-midi d'automne, ils sont venus à trois dans mon bureau. La « femme d'aujourd'hui » et ses poissons-pilotes. Des jeunots aux dents si longues qu'à défaut de parquet, ils auraient pu me bouffer la moquette. Eux sobres, premiers de la classe. Elle le regard précis. Limite provoc. La jupe bien au-dessus du genou. Pensez donc ! On est chez Sébastien. Un bout de cuisse, ça peut toujours servir. L'homme est grivois. Le terrain sera plus propice s'il fantasme de la charnelle. Une vieille ficelle d'entretien d'embauche. Ou de débauche puisqu'il s'agissait d'un « mercato » de circonstance. Peu d'entrée en matière. Trois cafés même pas touillés, et tout de suite le vif du sujet. D'abord la flatterie.

— Tu es le meilleur, Patrick. Le peuple t'aime depuis longtemps, et il a bien raison. D'ailleurs, tu me feras un autographe pour ma mère, elle te regarde tous les samedis.

Première erreur. Si sa mère me regardait tous les samedis, elle devait drôlement s'emmerder les trois autres puisque je ne passais qu'une fois par mois. Mais bon, à partir d'un certain âge, on regarde plus la télé, c'est la télé qui vous regarde !

— Je vais te parler franchement.

Deuxième erreur. Il n'y a que ceux qui s'apprêtent à ne pas le faire qui l'annoncent. N'oublie jamais ça, ça pourra te servir.

— Notre société de production est une des plus solides en Europe, tu le sais. Et elle veut racheter ta boîte. Je sais que ce que je vais te dire ne va pas forcément te faire plaisir, ton talent n'est pas en cause, mais c'est la loi du marché. À plus ou moins longue échéance, ta petite société est appelée à mourir. Ouvre les yeux. Ta télé de paillettes juste pour le plaisir du spectacle, c'est mort. C'est sirupeux, franchouillard, gavé de bons sentiments. Regarde autour de toi, le nouveau siècle est violent, cynique, sans pitié. Pour qu'une émission marche, il faut qu'elle soit le reflet de la vie. Pas d'une nostalgie dépassée. Profite de l'occasion. On est dans l'euro et tu calcules encore en anciens francs. La proposition est carrée. Un gros cash pour toi et après, tu es à notre service et tu nous laisses faire.

— D'abord, merci de votre franchise.

— Je te l'avais promise. Je sais que tu préfères ça aux précautions inutiles. Parce que tu es un homme, un vrai. C'est aussi pour ça que tu nous intéresses.

Troisième erreur. Une caresse sur l'ego un peu trop appuyée.

— OK. Et je suis assez d'accord d'ailleurs. Un sablier, c'est beau sur une cheminée, mais pour avoir l'heure exacte, il vaut mieux une montre chrono, non ?

— Exactement. Tu as tout compris.

— Mais je pourrai quand même faire la télé que j'aime ?

— Bien sûr. Mais, comment dire ? Plus économiquement. Tes acrobates russes et tes contorsionnistes chinois, c'est beau, mais ça coûte trop cher. Tiens, par exemple : on prend des amateurs et on fait un concours. Des bons gars de chez nous, pas de frais de transport. On ne les paye pas, il n'y a que le gagnant qui touche. Et en plus, comme c'est du profit au jeu, pas de charges et pas d'impôts ni pour eux ni pour nous. Ils vont se bousculer. Si on se démerde bien, on peut même trouver un magicien aveugle en fauteuil roulant qui fout la larme à tout le monde. Toi tu es la caution. Généreux, bienveillant, compassé comme tu sais si bien le faire, et c'est le Loto gagnant !

— Si je peux me permettre un mauvais jeu de mots, c'est bien vu.

— Tu peux, on est entre nous, ça ne sortira pas d'ici. Toi, en revanche tu peux en sortir blindé. Si on mise sur toi, c'est pour gagner un maximum. Et plus on gagnera, plus tu gagneras.

— J'aurai quoi d'autre à faire ?

— Des sacrifices dans ton entourage. On sait que tu payes largement tes collaborateurs, faudra peut-être revenir à la normale.

— Dans votre logique oui, mais c'est mes potes. Il y a quand même la dimension humaine.

— Pourquoi tu dis des gros mots ?

C'est vrai que le *deal* était alléchant. Sauver ma gueule dans une télé en pleine mutation économique. Ce que je peux être con ! Refuser le pont d'or et continuer à traverser à la nage. Tout ça pour une conscience à l'ancienne. Des valeurs de respect et de solidarité totalement obsolètes dans ce nouveau monde. Je me giflerais, parfois !

— Alors ?

— Alors, ça peut m'intéresser, ai-je menti de mon mieux.

Et histoire de me faire plaisir un petit quart d'heure de plus, j'ai enchaîné sur mes envies de renouveau. Une lucidité soudaine sur la réalité des affaires. Bien sûr qu'il fallait changer, évoluer. Et puis ranger les états d'âme. Et non seulement j'étais pratiquement d'accord, mais j'avais dans ma besace une tonne de projets cachés tout à fait dans leur logique commerciale dont ils seraient friands.

— Un exemple concret ?

— Oui. L'émission s'appelle « Le testament ». Un vieux comédien joue un mourant très riche qui n'a pas d'héritier. Douze candidats au pactole. Des anonymes recrutés dans la France la plus profonde possible. Le vieux doit léguer sa fortune au plus méritant. À charge pour le gagnant de montrer le meilleur de lui-même. Les téléspectateurs votent et, quand le vieux meurt, bingo ! Avec un pourcentage pour l'un d'entre eux, évidemment.

Elle a eu une moue dubitative. Au début, vu l'oblique dédaigneux naturel de sa bouche crispée, j'ai cru à un sourire. Mais non, c'était bien une moue.

— Oui, bof ! C'est que du bon sentiment tout ça.

— Ah non ! Parce que chaque candidat doit fouiller dans la vie privée des autres et en sortir le plus possible de saloperies pour l'éliminer. Du petit larcin à l'alcoolisme caché, voire aux attouchements sur la cousine.

— Pas sûr qu'on trouve des clients.

— Mais si. À partir d'une certaine somme, on trouve ce qu'on veut. Ils seront tous persuadés d'être intouchables. Nous avons tous des secrets honteux dont nous sommes persuadés que personne ne peut les découvrir. Mais en cherchant bien...

— C'est quand même limite, mais pourquoi pas ? C'est vrai que le tonton pervers pris la main dans la culotte de la nièce, ça peut faire du gros « buzz ». Et en même temps, qui nous en voudra de l'avoir démasqué ? Intéressant.

Les deux poissons-pilotes ont opiné dans le même balancement des ouïes. Je me suis levé et j'ai enchaîné, façon camelot qui veut te fourguer l'article du mois :

— Et c'est pas fini ! On fait mourir le vieux en direct. Pour de faux, bien sûr. En tout cas, la première saison. Faudra bien un petit « plus » pour la seconde. Par exemple, une piqûre de diabète s'il n'a déjà plus de sucre. Injectée à la bonne heure, il peut nous clamser en direct. Et le gagnant encaisse le pognon dans un cercueil en or. Feux d'artifice et infirmières en string !

Le regard jusque-là captivé de l'intraitable en jupe Chanel s'est brutalement obscurci.

— Tu te fous de notre gueule ?

— Oui. Mais ce qui m'étonne le plus, c'est que vous qui passez votre temps à vous foutre de celle des autres, vous ayez mis aussi longtemps à vous en apercevoir !

Je te jure qu'à quelques mots près, cette conversation a bien eu lieu. Et je suis rentré dans ma petite boutique pour continuer à faire l'artiste contre vents et marées. Dernière erreur : le cynisme de l'entretien m'a tellement remonté que j'ai décidé d'être encore plus

« The Artist ». Alors j'ai cherché et cherché encore. Et j'ai trouvé. Un concept absolument hors mode. À l'exact opposé de la boue dans laquelle mes visiteurs auraient tant aimé que je me vautre. Une émission sans concours. Sans SMS du public. Sans danseuses nues. Sans mère qui veut qu'on épouse son fils. Sans île aux cocus. Mais, je le reconnais, avec des « confessions intimes ». Attention, pas de la blondasse repeinte comme le collier de nouilles fabriqué par le gosse pour la fête des Mères. Tu sais, celle qui traite son mec de « pauvre merde » parce qu'il préfère le tuning de sa Mégane Sport aux « Feux de l'amour ». Non, de la confession intime de star du fond de l'âme, pas du fond des chiottes. J'appellerai ça « De l'autre côté du miroir ». Et de tout ce que j'ai créé, ça restera pour toujours une de mes émissions préférées.

Bien plus que de l'imitation. Du vol qualifié. Rentrer dans la peau de mon modèle trait pour trait bien sûr, mais aller bien plus loin. Bien plus profond. Lui voler son âme. Et ensuite, le tête-à-tête en totale improvisation pour saisir toutes les nuances de vrai. Avec deux variantes : soit un artiste vivant face à lui-même, soit un familier face à un disparu. Ce sera une aventure formidable aux frontières du réel. Et à l'occasion de la séquence sur Frédéric Dard, bien au-delà. L'émission nécessitera un mois de tournage. Yves Bigot, le directeur des programmes de France 2 à l'époque, mon ami, m'avait poussé :

— Fonce, Patrick.

— Je sais que c'est un OVNI, ce truc. C'est pas forcément un concept à faire de l'audience, mais au cas où...

Il m'a coupé, souriant et bienveillant :

— N'essaie pas de me convaincre de ça. Avec toi, je le suis de tout ce que tu proposes quand ta démarche est purement artistique. Et d'autant plus quand l'audience est secondaire. Vu ma fonction, je ne devrais pas te dire ça. Mais je te le dis quand même.

De tous les « provisoires » qui m'ont chapeauté à la télé, Yves reste le plus formidable. Et de loin. Parce que j'en ai eu des couvre-chefs élimés ! Des casquettes trouées, des hauts-de-forme bas de gamme, des tiares de taré, des mitres de pitre. Bref, des usurpateurs nommés par complaisance aussi incompétents en télévision que moi en jurassique paléogène. Ils étaient là pour me coiffer et ont passé leur temps à m'ébouriffer. Avec le dédain en plus, bien entendu. Et comme, quand on me prend pour un con, la diplomatie est loin d'être ma qualité première, ça a donné des sorties que je te laisse imaginer. Quolibets, claquements de porte et rugissements de bête sauvage. Sans conséquence notoire tant leur lâcheté mielleuse était étalonnée à égale valeur de leur inutilité.

Yves, lui, a su m'apprivoiser. À l'humain. À l'humour aussi dont il déborde. C'est à lui que l'on doit cet aphorisme que je serine à tous mes amis empêtrés dans des adultères ingérables et surtout incompatibles avec une vie professionnelle haletante : « Être vraiment fatigué, c'est mentir à sa maîtresse pour rentrer, peinard, chez sa femme ! » Mais là, on s'éloigne, revenons à mon miroir à deux faces. Et à toute l'équipe technique qui m'a accompagné dans l'aventure. Réalisateur, directeur photo, musiciens, coiffeur. Avec une pensée particulière pour ma maquilleuse aux doigts de fée, Brigitte Delouis.

Vois ma gueule ! Comment imaginer qu'on puisse me faire ressembler trait pour trait à Aznavour ou à Pierre Perret ? Et pourtant, grâce au talent de ma « fée », on y est arrivé. Bon, ensuite, il y avait aussi les ajustements d'éclairage et de caméra d'une précision méticuleuse. Et puis, bien sûr, la lumière intérieure. Cette intériorisation de comédien pendant laquelle je devais m'imprégner totalement de mon modèle. Un effort surhumain parfois, augmenté d'un trac fou. L'angoisse que « l'autre » ne voie qu'un masque de carnaval. Une statue du Grévin animée. Il ne fallait pas que je sois juste une réplique. Il fallait que je sois « lui ». Profondément et intégralement lui. Que, face à moi, il oublie totalement Patrick Sébastien, l'imitateur. Et, par bonheur, ce fut le cas, chaque fois.

— Je n'ai jamais eu confiance en moi, murmure Hugues Aufray à « l'autre » Hugues Aufray. C'est le drame de ma vie. Et pourtant, quand là je me vois « en vrai », je commence à comprendre. Finalement, je ne suis pas si mal que ça !

Émouvant, le vieux cow-boy. Comme Adamo, Lama, Galabru, Boujenah et tous les autres, à demi fascinés, à demi mal à l'aise devant leur double qui, outre la ressemblance physique déroutante, leur parlait avec leur voix et surtout avec leurs mots. Et bien plus émouvants encore Dani, Claude Gensac, Georges Lautner, en larmes devant Gainsbourg, de Funès et Ventura. Au point, parfois, de ne pas vouloir quitter le rêve. Extraordinaire, mais terriblement éprouvant. Après chaque séquence, je sortais bouleversé. Et, une fois, je sortirai laminé et je mettrai de longues heures à m'en remettre.

— Papa !

Ce fut le premier cri du cœur de Patrice Dard, le fils du grand écrivain, quand il m'a découvert assis au bureau, copie conforme lui aussi de celui de son génie de père. Frédéric avait quitté ce monde trois ans auparavant en emportant sa phrase de chevet dans le petit cimetière de Saint-Chef : « Je suis un vieux fœtus blasé, ma vie m'aura servi de leçon, je ne recommencerai plus jamais ! » Il recommencera quand même un peu dans ma peau, à l'occasion de cette séquence qui reste pour moi la plus mystérieuse et la plus mystique que j'aie vécue devant une caméra. Ce n'est pas de la forfanterie. Juste une fusion inexplicable dont seront témoins tous les techniciens présents. Au point qu'une fois la séquence terminée, personne ne bougera pendant cinq minutes. Émus et subjugués.

— Est-ce que tu te souviens des derniers mots que tu m'as dits sur ton lit de mort ? a demandé Patrice, la gorge nouée.

Comment voulais-tu que je sache ça ? J'aurais pu m'en tirer avec une pirouette. Dire que c'était loin déjà et que je ne me rappelais plus. Ou bien les lui faire dire à lui, ces mots-là, et juste approuver d'un attendri :

— C'est bien ça.

Mais c'est sorti comme ça. Naturellement. Sans hésitation.

— Oui, je me souviens. Quand j'ai vu arriver ce putain de voile noir, je t'ai dit : « Je t'aime. »

Et Patrice a approuvé :

— C'est ça.

Je reste persuadé qu'à ce moment-là, ce n'était plus moi, l'artiste, qui parlait. Totalement dépassé par une force intérieure que je sentais bouillir. Je suis sûr que ce jour-là, Frédéric étaient là. En moi. Heureux de revoir son fils à travers mes yeux. Et tant pis pour les suspicieux qui m'accuseraient de délire paranoïaque. De mysticisme à bon marché. Frédéric était là. Comme Maman l'est aussi en permanence. Ce n'est pas une illusion. C'est une réalité bien réconfortante.

Crois-moi, elles sont là aussi, autour de toi, tes sentinelles. Il suffit d'être attentif pour repérer leur présence. Nous avons tous un enfui au moins perché sur notre épaule. Et si ça peut atténuer ta peur de l'au-delà, sache que je suis persuadé que nous nous percherons à notre tour le moment venu sur l'épaule de nos essentiels. Nos fils, nos filles, nos meilleurs amis. C'est ma vision du néant d'après. Elle n'engage que moi et ceux qui veulent bien y croire. Frédéric Dard m'avait fait une dédicace personnelle sur la page de garde de son autobiographie, *Je le jure*. Il avait écrit : « Je t'aime plus qu'un fils. » J'ai toujours trouvé ça un peu excessif. Ce jour-là, il m'a apporté la preuve que c'était bien vrai.

Merci papa !

Ce « papa »-là n'est pas déplacé. Il est justifié par tout ce que cet homme fut pour moi. La chaleur qui nous liait était réconfortante, profonde. Elle était née de l'admiration que j'avais pour l'écrivain. Et, au fil de nos rencontres, elle s'est muée en amour d'homme à homme. Cette étrange magie qui fait qu'on se sait avant de se parler parce qu'on se ressemble en tout. Il en est ainsi de toutes les amours véritables. Tu sais, quand on se croise pour la première fois en se disant :

— J'ai l'impression qu'on se connaît depuis toujours.

Au début, à l'adolescence, Frédéric, *via* San Antonio, était juste un auteur pour moi. Essentiel, vital. Je me souviens de la fébrilité avec laquelle, dans la librairie, je me précipitais sur le petit dernier que je dévorais en quelques heures. Il y avait la gaudriole, le grivois bien sûr qui enchantait ma conscience libertaire. Mais, insensiblement, de plus en plus, c'est dans les entre-lignes que je traquerai mon bonheur. Et c'est là que je sculpterai mon humanisme.

Et puis, amoureux des mots, il fut mon modèle littéraire, bien entendu. Cela ne t'a pas échappé. Mon style d'écriture, haché, impulsif, bourré de néologismes, de digressions, et parfois de contradictions, bien sûr qu'il me vient de lui. Toutes proportions gardées. Il était écrivain, je ne suis qu'« écriveur ». Et pour couronner tout ça, une fois que moi aussi j'aurai fait mon entrée au Panthéon tourmenté des célèbres, je m'apercevrai de la gémellité d'image. La grossièreté, l'épicurisme, le rejet des honneurs, le populaire. Et la sous-estimation élitiste qui va avec, naturellement.

— San Antonio, c'est la littérature de gare. Il y a les livres qu'on lit au salon et ceux qu'on lit aux toilettes !

— Mais il vend énormément et le peuple l'adore.

— C'est bien pour ça qu'on le rejette de nos strates auréolées. Il n'y a rien de noble dans le populaire.

Ça te rappelle quelque chose ? Les mêmes, toujours les mêmes. Récurrents de suffisance. Il en a souffert bien plus qu'on l'imagine. Son regard était bleu, translucide. Mais quand on regardait mieux, il avait un œil triste et un œil gai. Comme moi. Comme tant d'autres. Comme toi certainement si tu nous comprends et si tu nous aimes. Le père que je n'ai pas eu, j'aurais tant aimé que ce soit lui.

— Si tu veux, je t'adopte, m'a-t-il proposé un jour dans un grand éclat de rire.

— Je ne crois pas que notre amour réciproque ait besoin de formalités.

— Tu as raison. D'ailleurs, n'attache pas à la filiation naturelle plus d'importance qu'elle n'en a. Être de la même âme est bien plus fort que d'être du même sang.

Et il a enchaîné, plus San Antonio que jamais :

— Finalement, nos enfants n'appartiennent qu'à nos testicules. Et le cœur est un organe bien plus important. Bien sûr, on est triste quand notre libido fout le camp, mais on ne meurt jamais d'un arrêt des couilles !

C'est d'ailleurs le jour où il m'a dit ça que j'ai décidé définitivement de ne plus chercher qui était vraiment mon père. Au milieu de ma vie, j'avais chaque jour un peu plus la tentation de la certitude. Les analyses ADN auraient pu me donner une réponse indiscutable. J'ai décidé à cet instant-là que c'était Frédéric qui m'avait fait. Remonter à la source pour mettre enfin un nom sur le fuyard ne pouvait m'apporter que désillusion. Encore une fois, merci papa ! Et, reconnaissance filiale oblige, je ne peux terminer ce paragraphe de fusion absolue avec cet homme si rare que par la phrase la plus belle dont il est l'auteur :

« Si j'avais su que je l'aimais autant, je l'aurais aimé davantage. »

« De l'autre côté du miroir » ne sera pas un gros succès d'audience, comme prévu. Cet échec relatif sera compensé par « Le Plus Grand Cabaret du monde » au sommet de sa popularité, contraignant au passage la pourtant archi-médiatisée « Star Academy », en concurrence directe le samedi, à émigrer le vendredi. Une spéciale Shirley et Dino fera même l'audience la plus forte de l'année sur France 2. L'été sera paradisiaque, toujours de plage en place, avec l'orchestre de René Coll. Et les ventes d'albums de chansons festives totaliseront un million et demi, tout cumulé.

Alors, je rangerai « De l'autre côté du miroir » de l'autre côté du mien. Cette face moins exposée où sont entassées toutes mes velléités de créations plus profondes. Mes préférées, tu t'en doutes. À côté de *T'aime*, de Joseph Lubsky dont je te parlerai plus loin, des nouvelles policières machiavéliques que pour l'instant je garde dans un tiroir, et de mes confessions littéraires les plus intimes évidemment. À côté des autres chansons aussi. Enregistrées en fin de séance, quand, soûlé de rythmes entraînants, de chœurs joyeux et de cuivres étincelants, j'osais une pause sérieuse. Tiens, celle-là, par exemple. Elle s'appelle « Et tu voudrais que j'croie en toi ».

« Regarde le petit piaf tondu, vingt kilos
maximum,
Le sale cancer bien entendu, ce sera jamais,
jamais un homme.

Même que ça s'peut pas !

Un petit gamin de quatre ans, c'était quoi son
pêché ?
Pour mériter ce châtiment, dis-moi ce qu'il t'a
fait.

Et tu voudrais que j'croie en toi,
Et tu voudrais des “Notre-Père”,
Le père de qui, le père de quoi ?
De toutes les douleurs de la terre.

Et tu voudrais que j'croie en toi,
Et tu voudrais des “Angélus”,
Que je chante “Ave Maria”,
Et que je m'agenouille en plus.

J'peux pas... J'peux pas.

Pour certains la grande vie, pour d'autres la
misère,
Si c'est toi qui choisis, dis-moi sur quel critère ?
Certains la tête vide, d'autres le Panthéon,
Si c'est toi qui décides, dis-moi pour quelle
raison ?

Vois la femme en guenilles, le mendiant tout en
os,
Des milliers de petites, petites filles cassées par
des féroces.
Et des sales taudis où pourrissent les oubliés des
quais de gare,
Et puis de grands beaux édifices érigés à ta gloire.

Et tu voudrais que j'croie en toi,
Et tu voudrais des "Notre-Père",
Le père de qui, le père de quoi ?
De toutes les douleurs de la terre.

Et tu voudrais que j'croie en toi,
Et tu voudrais des "Angélus",
Que je chante "Ave Maria",
Et que je m'agenouille en plus,

Et des sermons et des offices, avec ton gamin sur les bras,
Moi aussi, j'ai perdu un fils, j'espère qu'il est bien avec toi.
Je l'avais fait à mon image, avec l'amour au bout des doigts,
De la compassion, du courage. Demande-lui, il t'expliquera,

Si tu sais pas... Si tu sais pas... »

C'est sûr qu'on ne risque pas de faire tourner les serviettes là-dessus ! Et que le mec de *Libé* ou de *Télérama* qui lirait ça à plat aurait beaucoup de mal à imaginer que l'auteur de ce texte est le même qui fait sauter des « sardines » à la féria de Bayonne. Mais pourtant, c'est moi. Paradoxalement moi. Tiraillé en permanence entre la vitrine et l'arrière-boutique. Bondissant, virevoltant, éructant au soleil. Capable de gauloiseries d'une vulgarité absolue. Et dans l'ombre, fasciné par les épanchements mystiques, les tendresses délicates, et les questions existentielles. Putain d'image de marque !

Parce qu'au-delà de mes créations artistiques, c'est fou le nombre de paillettes, de festins et de strings injustifiés qu'on a collé à ma vie privée. Ils m'imaginent certainement tous les soirs sautant de table en table en hurlant des refrains à boire, la bite à la main. OK, ça m'est arrivé parfois. Mais il y a longtemps, bien longtemps. Aujourd'hui, je n'aime rien tant que la solitude. Je ne sors de ma tanière que pour faire le festif avec parcimonie. Dans mon « Plus Grand Cabaret du monde ». Ou tiens, hier encore, 14 juillet 2014, sur une scène en plein air où j'ai fait chanter jusqu'à l'épuisement douze mille personnes. Mon soleil bondissant auquel je préfère à présent, sagesse oblige, l'ombre de la nuit qui enveloppe la baie vitrée du bureau d'où je t'écris. Seul. Encore une fois, délicieusement seul.

Je ne renie rien. Surtout pas. Et je prends encore un plaisir incomparable à réveiller les envies de fête chez les autres. Mais je sais que cette image de moi si réductrice est tatouée, indélébile. Et quoi que je puisse faire d'élégant, je sais aussi que je resterai pour toujours le symbole du crétin sympathique. Par bonheur, je n'en souffre plus vraiment. Ça m'a bousculé longtemps, mais aujourd'hui, l'armure que m'ont fabriquée des années de sous-estimation m'a ancré les pieds au sol plus solidement que jamais. Et puis, pour être plus léger, quand on sait à quel fantasme d'abruti commun peut tenir cette satanée image, on ne s'offusque plus de rien. Exemple :

C'était dans une station (toujours sans service), il y a quelques mois. Au moment de passer à la caisse, une dame aimable m'a sauté au cou.

— Je vous adore, Patrick. Vous êtes tellement sympa ! Et puis, qu'est-ce que vous sentez bon ! C'est quoi votre parfum ?

— « Le Mâle » de Jean Paul Gautier.

— Ah, mais je savais pas que vous étiez pédé !

Voilà. Mon quotidien. Mon vrai définitivement rangé de l'autre côté de mon miroir pour péché d'apparence. Quand tu vois comment on peut te classer pour un effluve, imagine pour un ouragan de préjugés ! Tout ça pour te justifier une fois de plus le titre du chapitre : « The Artist ». Parce que je pense que ce dédoublement entre l'être et le paraître est la croix de tous les artistes. À plus ou moins grande échelle.

Ah, l'image de marque ! Gainsbourg n'était pas sale. Bien au contraire, j'ai rarement vu un homme aux ongles aussi bien entretenus. L'homme des corons qui citait Jean Jaurès, mon ami Pierre Bachelet, était loin, très loin d'être de gauche. Carlos avait une culture aussi profonde que les eaux de son Pacifique chéri. Et, pour terminer sur une actualité brûlante, Hollande, « le mou », « Flanby » pour les moqueurs, est sans doute l'homme politique le plus compact que j'aie rencontré. Tout sauf une pâte flasque. En revanche, son « ex » est bien aussi rigide qu'on le suppose. Quelle « ex » ?

Les deux. Comme quoi, même dans mes affirmations démonstratives, il faut bien des exceptions à la règle.

Et bien entendu, de l'autre côté du versant de la montagne aux vanités, je ne te citerai pas les noms des usurpateurs. Les rutilants en surface, mouchetés à l'intérieur. Le poète éthéré capable d'outrances sexuelles largement au-dessus des miennes. L'actrice engagée au secours des sans-abri faisant trimer le sans-papiers à son service personnel pour un salaire de misère. Le chanteur chevauchant sans capote la groupie de service dans la loge en coulisses du concert pour le Sidaction.

Alors, je veux bien te dire pour la énième fois de te méfier de tes jugements définitifs, bien sûr. Mais je crains que ce conseil n'ait pas beaucoup d'écho. Parce que la nature humaine est ainsi faite. C'est pour cela que je l'aime et que je la déteste à la fois, cette nature humaine. Et que je m'aime et je me déteste de la même manière. Et, donc, on en arrive, pour clore cette digression, à ce paradoxe absolu commun à tous les artistes, vis-à-vis du public qui les fait roi : c'est ce qu'il aime le plus chez nous que nous détestons. Et nous aimons surtout ce qu'il détesterait s'il savait tout.

— Tu sais Patrick, maintenant, je suis dans une prison dorée.

En voilà un qui doit détester cordialement en secret ce que vous aimez chez lui et qui l'a comblé. Parce que pour être comblé, il est comblé mon Jeannot ! Mais je l'ai senti tendu au téléphone, il y a quelques semaines. Apeuré presque. Sa voix faussement assurée m'a rappelé celle de Patriiiiick au moment de la Bruelmania qui me confiait :

— Tu te rends compte, elles sont partout. Devant ma porte. Dans la rue, elles me courent derrière en hurlant. Ça fout les jetons !

La confidence d'un de mes « bébés » à son guide des premiers instants. Quand il était Bruel, pas encore Patriiiick, à l'occasion de sa première scène en première partie de ma tournée en 1985. Quant à Jeannot, il entrera dans ma nursery à la fin des années quatre-vingt-dix. Un autre « bébé », comme Dupontel, Boon, Canteloup, Bachelet, Dion, Shirley et Dino, Mezrahi, Jamait, et plus récemment le petit Panacloc, le ventriloque insolent. Je les ai aidés, mais ils ne me doivent rien. Si ce n'est un coucou d'amitié de temps en temps. Et je n'en veux même pas à ceux qui oublient. C'est qu'ils se sont oubliés eux-mêmes. Alzheimer si jeune, quelle tristesse !

Et Jeannot, alors, c'est qui ? Ben voyons ! Et l'intitulé du chapitre alors ? C'est « John of the Garden » from New York. Jean Dujardin de Pissos dans les Landes. Parce que s'il y en a bien un qui n'a pas oublié d'où il vient, c'est bien lui. Étonnant pour le plus gâté de tous. Rassurant surtout. Et pas très surprenant tant le gamin tout fou de la « bande du Carré Blanc » avait déjà l'âme droite. Rebaptisés « les Nous c'est Nous », j'ai offert à cette bande joyeuse d'humoristes débutants une vitrine de luxe, une fois par mois, dans mon émission « Fiesta ». Je leur avais fait construire un petit théâtre rien qu'à eux pour y faire quatre sketches par émission en toute liberté. Massot, Collado, Joucla, Salomon et Jeannot. Tous reconnaissants aujourd'hui de l'aubaine artistique et financière.

Encore une fois, je n'aborde pas ce sujet pour mettre en avant ma bienveillance, mais pour diverger sur l'incroyable capacité du Destin à tracer les chemins les plus inattendus. Parce que s'il y en a un qui pourrait titrer le récit de sa carrière « Même que ça s'peut pas ! », c'est bien Jean. Le symbole parfait du « tout est possible ». Je te l'offre à toi, dont chaque jour je reçois la maquette de disque, l'ébauche de sketch pour un coup de pouce éventuel. J'aimerais bien avoir assez de pouces. Malheureusement, je n'en ai qu'un et il n'est pas toujours disponible. Alors, juste une phrase pour toi, histoire d'entretenir ton rêve : « L'impossible ne l'est jamais tout à fait. »

Parce que, franchement, l'ado attardé qui se trémoussait dans la parodie de « Je passe à la télé » en balançant des vannes de salle de garde, il n'y avait pas de quoi présager la consécration suprême :

— Et l'oscar est attribué à Jean Dujardin !

C'est sans doute le parcours le plus hallucinant dont je serai un des témoins privilégiés. Privilège encore de pouvoir en parler aujourd'hui avec lui en ami sans que la moindre intonation de suffisance vienne polluer les mots du lauréat suprême. Qui n'aurait pas l'orgueil boursouflé après une telle reconnaissance ? Lui, justement. Je n'en connais pas d'autres. C'est pour ça que j'ai pour le môme de Pissos un respect qui va bien au-delà de l'attribution de sa breloque de luxe. Malgré la statuette en or, la mémoire en marbre. Chapeau l'artiste !

Bien sûr, son couple a explosé sur le choc, sa vie privée a volé en éclats. La jalousie chronique a dû lui planter des ennemis derrière chaque porte de studio. Les paparazzi intraitables ont fait de sa vie une traque permanente. Et sans doute se sent-il bien plus seul au milieu de la horde des nouveaux solliciteurs qu'il ne l'était dans sa petite bande de potes insouciants. Sans doute culpabilise-t-il aussi parfois d'être le seul à être devenu légendaire loin de ses copains de galère. Sans doute pleure-t-il tout ça, parfois, en cachette. Alors un dernier jeu de mots à la hauteur des vannes imbéciles qui nous faisaient tant rire à l'époque : on ne fait pas d'omelette sans casser des yeux !

Et on s'achemine tout doucement vers la fin de ce chapitre où, tu l'auras remarqué, je ne t'ai rien raconté d'exceptionnel sur ma vie privée. Parce que tout a été calme. Avant la tempête bien entendu. À peine un mariage extravagant, en février 1999, au milieu du stade de Brive devant dix mille personnes. Un coup de pub de mégalomane pour les aigris, une fête colorée pour nous. Histoire de sceller, Nana et moi, notre union sur une pelouse où on s'entrechoque, on saigne, on serre les dents, les coudes, et surtout, si on veut que la victoire soit belle, on est obligés d'être solidaires. La parfaite illustration de ce que nous sommes.

Et puis une autre parenthèse intime, quand même, quelques heures après que j'ai fêté à l'Olympia, le 14 novembre 1994, mes trente ans de scène entouré de mes amis les plus chers. Avec un invité particulier. Mon fils Olivier. Le casse-cou, l'indépendant, le rebelle. Chanteur vagabond par choix et déglingué par hérédité. Celui qui a récolté mes gènes les plus dangereux. Ou merveilleux, selon le côté du comptoir du bar où on se place.

Il est deux heures du matin, et il hoche la tête à travers les barreaux de sa cellule de garde à vue au commissariat du huitième arrondissement. Avec l'air de dire :

— Désolé !

Conduite en état d'ivresse, portable à l'oreille et pas de ceinture. Quand il fait les choses, il les fait bien. Il a eu beau tenter d'amadouer la police en leur expliquant sa fierté trop arrosée d'avoir chanté pour la première fois à mes côtés à l'Olympia, ça n'a pas marché. Pire, les bleus ont dégainé leur connerie de concours. Trois fouilles au corps, nu comme un ver, et le doigt inquisiteur dans son intimité la plus secrète. Plus « Le Petit Bonhomme en mousse » chanté plusieurs fois en canon pour bien lui faire comprendre qu'on lui faisait aussi payer le fait d'être le fils de quelqu'un. Lui qui se bat tant pour n'être le fils de personne. Et, en lui promettant toutes les heures qu'il allait sortir dans dix minutes, ils ne l'ont relâché que le lendemain en fin d'après-midi.

Ça aussi, c'est une de mes blessures les plus suintantes. Avoir imposé à mes enfants une filiation embarrassante et parfois insupportable. Combien de fois celui-là s'est-il battu pour un mot de travers. Une phrase d'alcoolique du bout du comptoir.

— Ton père, c'est un con ! De toute façon, si un jour tu y arrives, ce sera grâce à lui.

Olivier est le plus ingérable de mes enfants. Celui qui m'aura fait passer le plus de nuits blanches et de jours noirs. Il est fier, bagarreur, intransigeant, à vif, naïf, suicidaire, injuste. Tout ce que j'ai appris à ne plus être quand j'ai posé la bouteille. Je l'invite sans cesse à suivre mon exemple. Ne serait-ce que pour balayer mille tourments inutiles. Je le noie de conseils de précaution, de sagesse, de normalité. Mais en secret, je l'envie. Toutes les dérives que je lui reproche, j'aimerais tant les faire encore. Je suis jaloux de sa folie naturelle, de sa mise en danger permanente. Toutes les tares magnifiques que j'avais au plus profond de mes nuits d'alcool.

— Vous avez encore un rêve caché, monsieur Sébastien ?

— Oui, redevenir vraiment con. J'ai mis de l'eau dans mon vin, des sous à la banque, et des dédicaces sur mes photos. Mais fêtard, pauvre et inconnu, qu'est-ce que j'ai pu être heureux !

Olivier Villa, puisque c'est le nom de scène qu'il a choisi, se balade de village en village, la rage au cœur. Ses chansons comme seule richesse. Il commence au bistrot et termine au bistrot. Pas forcément pour l'alcool. Pour la chaleur humaine, la vraie. Il n'attend rien de la vie, sinon qu'elle lui permette de vivre de son métier comme il entend le faire. Sans contrainte, sans faux-semblants. Allez le voir. Et dites-lui que son père est fier de lui. Quoi qu'il en soit et quoi que ça me coûte en culpabilité. Il en fera sûrement une chanson. Magnifique comme les autres.

Comme lui.

Et nous voilà fin 1994 à l'orée des tsunamis. Le vrai d'abord. Celui qui s'abattra sur le Japon fin décembre. Ce qui au passage me vaudra une belle frayeur rétrospective. Non pas que j'aurais pu me trouver là-bas. J'étais à Monaco. Mais j'ai failli prendre un ressac qui m'aurait mis la tête sous l'eau pour un long moment.

Il était vingt heures et je m'apprêtais à aller réveillonner le cœur tranquille dans un luxe artificiel, mais avec de vrais amis. Ma vie allait bien. Et dans trois quarts d'heure, je pourrais vivre une de mes jouissances professionnelles les plus délicieuses. J'avais enregistré quinze jours auparavant « Le Plus Grand Cabaret sur son 31 ». France 2 m'avait confié la soirée mythique du passage à l'année suivante. Je me permets juste une courte parenthèse pour justifier la mise en boîte des vœux en amont. Impossible de faire un show digne de ce nom en direct un soir de réveillon. Les artistes sont éparpillés aux quatre coins du monde.

Voilà pour le pratique. Pour l'affectif, l'attribution de ce cérémonial festif, dont je continue à être l'animateur et le concepteur encore aujourd'hui, a été et reste pour moi un bonheur absolu. Encore un rêve de gosse.

Tout gamin, je passais d'une année à l'autre sans autre effusion que le baiser appuyé d'une maman et de grands-parents désolés de ne pouvoir mettre que des petits plats dans les petits, faute de moyens. Là, j'allais pouvoir crier « bonne année » à la terre entière, grâce à TV5, qui ce soir-là retransmettait mon show dans cent soixante pays. Rétrospectivement effrayant. Cent soixante pays, qui m'auraient pris pour le dernier des infâmes sans la vigilance de mon ami Yves Bigot, responsable des programmes, tu te souviens.

Par bonheur, Yves était bien plus que ça. Un autre, à sa place, en ce soir de réveillon, aurait été en villégiature aux frais du service public dans une quelconque île du bout du monde. C'est ce que font la plupart. Lui était à l'ultime contrôle du contenu de la diffusion à venir. Pour éviter un éventuel télescopage malencontreux avec l'actualité. Le risque permanent des émissions enregistrées. Selon les attentats, les décès, les accidents, une phrase innocente prononcée quelques jours avant peut s'avérer une maladresse impardonnable.

— Allô, Patrick.

— Salut Yves. T'es à Paris ?

— Oui, et heureusement.

Même que ça s'peut pas !

— Pourquoi ?

— Je viens de finir de visionner l'émission.

— Y a un problème ?

— Un gros. C'est quoi ta chanson qui termine l'émission ?

Un silence lourd, et j'ai hurlé :

— Oh, putain !

La chanson s'appelait « Quand la mer monte ». Chorégraphie à l'appui des danseurs simulant les vagues qui les submergeaient. Quatre jours après le tsunami meurtrier qui déferlait aussi sur tous les journaux d'infos du monde. Tu l'imagines le scandale ! La gaffe insoutenable. Des centaines de morts et l'animateur, sourire aux lèvres, entraînant tout le public à chanter : « Quand la mer monte, j'ai honte, j'ai honte. » Je pense que ça aurait dépassé la honte. Le sommet du mauvais goût morbide. Bien involontaire, puisque ni moi ni mes collaborateurs n'avaient fait le rapprochement, l'émission ayant été enregistrée avant le drame.

En une demi-heure, l'œil rivé sur le chronomètre qui le rapprochait de la diffusion obligatoire, Yves, à l'aide d'un technicien, a réussi à bouleverser la fin de l'émission par une acrobatie numérique qui fit disparaître la chanson honteuse sans que la fête soit gâchée.

J'étais passé à un cheveu de la disgrâce et j'en serais éternellement reconnaissant à mon Yves préféré. Et au diable bienveillant bien sûr.

— Merci, mon diable. Là, tu m'as enlevé une grosse épine du pied.

Il a ricané :

— Je te dois bien ça. C'est la moindre des choses. Si tu savais les ronces qui t'attendent !

L'autre tsunami. Irréel celui-là. Une vague monstrueuse qui emportera dans les années que je vais évoquer dans le prochain chapitre tous mes piliers. Tous mes essentiels. Carlos, mon artiste le plus proche, Mick, mon ami le plus fidèle, Annie, ma « sœur » d'enfance, et puis Kido, René Coll, Camille et Maman. Ajoutes-y le petit Louis dont j'ai accompagné de toute ma présence la leucémie pendant un an et la coupe sera pleine. N'en jetez plus !

Allez, juste un détail symbolique, histoire d'en sourire avant d'en pleurer. J'ai dû effacer tous les « favoris » de mon annuaire téléphonique. Avec un avantage quand même : je n'exploserai plus jamais mon forfait. De toute façon, j'en ai profité pour acheter un nouveau téléphone portable. Parce que lorsque l'ancien sonnait après leur disparition, je croyais toujours que c'était l'un d'eux. Les objets ont une âme. Surtout celle de ceux qui nous manquent. Tu te rends compte ! C'est le diable qui assassine mes plus proches, et c'est moi qui ai dû trouver un mobile. Un comble !

2004-2009

DEVINE QUI VIENT DINER CE SOIR ?

La mort.

Elle est arrivée comme ça à mon festin, sans invitation, pour décapiter un à un les convives assis autour de ma table d'amis. La chère était riche, le vin délicieux. Elle était déguisée en serveuse. Elle a brandi le couteau à viande et s'est jetée sur les plus gais. Un flot de sang a inondé la nappe. Et au moment où elle levait son arme sur moi, je me suis réveillé. Ce cauchemar, je le faisais quelquefois à la fin des années quatre-vingt-dix. Je n'imaginais pas à quel point il était prémonitoire. La première décennie du siècle nouveau sera placée sous le signe de l'hécatombe.

Je vais développer, mais ne t'inquiète pas, on ne va pas non plus patauger dans le mélo. Je parsèmerai tout ça de sourires. Parce qu'on se défend comme on peut. Et que lorsque la peine est trop lourde, rien de mieux qu'un cynisme amusé de circonstance pour l'atténuer. C'est d'ailleurs ce que j'ai d'ores et déjà ordonné par testament quand ma dernière heure aura sonné. Si je meurs ! Ce qui n'est pas certain du tout, vu la propension que j'ai à me coucher aux aurores. Je ne sais pas qui est l'auteur de cet aphorisme, mais il ma va bien : « Je vis la nuit parce qu'on m'a toujours dit que je mourrai un jour. »

J'ai donc demandé, à l'occasion de mon inhumation, des guirlandes, une fanfare, le public déguisé, et une bosse à la hauteur de mon sexe sur le bois du cercueil. Histoire de rester fidèle à la légende. Avec une épitaphe d'un mauvais goût approprié : « Mes amantes chéries, vous qui m'accompagnez dans ce trou, sachez à quel point j'ai passé de bons moments dans les vôtres. » Ça, c'est de la bonne grasse grossièreté qui siérait si bien à l'image que les vautours ont perpétuée de moi ! Je plaisante bien sûr. En fait, je n'ai rien demandé de particulier si ce n'est une véritable épitaphe que j'ai volée aux derniers mots de Jacques Brel : « Si vous m'aimez, fermez vos gueules. »

Mais, avant d'aborder l'hécatombe, un point sur ma carrière puisque ce livre est censé en analyser le tracé sur quarante années. En 2004, j'en étais à trente. Et je me suis dit, lucide :

— Ça, c'est déjà plus qu'inespéré. Alors maintenant, déroule. Calme. Tranquille. Pas de risques inutiles. Pas de démarrages brusques, d'écarts dangereux. Ne te mets pas dans le rouge !

Comme ces coureurs échappés du Tour de France qui savent bien que le peloton va les reprendre quelques kilomètres avant l'arrivée. Dans la grande ligne droite des années deux mille, ils ont foncé sur moi, les nouveaux imitateurs, les nouveaux chanteurs, les nouveaux animateurs. Ils m'ont englouti. Il y avait quelques années que je ne faisais plus vraiment la course en tête. C'est la loi du sport. Je m'étonnais même d'avoir mené aussi longtemps. Au classement général, je n'étais plus le meilleur imitateur, ni le meilleur animateur. Un peu *has been*, quoi ! C'est quand même mieux que « pas *been* du tout ». Mais c'était loin de m'empêcher de dormir sur une de mes deux oreilles. (Petit coup de griffes au passage à cette expression à la con. Que celui qui arrive à dormir sur les deux oreilles en même temps, et qui plus est tranquille, appelle mon bureau. Je l'engage tout de suite dans « Le Plus Grand Cabaret du monde ».)

Pour continuer dans la métaphore cycliste, tout ce que je voulais et que je veux encore aujourd'hui, c'était terminer l'étape. Pour avoir au moins à l'arrivée la satisfaction d'avoir franchi plusieurs cols en tête, et de l'avoir bien mérité, mon maillot de meilleur grimpeur. La symbolique de cette parure à pois, c'est les multiples signes de reconnaissance du public qui se sont faits, au fil des jours, de plus en plus valorisants. Au début du nouveau siècle, j'ai récolté enfin les fruits de ce que j'avais semé dans l'ancien. J'avais planté de la nostalgie dans toute une génération. Mes imitations, mes bluffs, mes audaces avaient accompagné des gosses devenus grands qui m'abordaient avec une bienveillance et une admiration non feintes. Avec un respect pour l'homme autant que pour l'artiste qui me ravissait, donnant raison à l'application que j'avais toujours mise à ne jamais me trahir. Et pour le prouver, une phrase lancée, quand je passais dans la rue, qui avait évolué avec le temps. Jusque-là, on me félicitait :

— J'aime bien ce que tu fais.

Là, c'était :

— J'aime bien ce que tu es.

Alors j'ai continué à être. Fidèle à ce que j'étais. Donc, à ce que les vautours continuaient à vouloir que je ne sois plus. Cela dit, heureusement que je les ai pour m'étalonner à l'inverse. Si un jour ils me lâchent enfin la grappe, je ne suis pas sûr qu'ils ne me manquent pas. Quoi qu'il en soit, mon « Grand Cabaret » perdurait. Et au passage il drainait des générations d'enfants neufs dont je savais que j'habiterais la mémoire pendant longtemps. Comme la « Piste aux étoiles » habite encore la mienne. Mes spectacles n'étaient pas en reste. Mes imitations datées des Dassin, Chirac et autres Bourvil étaient devenues des madeleines de Proust que venaient déguster des aficionados attendris. Toujours de place en plage et en arènes pendant mes étés de cavalcade.

Mes chansons aussi perduraient. Contre toute attente. Les spécialistes prévoyaient un feu de paille. En 2005, on en était déjà à cinq ou six vrais tubes. Parce que je persistais à demeurer hors mode, donc insensible aux marques du temps. C'est pour ça que j'enregistrais un album chaque année. Et chaque année, l'élite me le renvoyait à la gueule. Les radios l'ignoraient, bien entendu. Et à chaque invitation dans une émission de télé à la mode, j'avais droit au dédain sympathique. En revanche, j'avais envahi définitivement tout ce que le pays pouvait compter de fêtes d'anniversaire et de mariage. Incontournable, reconnaissaient les DJ. Alors, le sourire en coin, René et moi, on regardait nous toiser le jeune con, nouveau « roi du top ». Hautain, il nous contemplait du haut de ses milliers de téléchargements. Et on se disait, en échangeant un clin d'œil :

— La mode ne veut pas de nous. Ce n'est pas grave, on se contentera d'être éternels !

— Pourvu que ça dure !

— Tiens, faudra penser à en faire une chanson !

On l'a faite, et elle dure encore. Le jeune con, « roi du top », non. « Télédéchargé » pour avoir tout envisagé sauf l'évidence : la mode passe avec la mode. Il y a une chose dont je suis sûr, c'est qu'on fera encore tourner des serviettes dans cent ans. Et même que, les conditions de vie de plus en plus âpres créant la déprime, le peuple aura de plus en plus besoin d'alléger ses angoisses. Ne malmenez pas trop le futile, il risque de devenir indispensable ! Peut-être même me canonisera-t-on au paradis des musiques primaires et des paroles faussement indigentes ? Saint Sébastien, patron des bringueurs ! L'éternité en serpentins, ça me va assez bien comme postérité.

Et puis évidemment, loin de l'établi, il fallait bien que je mette en lumière l'autre côté de mon miroir.

Le trouble, le torturé, limite pathologique. En l'occurrence, même pas limite. En plein dedans. La schizophrénie en *prime time* ! Histoire de changer de la connerie de masse. Une autre maladie de l'esprit dont la télé est certainement le virus le plus contaminant. Et cette fois, mon délire aura un visage, une démarche, une voix et un chemin de vie des plus tortueux. Il aura un nom aussi : Joseph Lubsky. Je sais que certains font des thèses sur lui aujourd'hui. J'en suis flatté, même si ce n'était pas le but. Le projet était bien entendu de dénoncer une fois de plus les élites suffisantes, mais avant tout de tenter une expérience humaine aux frontières de la folie, la vraie. Et c'est allé bien au-delà de ce que j'avais projeté.

Le pitch, d'abord, comme on dit aujourd'hui.

J'ai décidé d'écrire un roman, *La Cellule de Zarkane*, sous un faux nom : « Joseph Lubsky ». Ensuite, j'ai inventé une histoire et un physique à ce Joseph Lubsky. J'ai perdu dix kilos et je me suis rasé la tête. Des lunettes, des lentilles, une moustache, des artifices pour déformer mon corps m'ont aidé à lui fabriquer une apparence le plus éloignée possible de la mienne. Et puis, je « lui » ai fait rencontrer des journalistes. Et au bout de six mois, on en est arrivés au point d'orgue : participer à l'émission de Ruquier « On n'est pas couché » en parfait anonymat, au milieu d'un public, d'invités célèbres et de chroniqueurs dont aucun ne devait déceler la supercherie. Et ça a marché. Et encore une fois, plus un succès d'estime que d'audience.

Ce fut l'expérience la plus étrange et la plus douloureuse de ma vie d'artiste. Un dédoublement pathologique plus que déroutant. C'était le but. Vivre deux personnalités en même temps. Aller jusqu'à l'extrême frontière de la folie. Être l'autre bien au-delà d'un physique de composition. Marcher, parler à son rythme lent, bien sûr. Mais surtout être sa mémoire, ses tourments, ses doutes. Une intériorisation de chaque instant. Un viol permanent de ma propre personnalité.

Quand j'étais Lubsky, je l'étais le plus pleinement possible. Je me suis cloîtré pendant des jours dans une prison volontaire pour m'imprégner des affres de l'enfermement qu'il avait subi dans la vie de taulard que je lui avais inventée. J'ai passé des journées entières dans sa peau en demandant à mon entourage de m'oublier pour ne s'adresser qu'à lui. Et le plus perturbant était quand je redevenais moi-même pour assumer la présentation de mes émissions. Obligé de me déguiser en Patrick Sébastien avec la perruque blondasse de circonstance. Un voyage déstabilisant qui bouleversera tout mon quotidien. Même dans mon intimité la plus profonde. Nana m'avouera par la suite, troublée :

— Ce n'est pas toi qui m'as le mieux fait l'amour, c'est Lubsky.

Tu parles d'un rival ! L'auto-cocufiage, joli concept non !

Alors, bien sûr, le petit monde médiatique ne retiendra que la surface. Le buzz. Le déguisement.

L'escroquerie sympathique d'un clown en mal de reconnaissance littéraire. Un bluff pour démontrer une fois de plus le dédain élitiste. J'en ai eu la preuve par l'exemple : tant que j'ai été Joseph Lubsky, les critiques du roman furent dithyrambiques. Dès que j'ai dévoilé ma véritable identité, plus personne n'en a parlé. OK, mission accomplie ! Les élites jugent sur la mine. Le bouffon méprisé, rien de nouveau. Fin du scoop.

Pas pour moi. Parce qu'au-delà de l'étalage, ce voyage-là me transporte encore. Ce personnage que j'ai créé de toutes pièces, à qui j'ai donné une apparence et surtout une âme, continue à m'accompagner. Je le sens parfois, posé près de moi, invisible mais terriblement présent. Frustré de l'abandon. Me murmurant à l'oreille :

— Ranime-moi. Reviens te glisser en moi. On était si bien ensemble.

Il est là, le vrai dilemme où j'ai failli laisser ma santé mentale. J'étais tellement cloné dans la peau de ce double-là que j'y serais bien resté. Cette solitude d'ex-taulard, cette lenteur de contemplatif, cette parcimonie verbale de taiseux m'avaient comblé. À l'envers de mes éructations d'animateur, de mon hyperactivité débordante, de mes sympathies obligatoires. En fait, tout bien analysé, Joseph Lubsky, c'est certainement celui que je souhaite le plus être en cette fin de parcours de vie. Un solitaire endurci. Un « écriveur » seulement. Loin du bruit et de la fureur. Mais l'autre vie, la vraie, m'apporte encore tant d'extases inattendues qu'il est fort probable que je repousse un peu l'instant où je remettrai mes pas dans l'empreinte retenue de ceux de Joseph. Cependant, une chose est certaine. Si le diable bienveillant ne me happe pas trop tôt, je finirai Lubsky. Seul. Vraiment. Enfin. Loin, bien loin, de mes orgasmes de masse.

Au moment exact où j'écris, de retour de ma « croisade festive », je suis encore humide des sueurs d'hier, 19 juillet 2014. Imprégné de frissons. L'écho des cris dans mes oreilles. Le concert que j'ai donné au festival de Poupet était surréaliste. Quatre mille fans en transe. Déguisés, déchaînés, hystériques. Hurlant mes chansons dans un délire indescriptible. Le show le plus irréel de ma carrière. T'imagines ! Sanctifié à soixante piges par une armée de mômes enthousiastes et survoltés. Alors Lubsky, bien sûr, un jour. Mais, en attendant, la tornade obligatoire. La liesse partagée en pansement. En Biafine sur les brûlures à vif. Bien obligé.

Voilà. On y arrive. Mon génocide privé de la fin de la première décennie du siècle nouveau. L'hécatombe dont je me demande encore aujourd'hui comment j'ai pu y échapper moi-même. Parce que bien sûr que je l'ai envisagé, le suicide. Privé de presque tous mes proches, la tentation était grande. Mais le diable bienveillant avait tout prévu. Lily, ma princesse adoptée dans les îles, est arrivée exactement au début de la série noire. Pile. Au jour près. Alors, pour ne pas lui faire une peine que je n'ai en aucun cas le droit de lui infliger, je n'ai trouvé de solution que de me noyer un peu plus dans la futilité et la joie partagée. Un énième réflexe de survie.

— Ça y est, on a trouvé un bébé.

Après les cent détours tortueux de la recherche d'adoption, la voix de Nana au téléphone déborde de bonheur. C'est la nuit du 10 au 11 juillet 2007. Elle appelle de Paris. Au fond de mon studio d'enregistrement à Toulouse, je bondis de joie. Comme un élan de trampoline. Tu sais, quand la bonne nouvelle t'expédie sur un nuage. En apesanteur. Je n'y resterai que quelques heures. À midi, l'autre coup de téléphone. Celui qui t'explose le nuage et t'affale au sol. Minable.

— Mick est mort. Une rupture d'anévrisme.

Mon Mick. Mon pote. Mon frère de rire. Un mandoliniste reconverti dans la blague professionnelle. Un éternel gamin. Assis sur un cheval de bois à cinquante ans passés. La tête dans les étoiles. Bourré de paradoxes. Grand gosse gai, turbulent, affectueux, fidèle et sympathisant à la droite de la droite. Profondément humain et xénophobe. Si ça, c'est pas du paradoxe ! Avec Béjo, mon autre pote, à gauche de la gauche, ils étaient les deux plateaux de ma balance.

— T'as des drôles de copains toi ! Un raciste et un communiste.

Eh oui ! Et alors ? Les amis qui nous ressemblent en tout ne sont pas de vrais amis. Ce sont des clones de convenance que nous choisissons seulement pour nous rassurer. Pour nous entourer de miroirs qui ne nous renvoient que notre propre image. De la masturbation affective. Aimer l'autre malgré des idées politiques opposées, des tares et des qualités que nous n'avons pas, des faiblesses et des forces que nous ignorons, c'est ça la véritable amitié.

Mick était pudique quand j'étais indécent, fin quand j'étais lourd, froussard quand j'étais courageux et autant glandeur que je suis travailleur acharné. Au point que, fidèle à notre humour en toute occasion, nous dirons à sa veuve en guise d'oraison funèbre :

— On aurait préféré qu'il se tue au travail !

Quelle importance ? Nous avons vécu trente ans de partage merveilleux et, aujourd'hui, il me manque infiniment. Comme tous ces êtres « Post-it », collés, discrets, sur notre cœur en rappel de la tendresse à ne pas oublier. À partir de 1977, il avait été de toutes les fêtes, de toutes les conneries, de toutes les aventures télévisuelles et même de toutes mes rencontres intimes importantes. Présent, chaque fois, à l'instant précis où je découvrais pour la première fois la nouvelle femme de ma vie. Comme un protecteur bienveillant. Une star de ses BD d'ado attardé. Pas Superman, ni Batman, ni Spiderman. Talisman, le super héros porte-bonheur.

Toujours là le jour « J ». Et là aussi la nuit « N ». La plus noire. Une minute après l'annonce de la mort du petit à moto, il était le premier près de moi. Muet, parce qu'il savait bien qu'aucun mot ne pouvait colmater quoi que ce soit. Alors que les bla-bla compassés de circonstance bourdonnaient à mes oreilles comme un essaim obligatoire, son silence a été mon meilleur soutien. Alors, ce 11 juillet 2007, c'est un grand arbre de ma forêt protectrice qui s'est abattu. Et quelques mois plus tard, un autre. Un gros. Mon gros. Mon Carlos.

— Regarde comme il est beau, me lance Mimi, sa femme.

C'est vrai qu'il était beau sur son lit de mort. Habillé en Carlos. Pieds nus, pantalon blanc et chemise à fleurs. La veillée funèbre la plus surréaliste que j'aie connue. Les amis de toutes castes sillonnant le grand appartement entre petits-fours et bar à volonté. Célèbres, inconnus. Stars de télé, de cinéma, ministres, président. Un parfum de chagrin sincère. Mieux même, de reconnaissance et de respectabilité. Et pourtant, hein ? « Papayou », « Rosalie », « Tirlipimpon sur le chiwawa ». Pas de quoi faire dans l'hommage dithyrambique. Eh bien, si ! Pour une raison toute simple : il y a des hommes qui nous laissent l'œuvre de leur vie. L'œuvre de Carlos, c'était sa vie d'homme. Marchand de bonheur bourlingueur, capable de capter l'amitié autant du tout-venant que de l'élite la plus cultivée. À l'intelligence, à l'audace et à la bonne humeur. Je n'ai jamais connu quelqu'un au relationnel aussi disparate… Si, moi peut-être. Ça doit être le sceau des clowns humanistes.

Nous nous appelions souvent la nuit. En coup de blues. Fatigués de l'image de fêtard seulement. Frustrés de notre célébrité populaire parfois si réductrice. Terriblement seuls avec nos détresses de fils à maman. Il me parlait de Dolto, je lui parlais de Dédée. Ces femmes perfections qui nous avaient faits rigolos de service, un sac à malices sur le dos, alors qu'on avait un bagage de professeur. Par précaution certainement. Pour nous éviter l'« ennui », le cancer le plus sournois de la vie. Alors, après l'échange des dernières blagues d'usage, on dissertait sur l'essence des choses. Le pourquoi de nos existences. Jusqu'à très tard. En philosophes de l'aube. Aujourd'hui, il m'arrive encore de philosopher en bout de nuit. Mais pas avec un clown. Ça me manque. Un nez rouge dans l'obscurité, ça éclaire tout.

Deux arbres à terre, donc. La déforestation était en marche. Et le pire était à venir. Maman partira fin 2008 et René Coll début 2009. Alors je ne vais pas, bien entendu, te résumer le livre que j'ai déjà écrit. Dans *Tu m'appelles en arrivant*, tout y est. J'y raconte dans le moindre détail chaque parcelle de mon désespoir. Un livre comme tant d'autres à la gloire d'une maman envolée. Ils sont tellement à l'avoir couchée sur du papier, cette blessure si particulière. Comme s'il était naturel d'épancher en flots d'encre les larmes que nous n'avons pas assez d'yeux pour verser.

— Ce livre est magnifique, me complimentent souvent les gens que je croise.

Et je réponds toujours :

— Oui, hélas !

Puisqu'on est là pour évoquer ma carrière, c'est sûrement la reconnaissance à la fois la plus agréable est la plus insupportable que l'on m'ait accordée. Qu'on ait apprécié ma plume au-delà de ce que j'imaginais est forcément un éclat d'orgueil incomparable pour le présumé « festif primaire » qu'on se complaît tant à dédaigner. Mais que je doive cet adoubement qualitatif à mon plus grand manque me désarçonne profondément.

Je donnerais tout ce respect tardif pour parler encore de Maman au présent. Pour dialoguer avec elle autrement que sur une épaule imaginaire. Et je voudrais tant effacer à jamais l'image de cette ultime nuit de novembre où j'ai écrasé l'oreiller sur sa bouche. Je ne suis pas allé au bout, c'est vrai, mais, ce geste, je l'ai fait. Épuisé par la vue des soubresauts indécents. Révolté par l'inutilité d'un prolongement de vie que seule la morale justifiait. Quelle morale ?

Comme je te le disais plus haut, je n'ai pas envie de m'étendre sur ces décès qui ont bouleversé toute ma vie. Aussi bien ceux de Maman et de René Coll que ceux de tous les essentiels qui suivront. Kido, Annie, Camille. Ces chagrins définitifs qui espacent les chaises au dîner de Noël. Les livres précédents m'ont suffisamment servi d'exutoire. Alors, te les situer pour que tu comprennes mieux le parcours d'après, soit, mais je t'avoue que replonger dans chaque détail du cauchemar ne m'inspire pas vraiment. Alors, stop ! J'arrête. Je n'ai pas envie de remuer tout ça dans le détail. Les arbres qui tombent. La forêt clairsemée. Et pêle-mêle dans ma mémoire, des visions de visages de marbre. De sommeil définitif. Des odeurs de médicaments. Le goût du sel, des larmes. Basta ! Courage, fuyons ! Reviens à la vraie vie, Patrick !

— D'accord !

Au moment où j'écris, j'ai encore migré. Je suis dans la maison que je loue à Cannes pour l'été. En escale solitaire entre deux bains de foule et de musique. Hier soir, ils étaient quinze mille sur une place. Demain, ils seront autant sur un stade. Si ça se trouve, comme à l'indescriptible festival de Poupet, la semaine dernière, ils hurleront pendant de longues minutes « Patrick président ! ». Et je reprendrai une fois de plus la route, seul, après les photos, les autographes, l'amour hurlé par des aficionados si attendrissants. Et dix fois sur la route, j'aurai la tentation de braquer le volant sur le camion d'en face. Parce qu'il n'y a plus assez d'arbres dans ma forêt. Parce que la célébrité m'étouffe. Parce que je voudrais tout effacer pour repartir à zéro. Et surtout y rester. Elle est pas belle, ma vie ?

— Ça, c'est du coup de blues XXL, souffle Maman.

— Non. « X » seulement. Le « X » d'anonyme. Une furieuse envie de brûler cette putain d'affiche où je souris au milieu des confettis. De leur dire d'aller tous se faire foutre avec leurs photos de portable qui me pourrissent la liberté. D'éclater la gueule des lanceurs de rumeurs, des profiteurs qui m'entourent, des juges qui me condamnent sans me connaître.

— Ça, c'est la rançon de la gloire.

— Je sais, c'est la règle. La double peine. C'est moi l'otage et c'est moi qui paye la note.

— Tu n'as qu'à tout arrêter. Personne ne te force à continuer.

— C'est trop tard. Je crois que j'en serais encore plus malheureux. Alors, entre deux tortures, je vais garder la moindre. Et puis, je pense que ce coup de blues passager est lié à tous les deuils que je viens d'effleurer en quelques mots. Ne t'inquiète pas, ça va passer. Tu sais bien, ça passe toujours. Et puis...

... À ce moment-là, Lily cogne à la porte. J'ouvre. Elle me serre dans ses bras. Elle me dit qu'elle m'aime, que je lui ai manqué et ça va mieux. Tu vois, je te fais tout en direct.

— Ça, ça n'a aucun intérêt, dit le critique littéraire. Si ce n'est de remplir des pages avec du vent.

Pas sûr. Parce que, d'abord, cette petite confidence que je te fais, c'est le contraire des photos, des jugements et des rumeurs. Je te la donne, tu ne me la voles pas. Et surtout, c'est ce que j'avais envie d'écrire à ce moment précis : une petite fille qui embrasse son papa. Le faible intérêt de ce non-événement ne mérite certainement pas les quelques lignes que je lui ai consacrées. Mais je l'ai fait quand même, et je ne le rayerai pas, même si ça n'apporte rien à la teneur de ce livre. En fait, c'est un détail uniquement démonstratif pour expliquer le lien qui m'attache depuis si longtemps à toi. Je m'impose une règle inviolable : livrer mon vrai, mon authentique, mon transparent, si anecdotiques et si insignifiants soient-ils.

C'est ce que je me suis toujours appliqué à faire dans mes livres, mes émissions et mes spectacles. Quitte à passer pour indécent ou imbécile. Je n'ai jamais cherché à édulcorer pour séduire large. Je veux juste ne pas décevoir ceux qui m'aiment comme je suis. Te confier un scoop retentissant ou un tout petit coin de ma vie sans véritable intérêt relève de la même démarche : être moi sans fard ni calcul. Cette petite digression tout à fait personnelle était, une fois de plus, un pont bienveillant de ma lumière à ton ombre : « Il vaut mieux être totalement toi qu'une partie de ce que les autres voudraient que tu sois. »

Et dans la droite ligne de ce que je viens d'écrire, c'est encore une fois, en étant le plus moi-même possible, que, en 2009, je réussirai à survivre à la première partie de l'hécatombe. En allant me nicher sous un rocher de ma terre mère, dans le Lot. Quand j'écris ça, tu peux m'imaginer ermite dans une grotte. Ce fut presque ça. Pas une retraite. Une parenthèse juste. Un entre-deux. Entre deux spectacles, deux émissions. Un refuge au plus loin de tout et au plus près de moi. Dans un petit café-théâtre qui s'appelle Côté Rocher. Caché dans une petite rue de Rocamadour, il appartient à Corinne, ma petite sœur de cœur. C'est là que je déciderai d'apprendre à renaître une fois de plus. Devant un public de cent personnes. Tellement loin des soixante millions qui suivent en direct dans le monde entier grâce à TV5 « Le Plus Grand Cabaret » du 31 décembre. Encore un grand écart.

Dans la loge minuscule de Côté Rocher, la télévision scintille de mille feux. Assis à côté d'Alain Delon et d'Adriana Karembeu, je m'apprête à présenter à la planète les plus beaux numéros du monde.

— Allez, les enfants, on y va !

Ça, c'est la voix de Corinne. C'est l'heure. La salle de Côté Rocher est pleine d'Alain « de loin » et d'Adriana « Carambar ». Des vraies gens, comme on dit. J'entre sur la petite scène où la moindre réplique, même murmurée, n'a aucune peine à arriver aux oreilles des gens du fond. De l'international au communal. Du satellitaire au tout proche. Du théâtre sans prétention pour une extase de poche. Sans faux-semblants. Sans « vedette ». Même pas moi.

C'est au milieu de cette troupe d'amis que je me retrouverai une fois de plus. Que je renaîtrai à la vraie vie pour compenser la mort des autres. Au plus près du populaire, dans un mini-théâtre au fin fond d'une province perdue. Sans autre écho que nos voix claquant sur le rocher d'en face. À peine dix lignes dans le journal local. Financièrement infime, médiatiquement nul. Alors pourquoi ?

— Oui, pourquoi ? me demandaient-ils « là-haut », dans les bureaux à Paris. C'est pas pour l'argent, c'est pas pour la gloire. Tu gagnerais bien plus à exploiter tes talents dans une autre dimension. Tu perds ton temps.

Le temps se perd toujours. On ne le rattrape jamais. Alors, autant l'égrainer sans se soucier du bien-fondé de sa fuite. Et puis, à quoi bon expliquer l'inexplicable ? Le feeling, l'intuition. L'aimant qui m'attire inlassablement vers le plus bas, le plus humble chaque fois que ma vie dérape. Rappelle-toi tous les replis pour la survie vers la vitrine du marchand de télé, les bals populaires, que je t'ai confiés depuis le début de ce livre. Appelons ça le retour aux sources tout simplement. Un réflexe animal sans doute. Peut-être ai-je été saumon dans une autre vie. Où plus sûrement ai-je en mémoire les conseils des braconniers de la Dordogne pour se sortir des tourbillons assassins de cette rivière piège :

— Si tu sens que le courant t'emporte brutalement vers le bas, ne te débats surtout pas. Laisse-toi entraîner sans t'affoler jusqu'au fond. Et là, tu pourras te dégager.

Je suis toujours allé chercher la survie au plus profond. Et surtout au contact des plus humbles, des plus communs. Un de ceux que je serais resté si le destin, hélas ! ne m'avait comblé. Mes semblables quoi qu'il en soit et quoi qu'il m'en coûte. La gloriole éphémère des soirées de théâtre à Côté Rocher n'a rien apporté de notoire à mon Wikipédia. Mais que de bien-être ! Que de regards aimables ! Que de vérité ! Que de sincérité ! Les mots qu'il fallait juste au moment où il fallait. Et puis va savoir ? Rocamadour, ville de pèlerinage, abrite la Vierge noire. Une bénédiction ? Une protection ? Il manquerait plus que Dieu existe, tiens !

Donc, pour résumer, et sans me lancer dans des suppositions mystiques qui n'en finiraient pas, ce fut une résurrection de plus. Au plus profond de la France profonde. Au cul du tourbillon. Et c'est ce moment de mon récit que j'ai choisi pour t'inonder de « people » haut de gamme. Pour que tu saisisses définitivement mon goût de la marge, de l'authentique, du simple qui est la clé de voûte de toute mon existence. C'est assis sur la chaise maigre d'une terrasse de campagne que je vais te confier les trônes et les fauteuils luxueux. C'est les yeux dans les yeux de l'anonyme bienveillant que je vais t'énumérer brièvement mes rencontres de stars. Mes intimités avec des glorieux, des légendaires. Un album photo broché or, posé sur la table de fer entre un Laguiole et deux tranches de saucisson. En attendant l'aligot de minuit. Celui d'après la représentation, qu'on déguste avec les comédiens de la troupe, comblés de plaisir partagé, d'applaudissements et de remerciements sincères. Au milieu de quelques spectateurs encore là, attablés eux aussi en traînards privilégiés. Avec, en prime, le sanctuaire illuminé en décor naturel.

Face à moi, sur la terrasse sous le rocher, des Brigitte, Alain, Jean-Paul. Agriculteurs aux mains épaisses, gardes-malades, fonctionnaires, petits commerçants, retraités. On parle du petit dernier, des soucis d'eau potable, des charges trop lourdes, du prochain Noël, de la rentrée des classes. Et dans ma mémoire, en écho à leur vie et à leurs prénoms ordinaires, les mêmes prénoms pour des vies extraordinaires. Des Bardot, Delon, Belmondo. Les inaccessibles pour le gosse de Juillac. Et pourtant ! De mon voyage en ethnologue au pays des stars, c'est sans doute ce que j'ai ramené de plus précieux. Si la maladie d'Alzheimer me touche, qu'elle soit sélective ! Qu'elle m'efface le gris pour ne m'imprimer que le Technicolor de mon film préféré. La superproduction. Avec une distribution de rêve.

Séquence 1 : « Le Magnifique »

— C'est combien, le lustre ?

— Deux mille, répond, inquiet, le patron de L'Élysée-Matignon, la boîte parisienne à la mode des années quatre-vingt.

Et Belmondo s'élance. Il l'attrape au vol, virevolte et va s'écraser sur une table où dîne une femme seule. Une rose sur la nappe. Il la saisit, la plante entre ses dents et tout sourires lance :

— Pardon mademoiselle, je passais ! Et hop, je repars, l'amour m'attend !

Et deux cabrioles plus loin, il atterrit à sa table d'amis qui l'applaudissent à tout rompre. Ils arrivent d'un combat de boxe, et leur gaieté contamine toute la salle. Moi, j'écarquille les yeux. Du Bébel en *live*. Il est beau, bronzé, torse nu, déchaîné. Je m'approche :

— Il y a une fille au bar qui dit qu'elle est la nouvelle Bardot. Elle est tchèque.

— Tchèque ! Ah, mon Dieu, la pauvresse ! Elle a connu les chars russes, elle n'a pas connu ma bite !

Elle rejoindra la bande surexcitée pour une demiheure de délire absolu. La tablée mettra aux enchères ses habits de soirée. Elle repartira ravie, avec comme seule parure le string bourré de billets de banque. Tout ça dans une ambiance de fête, sans irrespect, sans geste déplacé. Du miel.

Séquence 2 : « En cas de bonheur »

— Allô, Brigitte. C'est Patrick. Je voulais te souhaiter un bon anniversaire.

— Comme c'est gentil, mon Patrick.

— Je peux te passer Maman ? Elle va bientôt fêter ses soixante-dix ans elle aussi.

— Bien sûr.

Et je regarde la gorge serrée Dédée parler à Bardot. Histoire de boucler la boucle. De parapher l'exutoire de la tentative de meurtre si lointaine. C'était en 1960. L'amant de Maman était jaloux. Ils sortaient du cinéma où ils avaient vu *En cas de malheur*. Gabin s'y faisait abuser par une Bardot torride et sans scrupules. Après la séance, dans la voiture, le ton avait monté et l'amant avait stoppé dans un petit chemin à l'écart de tout. Et puis, ivre de jalousie, il avait assommé Maman avec un marteau, l'avait étranglée et avait tenté de la noyer dans le fossé. Par bonheur, un voisin attiré par les cris avait mis l'énervé en fuite et sauvé Maman de justesse. Et, par la suite, en parfaite amoureuse, elle avait dédouané son agresseur devant les juges, implorant leur clémence. C'était ça, Maman !

Émue, le téléphone collé à l'oreille, elle raconte tout, Maman, en ce 28 septembre 2004. Et moi, je plane. J'espionne les rires, les sourires, les confidences partagées. Un moment suspendu. Je reprendrai le téléphone au bout d'un quart d'heure.

— Merci, Brigitte.

— C'est moi qui te remercie. Ça m'a fait de la compagnie. Tu sais, ce soir, je suis seule.

Seule le jour de ses soixante-dix ans ! L'ex-plus belle femme du monde. Bon anniversaire les « célèbres ». Putain de gloire !

Séquence 3 : « Oh, Toulouse ! »

Le petit taureau est d'équerre. Complètement bourré, le Claude. « Nougaresque » plus que lui, il déverse sa poésie de comptoir. Les autres ivrognes du bar se délectent des images éructées avec un accent du Sud-Ouest à couper à la scie. Il fait rimer Saint-Émilion avec cœur de lion, Castille avec Bastille, croisées d'hortensias avec Fernet-Branca. Nous, on est aux anges. Nous, c'est Jean-Louis Foulquier, mon meilleur frère de nuit, et moi. À peine moins soûls. Tout juste pour voir venir avec frisson la provocation suicidaire.

— Je vais t'éclater ta gueule !

Claude vient de provoquer un rugbyman colossal appuyé au comptoir. Préjugeant une réponse au premier degré de la brute épaisse, c'est-à-dire un coup de boule vengeur, on se précipite :

— Ne l'écoute pas. Tu vois bien qu'il est rond. Il ne sait pas ce qu'il dit.

Mais le petit taureau réitère :

— Je sais très bien ce que je dis. Je vais t'éclater ta gueule. Et j'ajoute : de gros con.

Là, on la pressent imminente, la torgnole dans les dents du poète. Mais, par bonheur, l'offensé est un nounours bienveillant. Qui plus est fan du chanteur énervé. Il sourit.

— Allez, Claude, calmez-vous ! Je vous aime bien.

Un autre aurait cessé les hostilités séance tenante. Mais notre Nougaro s'excite de plus belle. Il saute à la gorge du colosse qui le repousse d'un gentil revers de main à peine appuyé. Tu penses ! Un mètre soixante de poète bourré contre deux mètres zéro trois de rugbyman en pleine forme, y a pas de lutte ! On se dit que l'algarade est terminée. Que nenni ! Le petit taureau prend quatre pas d'élan derrière lui et fonce tête première dans le but d'encorner son adversaire d'un coup de tête dans l'estomac.

Un bruit de chaise et de verre brisé. Le rugbyman a esquivé sans peine la charge d'un mouvement de hanches, et notre Claude est allé s'écraser lamentablement sur la table du fond. On le relève. On l'essuie. Et Jean-Louis ne peut s'empêcher de donner un verdict frappé au coin du bon sens.

— Tu t'es vautré comme une merde, Claude !

Il lève vers nous un regard outré et, armé de sa mauvaise foi la plus poétique, lance à Jean-Louis :

— Tu affabules !

Séquence 4 : « Le Gitan »

Juste deux coups de téléphone. Le premier :

— Allô, c'est Patrick Sébastien. Je viens d'écrire un texte. Il est pour toi. Ça me ferait tellement plaisir de te filmer en train de le réciter. C'est juste pour la télé. Si tu ne veux pas, ça ne pose aucun problème. Je ne le ferai dire par personne d'autre et je t'en fais cadeau.

Et Alain Delon raccroche en me promettant de me rappeler quand il en aura pris connaissance. Alors bien sûr, autour de moi, on n'y croit qu'à moitié. La faute à la réputation de l'homme prétendument imbu, hautain. Mais mon sixième sens me rassure. On dit que Delon l'homme se prend pour Delon l'acteur. Et alors, quoi de plus naturel puisque c'est Delon ? Et moi, Delon, je l'admire. Vraiment. Les deux. L'homme et l'acteur. Et puis je sens intuitivement l'homme de parole. Il rappellera, c'est sûr. Deuxième coup de téléphone :

— Allô, c'est Delon. C'est d'accord. Viens me filmer au théâtre Marigny demain après-midi.

— Tu veux combien ?

— Pas plus d'une demi-heure de tournage, je joue le soir.

— Non, je voulais dire : combien de cachet ?

— J'avais compris. Je te répète, pas plus d'une demi-heure. Ton texte est magnifique.

— Merci du cadeau.

— Il est pour moi le cadeau.

Voici le texte du cadeau :

Même que ça s'peut pas !

Dans mon cœur de gitan résonnent des guitares,
Et les soleils d'avant rougissent ma mémoire.
Les sourires de partout, quelques larmes tziganes,
Des parfums andalous, d'étranges caravanes,
Où j'attendais mon tour pour aller faire l'acteur,
Pour être tour à tour ou bandit ou seigneur.

Dans mon cœur de gitan saignent mes souvenirs,
Mes charmeuses d'avant, mes amours, mes plaisirs
Qui dansent autour du feu où brûle ma jeunesse,
Et je revois tes yeux, ma sublime princesse.
Quelques bagues en or, des paroles d'honneur,
Des bagarres corps à corps et d'immenses pudeurs.

Dans mon cœur de gitan sommeille ma tribu,
Des voyous, des marchands, des braqueurs d'absolu.
Des petits frères d'âmes, l'orgueil à fleur de peau,
Qui respectent les femmes et tatouent sur leurs peaux
Les trois points de l'envie d'être libre avant tout
Pour gueuler sans répit : les vrais hommes c'est nous !

Dans mon cœur de gitan, il y a un patriarche,
Un vieux aux cheveux blancs qui m'a appris la marche,
Droit devant sans dévier du chemin qu'on se trace,
Sans un regard en biais, toujours vivre de face.
Ce pour quoi je suis né, ce pour quoi je me bats :
L'honneur, la liberté, la fierté d'être droit.

Je te salue gitan, frère de mes colères
On est les descendants, les fils d'un même père.
Voyageur, comédien, danseur sur une place,
C'était notre destin d'être de ceux qui passent.
Je veux pour testament que l'on garde après moi
L'image en noir et blanc du plus simple des rois.
Et laisser pour toujours aux enfants de mon sang
Les battements d'amour de mon cœur de gitan.

Séquence 5 : « Vous permettez, monsieur ? »

Flash-back, d'abord. J'ai douze ans. Au fond de mon lit de Juillac. J'ai rabattu sur moi la couverture au plus haut pour que la grand-mère qui dort à côté ne se doute de rien. J'ai volé son transistor pour le coller à mon oreille. C'est une nuit exceptionnelle. Europe 1 retransmet en direct le « Musicorama » de Salvatore Adamo, la méga-vedette de l'époque. Mon idole. Ma toute première imitation. La plus pratique pour une voix qui n'a pas encore mué.

Le commentateur exulte :

— Les fans sont déchaînés dans la salle. Ça y est, Salvatore s'approche du rideau... Les musiciens attaquent... Le rideau s'ouvre... Écoutez l'ovation !

Le miracle des ondes. Le progrès n'améliore pas tout. Ce son seul était bien plus exaltant que s'il y avait eu les images en plus. Elles étaient dans ma tête les images, dans mon rêve le plus beau. Ce jour-là, je me suis dit que c'était ça, mon idéal de réussite. Au point que, quelques jours plus tard, quand ma grand-mère a demandé ce que je voulais faire comme métier quand je serais grand, j'ai répondu sans hésiter :

— Adamo qui chante à l'Olympia !

Fin du flash-back, mais on reste dans un lit. D'hôpital, celui-là. Il y a dix ans. Salvatore sort d'un coma. Ça a bien failli être le dernier. Les premiers mots de sa conscience seront pour moi :

— Je voudrais parler à Patrick.

C'est lui qui me l'a raconté au hasard de nos conversations de nuit. Ces échanges de trois heures du matin quand nos portables nous attirent l'un vers l'autre pour nous dire qu'on s'aime bien. Qu'est-ce qu'il aurait pu rêver de mieux, l'enfant de Juillac ? Quand je te dis que je suis comblé !

Et puis séquences 6, 7, 8, 9, 10, etc. La maison de Lautner, avec tous les claps des films mythiques pendus au mur et sa détresse de devoir mourir bientôt. Du brutal. Les confidences de Morgan m'avouant qu'elle est vraiment tombée amoureuse de Gabin au moment précis où il lui a murmuré pour la première fois son célèbre : « T'as de beaux yeux, tu sais. » Celles de Gina Lollobrigida, dans la loge du « Plus Grand Cabaret », me détaillant ses soirées de filles avec Marilyn Monroe. Le foulard et les lunettes noires de Sophia Loren, groupie énamourée d'un chanteur populaire dont je faisais la première partie sous un chapiteau perdu dans la campagne normande. Ceux-là et tant d'autres. Mes idoles d'enfance. Mes intouchables.

Et puis aussi, surtout même, mes spectateurs d'un soir. Assis dans la salle pour « me » voir, m'applaudir. Aznavour, Bécaud, Salvador, de Funès bien sûr. Morgan et Ventura main dans la main. Mme Bourvil émue aux larmes. Rainier de Monaco qui fait tourner mes serviettes avec Shirley Bassey. Marcel Carné. Aragon même. Des centaines d'étoiles épinglées au ciel de mon rêve le plus fou. Au point de me pincer chaque jour en me disant :

— Mais non, ça n'a pas existé. Réveille-toi. Tu n'as jamais quitté Brive.

Et le plus déroutant, c'est d'appartenir à cette galaxie. De voir des gamins m'aborder, tremblants, impressionnés. Je te jure que je ne comprends toujours pas ce qui s'est passé. C'est allé tellement vite, tellement loin. Et le paradoxe est que je trouve ça encore plus désolant que jouissif. Parce que je sais l'inconsistance de tout ça. En touchant tous ces vénérés au plus près, j'ai aussi croisé leur commun, leur ordinaire. Leurs maux de dos, leurs maux de tête, leurs chagrins d'amour, leurs soucis d'intendance. Et de plus près encore, le cheveu parsemé, les auréoles sous les bras, les chemises tachées, les impôts à payer, les enfants cauchemars. Comme les Alain, Brigitte et

Jean-Paul de la terrasse de Côté Rocher. Humaniste, tu dis ? Plus que jamais.

Chaque être humain en vaut un autre. Ni plus ni moins. Si je tombe en panne en pleine campagne avec Clooney dans ma voiture, c'est pas lui qui la fera redémarrer. C'est Georges le garagiste. Quarante-cinq ans, une femme, deux gosses, deux dents en moins, des problèmes de prostate et une maison à crédit. *What else !*

Relativiser tout, et en toute occasion. Surtout la gloire. Pour ne pas devenir fou. Malheureux souvent, mais pas fou. Avec des éclairs de sérénité. Des petites pauses de bien-être absolu. En cet été 2009, je suis assis sur la terrasse de Côté Rocher au milieu des miens. Au loin, la cloche du sanctuaire somme minuit. Pas de stars. Les étoiles ne sont qu'au ciel et dans les yeux de mes amis. Je pourrais être sur un yacht à Saint-Tropez, noyé dans les facilités que la vie n'accorde qu'aux chanceux. Mais je suis mieux là. Il faut savoir se protéger du meilleur, même quand on en a les moyens. Ce n'est pas une vérité universelle, c'est la mienne. Mon intime conviction. Tiens, ça ferait un beau titre d'émission, ça !

J'ai toujours été fasciné par les faits divers. Quand les contours de l'âme humaine se distendent. Quand la passion, l'envie, la jalousie, le profit ou toute autre motivation pousse à l'irréparable. C'est pour cela que, encore une fois à l'écoute de mon plus personnel, j'imaginerai cette émission innovante qui amènera des

« people » à jouer leur propre rôle dans une affaire criminelle. « Intime conviction » donnera l'occasion à ces célébrités de vivre un moment rare. Accusés de meurtre, ils étaient soit coupables, soit innocents. À charge au jury, composé lui aussi de personnalités, de démêler le faux du vrai. Avec des comédiens et de vrais avocats en totale improvisation.

Voilà pour le concept. Digressons sur le fond : le judiciaire et le criminel auxquels ma vie privée se frottera à maintes occasions. Encore mes fréquentations marginales. Cette attirance atavique vers le décalé, l'insoumis. Parce que c'est Maman qui me présentera mes premiers voyous de haut vol. Ses copains de minuit. Enfouraillés comme des porte-avions et décalés comme des poissons volants. Ils venaient de temps en temps dans le petit snack-bar qu'elle tenait à Brive dans les années soixante-dix (voir les bouquins précédents). Ils étaient dangereux mais délicats. Drôles, aventuriers et protecteurs surtout. Pour l'ado que j'étais, élevé aux polars, un ravissement.

— Dis tout de suite que je t'ai encouragé à la délinquance, s'insurge Maman sur mon épaule.

— Pas du tout. La preuve, c'est que je suis resté à peu près dans les rails. Mais avoue que tu as toujours eu une grande tendresse pour les « incorrects ».

— C'est vrai. Mais les authentiques. Pas la racaille de deuxième zone. Des respectueux, des polis. À l'ancienne, comme on dit. Des honorables.

— Ils ont quand même braqué des banques. Piquer le pognon des autres, c'est honorable ?

— Voler des voleurs, c'est pas voler !

Et une sentence de plus. Discutable, mais bon, on va faire avec. C'est sûr qu'ils étaient plus que bien élevés, les « honorables » de Maman. Jamais un mot plus haut que l'autre. Plutôt réservés et bons vivants. Solidaires en toute occasion. Je n'en ai jamais fait des modèles, seulement des amis que je conserve encore. Sans admiration exacerbée. Un délit reste un délit. Mais je les aime quand même au nom d'une morale établie dont les contours sont plutôt flous, non ?

Le politique qui pique dans la caisse, le curé pédophile, le marchand d'armes à tuer les enfants du bout du monde, l'industriel de produits alimentaires poisons pour les plus pauvres, le conducteur bourré à quatre grammes, le big boss qui délocalise en suicidant ses ouvriers, ça en fait de la racaille non déclarée ! Je préfère l'officielle. Elle a au moins le mérite de ne pas avancer masquée. Et puis elle connaît parfaitement la règle du jeu. Le Monopoly. Avec ses cartes chance, les gares pour s'échapper, la rue de la Paix au mieux et, au pire, la case prison. Je n'entrerais pas dans le détail de ces fréquentations-là. Le secret, bien entendu. Tant il est vrai que, quand je m'épanche, je donne l'impression de vider tout mon sac. Loin de là, par bonheur, et surtout par précaution. Parce que si je lâchais toutes les dérives dont j'ai été témoin, je ne pourrais plus me regarder dans la glace. Tout simplement parce que je n'aurais plus de glace, ni la maison qui va autour. Pulvérisées pour la leçon. Le code de discrétion que l'on doit s'imposer dans ce milieu-là est bien plus de survie que d'honneur.

Je garde donc pour moi les mille illégalités auxquelles j'ai assisté. Je préfère taire aussi mes rencontres avec les légendaires. Ces amis « stars » du banditisme qui finiront au mieux embastillés pour très longtemps, au pire mitraillés à un carrefour au nom d'une loi pressée d'en finir. À ce jeu de gendarmes et de voleurs, j'ai eu des amis dans les deux camps. Des hommes de trempe. Finalement assez semblables, chacun dans son genre des deux côtés de la barrière. Une catégorie tant éloignée de mon tout-venant artistique. Les uns aussi lâches que les autres sont courageux. Et les mêmes uns tout autant ignorés que les mêmes autres sont pourchassés. À se demander qui sont les véritables délinquants. J'ai la réponse, tu t'en doutes.

Silence donc. Je me contente de conserver juste un sourire amusé et ému en revoyant sur les images de mes émissions, assis dans la salle, des spectateurs innocents qui ne l'étaient pas tant que ça. Des fuyards bravant l'interdiction de séjour pour se planter, grimés souvent, dans le public de mes shows. Comme ça. Pour le plaisir et la provoc. Et puis après, dans la loge, le regard attendri du vrai dur serrant contre lui sa petite fille aux yeux remplis d'étoiles, me murmurant à l'oreille :

— Merci du cadeau. Moi aussi je suis funambule. La différence c'est que je suis certain de m'éclater la gueule par terre. Et que je ne veux surtout pas que ma petite m'applaudisse pour ça. J'ai choisi le mauvais cirque. C'est ma vie. Je ne veux pas que ce soit la sienne. J'espère que ton clown lui donnera envie de faire rire, pas de faire pleurer.

Voilà pour le « criminel ».

Le judiciaire maintenant, dont je suis passionné et qui m'a aussi inspiré le concept d'« Intime conviction ». Encore une fois, un succès d'estime plus que d'audience. Normal, le téléspectateur devait être acteur. Remuer ses méninges pour chercher dans chaque détail la solution. Une hérésie dans le PAF d'aujourd'hui où la règle est de surtout faire de l'image pour légumes sur canapé. Ces hymnes à la passivité à la fois physique et intellectuelle. Il faut bien désactiver le cerveau pour y caser du vendable dans chaque espace ainsi libéré.

« Intime conviction » ne rencontrera donc que l'enthousiasme de trois millions de Sherlock Holmes de salon, assidus et actifs. C'est déjà pas mal. Plus quelques spécialistes plus avisés qui y verront en filigrane une mise au jour de l'incohérence de la justice. Il est vrai que sur les quatre affaires que nous traiterons, les jurés se planteront chaque fois. Condamnant des innocents et absolvant des coupables. Édifiant, non ?

Et encore, au-delà, je m'apercevrai que le destin est un scénariste bien plus compétent en réalité qu'en fiction. Dans « Intime conviction », Lio, Francis Perrin, Jean-Pierre Coffe et Didier Barbelivien étaient accusés de meurtre dans leur propre rôle. À la même époque, l'actualité se chargera de propulser sous les projecteurs et devant les caméras d'autres célébrités dans le même cadre. Hélas ! pas pour du divertissement. Bertrand Cantat, le chanteur, et, plus tard, Marc Cécillon, le rugbyman. Deux affaires pratiquement similaires. Deux crimes passionnels. Abominables. Impardonnables.

Je t'en parle ici, non pour faire du sensationnel, mais parce que pour l'une de ces affaires surmédiatisées, j'ai été au plus proche. Un secret que je n'ai révélé à personne jusque-là. Mais un élément nouveau me pousse à le faire. Dans les deux cas, les leçons à tirer éclairent d'une lumière bien étrange les piloris de notre nouvelle société.

— Allô, Éric.

— Oui.

— Je voudrais que tu t'occupes du procès en appel de Marc Cécillon. C'est moi qui payerais tout. Il a pris vingt ans.

— Trop pour un crime passionnel. Le tarif, c'est quinze ans.

— C'est ça. Ni plus ni moins. Ce qu'il mérite. Et ça n'absout rien. Ce qu'il a fait est terrible et ignoble. Je veux juste qu'il paye le prix de sa faute dans le cadre de ce que prévoit la loi. Là, il a pris trop lourd à cause d'une défense incompétente.

— Je suis ton homme.

— Bien entendu, je veux que personne ne soit au courant de ma démarche.

— Bien entendu

Éric, c'est Dupont-Moretti, mon ami. Un ténor du barreau, comme on dit. Le meilleur paraît-il. Un humaniste surtout. Un frère d'indulgence pour les turpitudes de ce bas monde. Convaincu comme moi que la justice n'est pas juste. Qu'elle est seulement l'application de la loi au gré du talent des avocats, des influences des juges, et des hémorroïdes des jurés. Je caricature, mais l'humeur du jury, ses petits soucis, ses jalousies sociales, ses propres travers pèsent souvent bien plus dans la balance que la rigueur des faits avérés. C'est ainsi. C'est la justice. Et, tronquée ou pas, elle reste un pilier essentiel de toute civilisation.

Marc Cécillon était aussi un ami. Croisé cent fois sur les terrains de rugby. Et en troisième mi-temps aussi. Une force de la nature que l'alcool rendait inapprochable et surtout quasiment indestructible. À jeun, c'était un bon nounours capable d'affections formidables. Un exemple de courage aussi au point d'avoir été nommé capitaine du XV de France. J'avais toujours gardé des liens d'amitié avec le colosse en souvenir de nos nuits de fête. Et je l'avais souvent croisé, retraité de la gloire en souffrance, à l'occasion de mon implication dans le club de Bourgoin. Le 7 août 2004, à peine quelques minutes après le drame, j'ai reçu un coup de téléphone d'un ami berjallien :

— Marco vient de tuer sa femme. Cinq balles dans la tête dans une soirée. Devant ses filles. On a mis dix minutes à le maîtriser, à plusieurs. Même en lui écrasant un parpaing sur la tête, il n'est pas tombé. C'est horrible.

— Il était soûl bien sûr ?

— Complètement. Tu sais bien, elle voulait le quitter. Il a complètement disjoncté. C'est affreux.

Au premier procès, la défense s'appuiera sur la déprime de fin de carrière, rejetant la responsabilité sur l'alcool, bien entendu, ajouté à un traumatisme dû à un arrêt brutal de célébrité. Avec défilé d'anciens joueurs à la barre. Une faute professionnelle aux conséquences immédiates. Vingt ans fermes. Bien plus que la norme. Alors on s'est écrit. Marc était détruit, rongé par une culpabilité abominable. Esseulé aussi, lâché par tous. Et c'était bien normal. Juste un extrait de mon courrier pour que tu comprennes :

« ... Je ne t'absous de rien. Tu dois payer le prix, pas plus, pas moins. Je vais t'aider surtout pour que tu ne recommences jamais. Parce qu'il y aura une vie après et que tu dois chasser tes démons. Pour que tu saches qu'on peut faire du bien sans rien attendre en retour. C'est mon cas. Tu ne me seras redevable que de ta réinsertion dans le droit chemin et ton repentir sincère... »

En plaidant le crime passionnel, parce que, hélas ! ce n'était que ça, Éric a réussi à ramener sa peine à quatorze ans. Le juste prix. Aujourd'hui, il est dehors, comme Cantat, meurtrier, passionnel aussi, de Marie Trintignant. Deux cas de figure presque identiques. Deux drames atroces que je n'ai pas à juger puisque la justice l'a fait. Enfin, la loi, plus que la justice. Parce que pour les familles des victimes, le chagrin à perpétuité, ce n'est pas juste. Parce que ces douleurs-là ne sont pas réparables. Alors, tu me prends sûrement pour un idéaliste indulgent qui accorde des circonstances atténuantes à tout. Idéaliste certainement, mais pas au point de cautionner l'inacceptable.

Il y a une semaine, la veille de mon passage inoubliable au festival de Poupet, Bertrand Cantat était sur la même scène. Applaudi, fêté. Ça, j'ai le droit de le juger. Et je le juge mal. Je ne mets en doute ni son talent, ni ses blessures coupables certainement atroces, ni son besoin de survivre. Mais l'exposition me heurte au plus haut point. C'est pour moi d'une brutalité presque plus coupable que le meurtre lui-même. Parce que l'acte n'est pas spontané et irréfléchi. Il est pensé et marketé. Et en ce cas, la circonstance n'est pas atténuante. Elle est aggravante.

Quant à Marc Cecillon, il s'est isolé, discret et travailleur depuis sa sortie. Décent alors, lui ? Digne ?

Oui, jusqu'à ce que j'apprenne qu'il a assigné ses deux filles pour une histoire d'héritage mal géré. Poursuivre ses filles en justice après leur avoir volé leur mère relève plus de l'inconscience et de la bêtise absolue que de la maladresse. Même si, comme il s'en défend, il ne s'agit que de protéger les intérêts de l'une et de l'autre.

Voilà. À l'occasion de l'évocation professionnelle d'« Intime conviction », je voulais faire ce crochet par ces faits divers, bien réels ceux-là, qui en disent tant sur les abysses de l'âme humaine. Rien qui ne puisse concerner directement ma carrière d'artiste dont je te fais le récit ici. Mais quelques désillusions de plus qui ajoutent une couche supplémentaire à ma cuirasse.

— Encore une fois, l'œuf plus gros que le cul de la poule, soupire Maman.

— Eh oui, dans la basse-cour de justice !

À quelques pages de la fin de cet avant-dernier chapitre, résumons la situation. En septembre 2009. Trente-cinq ans après le gamin à la valise en carton bouilli sur le quai de la gare. Côté boulevard de l'Hôpital, couchés dans les tiroirs de la morgue, une armée d'essentiels. Perdus et irremplaçables. Quelques-uns encore sur la liste d'attente pour les années à venir. Côté Austerlitz, quelques soleils restants. Nana et Lily en premiers rayons. Plus les nouveaux amis fidèles glanés en chemin. Tonton Max, Norbert de Carcassonne, Didier le chirurgien, Pierrot de Cannes. Et puis Monique, la fournisseuse de tous les grands beaux numéros du « Plus grand Cabaret du monde ». Indispensable à mon cirque, mais bien plus à mon cœur, avec son Jeannot de mari. Et puis ceux de mon sang. Mon frère, ma sœur, leurs enfants et les tantes chéries qui me restent. Et mes enfants à moi, bien sûr. Olivier le tendre ingérable, et Benjamin l'exemplaire. Aussi attachants l'un que l'autre. Et puis Marie, ma petite-fille, pour l'instant loin de moi, mais que le temps va bientôt rapprocher au plus près. Voilà pour l'intime.

Matériellement, la petite piaule de l'hôtel minable a fait place à des résidences luxueuses. Les fringues rares se sont décuplées dans les penderies. J'alimente mes comptes en banque sans trop me soucier du montant exact. Pour ça, rien de neuf. Même à l'époque des vaches maigres, je n'ai jamais eu l'esprit à leur compter les côtes. Un détachement de terrien. L'important pour moi est d'avoir quelques billets dans la poche de mon jean. Il n'y a que ça qui me sécurise vraiment. Je suis allergique, hélas ! à la comptabilité. Ce qui m'a valu des emprunts de faux amis oubliés, des détournements familiaux et des placements a minima. Qu'importe ! L'essentiel a toujours été de conserver toute ma conscience d'artiste. Douze et douze, il paraît que ça fait vingt-quatre. Pour moi, ça fait deux alexandrins.

Professionnellement, en 2009, c'est moi qui suis à la une du petit kiosque à journaux où j'avais acheté le *Pariscope* trente-cinq ans plus tôt pour y traquer les adresses des cabarets susceptibles de m'auditionner. Aujourd'hui, c'est moi qui auditionne. Des débutants, des rêveurs. Avec une bienveillance bien supérieure à celle qu'on m'avait accordée à mes débuts. Et avec apparemment feeling et discernement puisque mes « poulains » sont devenus pour la plupart des étalons. Les plus valeureux faisant la course bien loin devant moi.

Reste la santé. Miraculeusement excellente. Rescapé sans dommage des nuits d'alcool, des bagarres de rue et des accidents de voiture. Un petit accroc, cependant, fin 2009. À deux doigts de la fracture définitive. Sans doute l'écho pathologique au choc affectif des deuils successifs. Comme souvent. Parce que les chagrins et les contrariétés sont les pires des nosocomiaux... Je me souviendrais toute ma vie du petit local de RTL où j'officiais à ce moment-là. Un passage éclair où, malgré la plus forte audience de toutes les radios, on me virera pour incompatibilité d'humeur politique. Pas de quoi s'attarder. Les aléas de ma grande gueule. Mais revenons au petit local donc, dont je sors, un peu soucieux, après avoir raccroché le téléphone. Guillaume Durand, l'invité à venir de mon émission, demande :

— Ça ne va pas ?

— Si, si. Mais on vient de m'apprendre un truc. Je ne me souviens plus du signe astrologique. Attends... Capricorne... Non... Bélier, Verseau... Non plus... Sagittaire... Ah, ça y est, ça me revient : cancer. C'est ça qu'on vient de m'apprendre. C'est un cancer que j'ai !

Encore et toujours l'humour salvateur. L'autocynisme dans les pires moments. C'était un cancer de la peau. Un mélanome infiltrant, le plus traître, effacé provisoirement d'extrême justesse par une opération sans laquelle je n'aurais pas passé l'hiver. On ne s'attarde pas non plus. Juste pour un petit règlement de comptes. Quelques années plus tôt, j'avais contribué au lancement de la carrière de Nicolas Canteloup *via* ma boîte de production drivée par Nana. Ce matin-là, elle est en pleurs. De rage.

— Je viens d'écouter Nicolas à la radio. Il s'est foutu de ton cancer.

— C'est de l'humour.

— Non, c'est dégueulasse. D'abord, on ne plaisante pas avec ce genre de choses. Moi, j'ai passé des nuits à trembler de peur en attendant le verdict. Et ce connard s'en amuse ! Après tout ce qu'on a fait pour lui. Je ne lui pardonnerai jamais.

Elle n'a pas pardonné. Moi, si. Parce que je refuse que la saloperie ordinaire vienne polluer le peu de temps qu'il me reste. Mais, bon, c'est l'air ambiant. Irrespirable. Il suffit d'aller remplir ses poumons ailleurs. C'est ce qu'on va faire pour terminer ce chapitre. On va repartir dans le beau, histoire de finir au soleil ce chapitre rempli de tant d'ombres. Le soleil de Camargue. Et la musique qui va avec. Et la guitare autour de mon cou. Et les caravanes des exclus des villages, des bouffeurs de hérissons, des voleurs d'autoradios. L'imagerie traditionnelle. Pas complètement erronée. Mais réductrice en « diable ».Tiens, le revoilà, celui-là ! Tellement raccord quand je repense à mon émission préférée parmi toutes celles que j'ai commises. Ça s'appelait « Sébastien et les Gitans ». Je l'avais faite pour Maman. J'ai eu son dernier regard lucide et émerveillé la veille de l'enregistrement. Elle est morte trois jours après. Elle ne l'a jamais vue. Bien joué, le diable !

Quand j'ai quitté la maison de Martel pour monter enregistrer l'émission à Paris, Maman s'était préparée. Elle était habillée de beau, en bout de table. Elle a fait une dernière tentative :

— Tu es sûr que tu ne veux pas que je vienne ?

— Non, ce n'est pas prudent. Tu es trop faible.

Je savais que si elle venait à Paris, elle serait morte là-haut. Ça aurait été certainement magnifique, entourée de ses amis, de leurs guitares, avec l'extrême-onction de son dieu vivant : Manitas de Plata. Mais non, bien sûr. Alors, avec Chico, on s'était dit que, si elle tenait encore le coup quelques jours, on descendrait là-bas, à Martel. La scène, je l'avais répétée déjà cent fois. Je serais arrivé tard, comme d'habitude. Comme d'habitude, je l'aurais embrassée sur le front, assis au pied de son lit dans la chambre aux fenêtres ouvertes en permanence. Et puis le son des guitares serait monté du jardin. Ils auraient tous été là.

Et ils ont tous été là. Mais à l'église seulement. Et au cimetière après. La plus belle oraison funèbre résonnera quelques semaines plus tard en écho à la télévision dans l'émission qui était pour elle et qu'elle ne vit jamais. Les mots dits par Delon que tu connais déjà. Au féminin près.

> « Dans mon cœur de gitan, il y a un patriarche,
> Un vieux aux cheveux blancs qui m'a appris la marche,
> Droit devant sans dévier du chemin qu'on se trace.
> Sans un regard en biais, toujours vivre de face.
> Ce pour quoi je suis né, ce pour quoi je me bats :
> L'honneur, la liberté, la fierté d'être droit. »

Maman, mon patriarche, est morte depuis cinq ans, déjà.

Même que ça s'peut pas !

2009-2014

LE BAL

Ce dernier chapitre sera bien plus court que les autres.

D'abord, parce qu'il me tarde d'abandonner cette écriture pour me lancer dans une autre. Celle du prochain scénario. Pas que je m'ennuie avec toi, mais je piaffe de donner vie à cette histoire qui pour l'instant galope dans ma tête à la vitesse d'un cheval de Camargue. Encore une « gitanerie » avec caravanes, guitares et parole d'honneur. On ne se refait pas. Une aventure bourrée d'émotion qui verra certainement le jour dans deux ans. Peut-être même sur grand écran. Tout arrive ! Jacques Malaterre, mon nouveau frangin, est dans le même état que moi. Pressé d'instiller à *Amélia* les nuances d'un jeu d'acteur encore plus profond que celui de *Max*. Un défi de plus. Une aventure qui pour l'instant n'existe que dans ma tête. On fait un beau métier quand même !

Et puis, je serai concis dans ce dernier chapitre parce que, de 2009 à 2014, il ne se passera rien que je ne t'aie déjà confié. Je veux dire rien de nouveau à hauteur de ressenti. Bien sûr il y aura des deuils, des succès, des échecs. Mille anecdotes dont je pourrais encrer ces pages, mais au risque de répéter encore et encore les enthousiasmes et les indignations que tu sais déjà. J'en ai déjà trop dit. Alors juste un survol. En fin de voyage. Histoire de fendre les nuages une dernière fois avant l'atterrissage. Avec quelques intitulés en bornes-repères.

Le chagrin.

Quand l'arrière-vague du tsunami a déferlé, elle a emporté en se retirant Kido et Camille, en laissant derrière elle des rigoles de larmes. Rigoles ! Quel étrange non-sens pour des départs aussi tristes. Kido d'abord, époumonée par le cancer de la clope. Au point qu'à chaque fois que j'allais lui tenir la main, j'avais l'impression de visiter l'appartement-témoin de ma future résidence. Je tousse de plus en plus. Et puis Camille, que le service des urgences de l'hôpital de Brive a renvoyé à la maison sans déceler une septicémie aiguë. Erreur de diagnostic ? Non, erreur d'aiguillage. Au mauvais moment au mauvais endroit.

Par bonheur, il me reste encore quelques essentiels qui ont échappé à la déferlante. Mes vieux grognards fidèles. Philippe le Corse, chef de musique et de droiture. Gilou, musicien aussi, le compagnon des tout débuts. Gerald, à l'ombre de toutes mes lumières depuis trente-cinq ans. Jean-Louis, le bistrot, le cœur sur la main et la main dans la mienne. Et puis JP bien entendu. Mon bras. Je ne précise même pas « droit », tant il est inenvisageable que ça puisse être le gauche. Ils sont mes derniers repères. Naufragé d'accord, mais pas perdu.

La pérennité.

Chaque fois que France 2 a eu la bienveillance de renouveler mon contrat. Dans cette nouvelle télé de concours, de juges, de journalistes, de chroniqueurs à bas prix, une providence. La permission de mettre en vitrine des artistes sans autre intérêt que de donner leur talent en spectacle. En échappant au passage au nouveau jeu qui phagocyte les cerveaux indigents : « On vous prend pour des cons, mais ça peut rapporter gros. » Tu sais, ces devinettes pour trois mille euros à la connerie abyssale, genre :

Quelle est la ville du Sud où on trouve le port de Marseille ?

Réponse 1 : Lille… Réponse 2 : Marseille.

Tout ça pour se gaver de l'argent des SMS. Ce serait juste risible si, sournoisement, ce n'était bien plus nuisible qu'on peut l'imaginer. Trois mille euros pour ça ? Et comment tu expliques à ton gamin que, dans la vraie vie, pour gagner ces trois mille euros, il faut bosser pendant deux mois ? Mais c'est la télé. Et, finalement, elle n'est que le reflet de toute une société voyeuse, paresseuse et avide. Avec une seule vraie question. À zéro euro, celle-là. Est-ce le cours des choses qui a fabriqué cette télé, ou cette télé qui fabrique le cours des choses ?

Mais je ne me plains de rien. Le service public m'octroie vingt shows par an, plus le plus gros spectacle de l'été : « La fête de la musique », et le plus prestigieux de l'hiver : « La soirée de réveillon ». De quoi lui exploser les yeux, au gamin emmitouflé de la place du village. Bon, d'accord, je ne bénéficie que de peu de considération de mes patrons actuels. Mais, d'abord, ce n'est pas nouveau, les anciens n'en avaient pas non plus. À leur décharge, le patron de bistrot n'est pas obligé de trinquer avec le client. Et puis, je ne suis qu'une pièce sur leur échiquier. Le fou. À considérer avec précaution, mais à tenter d'écarter au premier faux pas. Il viendra, c'est sûr. En attendant, je me contente de l'argent du beurre. Pour le beurre, je le laisse aux décideurs de tutelle, politiques et hommes de réseaux, perchés, indéboulonnables, bien au-dessus de ces patrons-là. Cette matière grasse pourrait leur être utile, si tu devines, à mots couverts et feutrés, le qualificatif dont je les gratifie.

Le plaisir.

Les scènes multiples. Des orgies festives devant des milliers de spectateurs aux intimités des petits théâtres où je fais l'auteur, le metteur en scène et l'acteur. Mon vrai bonheur. Avec en prime cette nouvelle génération inattendue d'aficionados décalquée par mes « sardines ». Des mômes, des insouciants, qui d'un coup, comme ça, m'ont décrété « culte ». Il ne manquait plus que ça ! À soixante piges, déifié par des gamins joyeux. Cela me touche profondément. Parce que ça me conforte surtout dans l'idée que j'ai bien fait de m'obstiner. De ne pas céder à la tentation du convenable. Et une leçon de plus pour le glorieux en herbe. Encore un extrait du texte du « Gitan » écrit pour Delon : « Droit devant, sans dévier du chemin qu'on se trace / Sans un regard en biais, toujours vivre de face. »

Et puis Lily.

Ce petit bout de bébé tiaré a tout changé. Elle m'a ouvert les yeux parce que je suis certain que ce sera la dernière à me les fermer. Et si tout ce chemin n'avait été tracé que pour arriver à elle ? L'ultime conquête dans une vie de guerrier. Bien plus essentielle que mes titres de gloire, mes rencontres de stars, mes conforts, ma revanche et mes outrances épicuriennes.

Alors un dernier texte de Patrick Sébastien. L'autre. Celui qui essuie ses larmes avec la serviette qu'il vient de faire tourner. Une tirade extraite de ma première pièce de théâtre, *Le Kangourou*. À la fin. Pour qu'elle l'entende un jour.

« Après tant de détours, de tempêtes, d'orages,
Tu es venue enfin presque au bout de mon âge
Cicatriser ma vie et poser pour toujours
Sur mon vieux cœur de pierre ta patte de velours

Même que ça s'peut pas !

J'aimais les bateaux fous qui tanguaient au hasard
Et me voilà vieux loup, prisonnier d'une amarre.
J'aimais les nuits de guerre, les amours de trottoir,
Je ne rentre pas tôt mais jamais aussi tard.

J'ai retrouvé le goût du baiser sur la bouche
D'une femme qu'on lève, pas d'une que l'on
couche.
J'ai retrouvé l'odeur d'une peau sans parfum,
Un cœur d'autant plus grand que petite est la main.

J'ai retrouvé l'envie d'être ce que je suis
Pas seulement pour moi mais pour que tu souries.
Le temps coule à l'envers quand on est amoureux
Plus c'est toi qui grandis et moins je deviens vieux

Oui, je suis amoureux et déjà très jaloux
De celui qui viendra déposer sur ton cou
Un baiser de garçon, un baiser de voleur
Ce n'est pas de la haine, c'est juste de la peur.

Peur que tu tombes un jour sur un fou comme
moi.
Je sais ce que j'ai fait, donc ce qu'il te fera.
C'est là, la punition des trousseurs de jupons :
Ce qu'on fait faire aux mères, nos filles le feront.

Alors en attendant le châtiment suprême,
Qu'un voleur de bébé vienne te dire : « Je t'aime »,
J'ai composé ces mots, je les ai ciselés,
Je ne peux pas mieux faire, je me suis appliqué.

Ce poème est pour toi, ma Lily, mon bijou.
C'est un « je t'aime » en vers que j'ai écrit surtout
Pour être bien certain que celui qui viendra
Ne te le dira pas mieux que je l'ai fait là.

Au moment où j'écris ces mots, elle apparaît. Comme presque chaque fois quand mes doigts parlent d'elle. Un sixième sens peut-être. Elle enroule ses petits bras autour de mon cou et me murmure à l'oreille :

— J'ai besoin de toi, papa !

Enfin. Il était temps. Moi qui ai fait tout ça parce que j'avais besoin des autres.

Allez, on conclut. En repartant quelques mois avant que débute ce récit. Pour faire un ultime bilan. Pour vraiment prendre conscience du chemin parcouru. Et surtout de l'insignifiance de nos destins. Quand on pense que le mien ne tient qu'à un air d'accordéon ! Juste un air d'accordéon sur l'estrade d'un dancing en mai 1973. La vraie cause de tout, après une scène de ménage avec ma compagne du moment.

Je hurle :

— Avoue que tu m'as trompé !

Elle nie et nie encore. En pleurs. Et puis, épuisée au bout de quatre heures d'interrogatoire, elle craque.

— Oui.

— C'est qui ?

— Je ne veux pas te le dire.

— Oh, si, tu vas me le dire.

Il me faudra encore une heure de questions pour arracher un nom. Il aurait suffi qu'elle ne le prononce pas pour que tout ce que je viens d'écrire n'existe pas. Ou que ce soit celui d'un plombier, d'un maçon. Hélas ! ou tant mieux, c'était celui d'un musicien d'orchestre de bal. Un accordéoniste. Amoureux fou, j'avais bien senti en rentrant de ma tournée de rugbyman en Afrique du Sud que, pendant mon absence, la belle avait pris ses aises. Alors, j'ai lancé :

— Puisqu'il suffit de monter sur une scène pour se taper les nanas des autres, moi aussi, je vais y aller !

Et j'y suis allé. Dérisoire, le motif. Tellement commun. Un réflexe de jalousie ordinaire. Et au bout, une vie extraordinaire. Juste ça. Pour un air d'accordéon. Un tout petit air d'accordéon.

Maman me tape sur l'épaule.

— Ne me dis pas que, quarante ans plus tard, c'est encore cette trahison de pacotille qui te motive ?

— Si... Et ne me dis pas que ça s'peut pas !

Même que ça s'peut pas !

— Si, ça s'peut !

J'ai un peu menti à Maman. Cette trahison n'est pas ma motivation d'aujourd'hui. Il y a longtemps que je l'ai enterrée. Mais elle est la symbolique de tout le reste. J'ai puisé dans chaque fourberie, chaque avilissement, chaque insulte, chaque mépris, les ressources de ma marche en avant. Et comme chaque jour m'apporte un affront nouveau, je n'ai pas fini d'avancer.

Il ne faut jamais mettre en échec un orgueilleux écorché vif. C'est le seul moyen de lui donner la force de réussir.

Alors, avant de clore définitivement ce voyage, une dernière saloperie ordinaire jumelée à une extase humaniste. Un ultime marqueur de l'orgasme et de la souffrance dont je te disais au début qu'ils étaient les composantes inévitables de la popularité. C'était avant-hier soir. À Issoire, en Auvergne. Comme si le hasard m'avait envoyé cette petite griffe médiatique juste à point pour mettre la cerise sur le gâteau avant de conclure mon récit. Un incident qu'on aura vite oublié. Juste le temps qu'il s'essouffle sur le Web avant qu'un autre prenne le relais.

Tout était réuni pour une belle soirée. La scène en plein air face aux tribunes du stade, les organisateurs adorables et heureux du succès, les musiciens, les copains, le beau temps. En rejoignant ma loge après les balances, j'ai été abordé par une petite journaliste de vingt et un ans sollicitant une interview pour *La Montagne*, le journal local.

— Je n'ai pas envie. Je n'ai rien contre votre journal, bien au contraire, mais je n'ai pas envie. C'est votre droit de me solliciter, mais c'est le mien de refuser.

— Mais pourquoi ?

— Parce que je n'ai pas envie. Parce qu'aujourd'hui la moindre phrase est décortiquée, manipulée, et que j'en ai marre de retrouver sur le Net des propos déformés ou détournés. Je suis ici pour faire mon métier d'artiste. Je veux juste faire passer un bon moment au public. J'ai envie de tout sauf de polémique.

La jeune fille a insisté avec ténacité. Lourdement. Comme j'ai senti instinctivement la jeune tigresse aux crocs acérés, je suis resté inflexible. Poli, mais inflexible. Et puis, comme l'humeur ambiante était joyeuse et détendue, je me suis laissé apitoyer par sa mine contrariée et son jeune âge. Je me suis dit que quelques réponses banales ne me coûteraient rien. Et puis aussi pour ne pas qu'elle se fasse enguirlander par son rédacteur en chef en rentrant à vide, j'ai finalement consenti à lui faire plaisir.

— Allez, d'accord, on va parler du spectacle, sans polémiquer.

— OK.

Une ou deux questions sur la scène, le rugby... Et puis :

— Je voudrais vous poser une question sur la politique.

— Je ne veux pas parler de politique.

— Si.

— Non.

— Si.

— Non.

— Si.

— Puisque je te dis que je ne veux pas en parler.

— Vous êtes un ami du président et...

— Stop !

Et je me suis levé en lui demandant de couper sa caméra. Et bien sûr j'ai lâché ma rancœur. Surtout de voir une gamine si jeune déjà rompue à tous les vices, toutes les manœuvres sournoises pour arriver à ses fins. Elle n'était venue que pour ça. Tenter d'arracher le petit mot, la petite phrase à répandre pour entretenir la polémique comme je l'avais pressenti. D'ailleurs, et cela me donnera raison, l'incident fusera dès le lendemain sur tous les sites. Comme quoi, ma première méfiance était justifiée. C'est l'apitoiement qui a suivi qui était de trop. Mon bon cœur me perdra. Ou me sauvera si on considère la fin de soirée.

Après le spectacle, j'ai passé dix minutes avec une autre jeune fille. L'exact contraire de la première. Transportée de bonheur de pouvoir me serrer dans ses bras. Vraie. Sincère. Assise dans son fauteuil roulant, les bras distordus. La bouche béante et déformée, elle tentait d'articuler sa joie dans des mots qui jaillissaient en râles. Sa maman, les larmes aux yeux, me remerciait sans cesse d'apporter ce rayon de soleil à sa fille si différente des autres. Il était pour moi aussi, le rayon de soleil. De quoi bronzer pour tout l'été le cœur de celui qu'elle appelait tendrement « le petit bonhomme en bleu ». Un pur moment de compassion et de bonheur partagé.

Alors, d'un côté, la belle, jeune, ambitieuse, rouée, calculatrice, déjà professionnelle jusqu'au bout des griffes. Venue faire son « métier », sans autre but que d'égratigner le mien. Et de l'autre, la malchanceuse, difforme, clouée par la maladie génétique, gaie, généreuse, les yeux remplis d'une reconnaissance merveilleuse. Transportée par deux heures de chansons joyeuses qui avaient repeint son ciel des étoiles dont le diable bienveillant a décidé qu'elle n'y aurait pas droit. Va savoir pourquoi !

C'était laquelle la handicapée ?

Même que ça s'peut pas !

Un dernier mot, Maman ?

— Oui, je n'ai pas toujours été fière de l'artiste que tu es devenu, mais je suis fière de l'homme que tu es resté.

— Moi pareil.

— Et je t'aime.

— Moi pareil.

Présentes, absentes, aimantes, désolantes, ombres ou lumières, nous ne sommes que ce que nos mères nous font. Celle d'Achille avait plongé son enfant dans le Styx en le tenant par le talon. Son point de faiblesse fatal. Maman m'a plongé dans la vie en me tenant par le cœur. Même si je pars d'autre chose, je mourrai d'amour. Parce que le monde qui m'entoure en manque tellement, et qu'à mon humble niveau, je n'aurais eu de cesse d'en parsemer l'empreinte de mes pas. C'est la seule véritable satisfaction que je tire de ce chemin.

Quarante ans de marche.

Quarante ans de fuite.

Quarante ans plus tard.

Même que ça s'peut pas !

Le jeune homme pose le pied sur le quai de la gare d'Austerlitz. À moi, la capitale !

Paris gagné !

Pari perdu ?

Je ne le sais toujours pas.

Je suis un vieil enfant gâté. Un chanceux. Un privilégié. Même pas heureux, comblé seulement. Ma mémoire scintille de mille étoiles : les chants joyeux, les rires, les succès, les excès, les providences, les luxes, les orgasmes, les lauriers et les roses. Mais de ceux qui m'entourent à ceux qui me manquent, rien ne me consolera des autres.

Et rien ne me consolera de moi.

FIN

8 août 2014.

Composition et mise en pages
Nord Compo à Villeneuve-d'Ascq

Cet ouvrage a été imprimé en France par

BRODARD & TAUPIN

La Flèche (Sarthe)
en octobre 2014

N° d'édition : 2784/01 - N° d'impression : 3007258
Dépôt légal : novembre 2014
Imprimé en France